le MARCHAND de SABLE

SAISON 1

Ce livre est une fiction. Les noms, caractères, professions, lieux, événements ou incidents sont les produits de l'imagination de l'auteur utilisés de manière fictive. Toute ressemblance avec des personnages réels, vivants ou morts, serait totalement fortuite.

Le Marchand de sable a été imaginé par Gaïa Alexia en mêlant la légende du Marchand de sable qui endort les enfants en faisant tomber du sable sur leurs yeux (notamment issu de la culture scandinave) et la mythologie nordique. Il s'agit donc d'une œuvre de fiction, proposant une vision originale et modernisée des dieux nordiques et s'éloignant ainsi des mythes tel qu'on les connaît.

Collection New Romance® créée par Hugues de Saint Vincent
Collection New Romance® dirigée par Arthur de Saint Vincent
Ouvrage dirigé par Marine Flour

Image de couverture : © Shutterstock
Couverture : Marion Rosière

Pour la présente édition :
Collection dirigée par Franck Spengler

34-36, rue La Pérouse
75116 Paris
www.hugoetcie.fr

ISBN : 9782755692358
Dépôt légal : novembre 2021
Imprimé en Espagne par CPI Blackprint

GAÏA ALEXIA

le MARCHAND de SABLE

SAISON 1

Hugo Poche

NEW ROMANCE®

PROLOGUE

Il y a bien un feu qui crépite dans la grande cheminée non loin, mais je suis gelé jusqu'aux os. Impossible de me réchauffer. Et les courants d'air qui font mugir les murs de cette ruine n'y sont pour rien, c'est comme si le froid était en moi.

Je baisse les yeux. Mes mains, crispées autour de l'assiette devant moi, ne semblent pas vouloir m'obéir. Pourtant j'ai faim, je suis affamé même, mais tout ce que j'avale ne me cale pas, alors pourquoi m'entêter à ingérer quoi que ce soit ?

Je hais cet endroit. Mais pas autant que je la hais *elle.* C'est sa faute si je suis enfermé ici. Après avoir parcouru tous les recoins du monde, c'est ici que je pensais la trouver. À part mes propres démons et une mégère hautaine qui me retient prisonnier, je n'ai mis la main sur personne dans ce lieu malsain.

Comme pour confirmer ma pensée, un morceau du mur en face de moi se détache et s'écroule au sol dans un fracas assourdissant. La demeure est à l'image de sa propriétaire : une beauté presque inhumaine dont l'éclat attire inexorablement, mais qui est en réalité aussi décomposée qu'un macchabée. Elle est terrifiante et pourrie de l'intérieur.

Je fixe la fissure béante qui s'affiche désormais face à moi. *Encore un passage par lequel je ne pourrai pas passer pour partir d'ici...* Si je sors, l'enfoiré de chien qui monte la garde dans la cour me déchiquettera sans sommation.

– Tu ne manges pas ? me demande soudain une voix que j'exècre. J'ai passé des heures derrière les fourneaux !

Des heures derrière les fourneaux ? Elle a une armée de servants aussi dévoués que des morts-vivants qui lui obéit au doigt et à l'œil, qu'elle ne me fasse pas croire qu'elle a ne serait-ce que levé le petit doigt.

– Je vais finir par mal le prendre… précise-t-elle.

Ce ton langoureux me dégoûte. Ma logeuse aime me susurrer des mots doux qui, si je m'approche trop près d'elle, deviennent des hurlements assourdissants à m'en faire exploser le crâne.

Je tourne la tête vers elle. Son côté obscur est caché dans l'ombre. Tant mieux, j'ai beau en avoir vu dans ma foutue longue existence, distinguer le pire côté de cette cinglée me retourne l'estomac à coup sûr.

– Mange, ajoute-t-elle froidement.

– C'est infect !

Elle plisse les paupières.

– Te rends-tu compte à quel point tu es exaspérant ? J'en arrive à avoir du mal à te supporter. Mais, après tout, qui le pourrait dans la durée ? Même *elle* n'a pas tenu le coup !

Je ravale ma bile. *Elle* revient encore et toujours sur le tapis, comme ma pénitence éternelle. Elle est le fouet qui déchire ma peau.

– À quoi bon me forcer ? Plus je mange, plus j'ai faim. C'est de la torture !

– Et qu'est-ce que tu crois faire ici, Mane* ?

Je la fusille du regard. *Si seulement je pouvais le faire vraiment !* J'aimerais pouvoir la réduire à néant, juste pour me sentir mieux, pour que cette douleur qu'on m'inflige sans discontinuer se calme. J'aimerais pouvoir reprendre mon souffle, ne serait-ce qu'une fois.

Je me détourne d'elle en essayant de cacher les tremblements qui me parcourent, mais c'est un mouvement vain car elle les provoque en toute connaissance de cause.

– Tu as toi-même poussé les portes de mon domaine… minaude mon hôte en laissant courir ses ongles trop longs sur le bord de la table.

Ce cliquetis me fait l'effet d'une nuée d'araignées qui me grimperaient dessus. Je sais très bien comment je me suis retrouvé ici, et je le regrette. Je pensais *la* trouver et atténuer les élancements de mon cœur, étouffer ma peine. Mais c'était une erreur. Je ne sais même plus si je me sens mieux ou pire qu'avant. Le trou béant qui trône au milieu de ma poitrine ne cesse de grandir, *lui* abandonnant, doucement mais sûrement, ma force. Je lui avais donné mon cœur, elle a massacré mon âme. Et me voilà prisonnier ici en plus de l'être de mes propres peurs.

– Comment aurais-je pu te refuser l'hospitalité ? Je ne suis pas sans… cœur, reprend la maîtresse des lieux.

– Ce que tu appelles un cœur n'est qu'une caillasse, de mon point de vue ! répliqué-je aussitôt.

– Je préfère encore ma pierre froide à ton âme torturée… Et même si mon cœur ne pulse pas avec force, c'est toujours mieux que le tien qui souffre encore de *sa* trahison !

La vague de rage qui me happe est impossible à contrôler. Une fois de plus, j'envoie valser ce qui me passe à portée de main. C'est ce qui arrive chaque fois que mon esprit se tourne vers le passé, vers la raison de ma présence ici, dans cet état. Cette violence se déchaîne lorsqu'on me parle d'*elle*, de ce qu'elle a fait.

Mon hôte reste impassible, elle n'a pas peur de moi. Comme celle qui m'a tout pris. *Elle* ne me craignait pas, et c'est précisément ce que j'aimais, ce que je n'arrive pas à oublier, même après tout ce temps passé ici.

D'un coup de pied, je brise la chaise en bois sur laquelle j'étais assis quelques secondes plus tôt. Il fait si froid ici qu'elle explose sans que j'insiste, puis la table subit ma colère et finit à l'autre bout de la pièce, emportant avec elle cette infâme nourriture.

Je m'arrête, à bout de souffle, sans parvenir à remplir mes poumons d'oxygène. Comme s'ils n'étaient plus capables de bouger, écrasés par mon cœur et son trou sans fond.

– Tu as fini ? demande mon hôte après quelques longues secondes de silence.

– Va te faire foutre.

– Si seulement… soupire-t-elle.

Toujours plantée sur sa chaise, elle n'a pas bougé. Quoi que je fasse, je ne pourrai pas l'atteindre. Et si un jour j'y parviens, son clebs me sautera à la gorge. Ça mettrait peut-être enfin un terme à ma souffrance…

– Mane… Si tu savais où elle se trouve, tu irais ?

Je tourne brusquement la tête vers elle. Son côté sombre me toise et me noue le ventre aussitôt.

– Tu te vengerais si tu la trouvais ? insiste-t-elle.

Me venger ? Oui. Je ne désire plus qu'une chose : la faire souffrir autant que j'ai mal ! Mais à quoi bon ?

Il n'y a que lorsque je ferme les yeux que je la vois. Il n'y a que dans le monde des Songes qu'elle m'est encore accessible, celui dans lequel mes angoisses s'impriment sur mes rêves pour se jouer de moi et se transformer en terreurs nocturnes. Même dans ce monde à part, elle me fuit sans assumer son choix et enfonce la lame brûlante de sa trahison dans mon cœur glacial.

– Je sais où elle est ! me lance-t-elle en posant un regard scrutateur sur moi.

Je suis convaincu qu'elle se joue de moi. Cela ne serait pas la première fois. Elle se délecte de ma souffrance et trouve tous les moyens pour l'attiser.

– Tu mens encore, rétorqué-je, furieux.

– Va donc vérifier par toi-même, dans ce cas…

Elle balance un morceau de papier par terre. Simplement plié en deux. Il repose entre nous, comme *la* réponse à toute ma rage.

– Qu…

L'immense double porte de la propriété s'ouvre, me laissant voir la cour du manoir et la fontaine en son centre, qui laisse se prolonger derrière elle le pont que j'ai emprunté il y a bien longtemps pour venir ici.

– Tu te fous de moi ? demandé-je.

– Non. Je comprends ta peine et je veux t'aider.

Elle fait un signe de tête vers l'extérieur, m'intimant de partir. J'hésite, c'est un choix impossible à faire.

– Comment as-tu découvert où elle est ? J'ai cherché partout, longtemps.

– Ne laisse pas ton unique chance passer, Mane. Va-t'en, se contente-t-elle de me répondre.

Je lui lance un regard en coin. *Si elle se fout de moi, je la réduirai à néant !*

J'avance et attrape le papier pour lire ce qu'il y a inscrit dessus. Deux mots. Je fronce les sourcils puis, après une courte seconde de réflexion, je passe la porte.

La faim qui me tiraille m'empêche de réfléchir, mais un grognement sonore force mon corps à s'arrêter. *Le chien !* Cette saloperie me barre brusquement la route. Il est encore plus gros que dans mes souvenirs.

– C'est bon, Garm*… Laisse-le passer, lance une voix dans mon dos.

La réaction est immédiate. Le monstre baisse sa garde et, doucement, sans me quitter des yeux, comme une sorte d'avertissement silencieux, s'écarte de mon chemin.

Je relève le nez devant moi avec une boule dans la gorge. *La* trouver est le seul moyen d'arrêter de souffrir.

CHAPITRE 1

NOLA

– Et c'est toujours le même homme ?

Je fronce les sourcils, comme si j'avais besoin de réfléchir à ma réponse.

– Oui… lancé-je, le regard toujours planté sur le plafond du cabinet de cette psy que je me suis enfin décidée à venir consulter.

Aux grands maux les grands remèdes !

– Ce rêve revient-il chaque nuit ou de manière ponctuelle ?

– Toutes les nuits, toujours le même homme… Je suis folle, c'est certain, soupiré-je.

La psychologue laisse échapper un petit rire. Je l'entends se remettre en place dans son gros fauteuil en cuir alors que j'avale ma salive. *Reste zen, Nola…*

– Vous me paraissez tout à fait saine d'esprit. Faire des rêves à répétition conduit rarement aux portes d'un asile.

Ravie de l'apprendre... En attendant, je ne dors que trois heures par nuit pour éviter ce cauchemar.

– Et vous dites n'avoir jamais croisé cet homme dans la réalité ? Il ne vous évoque pas quelqu'un, même s'il ne lui ressemble pas physiquement ? Il est fréquent que l'esprit fasse un transfert de notre vécu dans nos rêves.

Un transfert, sérieusement ?

Je ne réponds pas immédiatement et prends le temps de réfléchir.

– Je ne vois pas… Tout va bien dans ma vie : je fais les études dont je rêvais, je ne roule pas sur l'or mais je n'ai pas de soucis d'argent, je vis là où je voulais, à Paris, bref, tout va bien.

À son tour d'observer un court moment de silence. *Ma réponse lui a-t-elle déplu ?* Il semblerait !

– Et côté amour ? demande-t-elle soudain.

– Euh… Eh bien, j'ai eu un copain l'année dernière. Mais c'est terminé, et je suis bien comme ça. Je me concentre sur autre chose en attendant de trouver le bon.

– Vous ne m'avez pas dit, que fait cet homme dans vos rêves ?

– Il…

Ma gorge se noue, et je suis obligée de reprendre mon souffle. C'est comme si tout mon corps se crispait en pensant à ce type imaginaire.

– Il me suit.

– Il vous suit ? C'est-à-dire ?

– Il me chasse… Il est terrifiant, complété-je en chuchotant.

– Il vous chasse ? répète-t-elle sur un drôle de ton.

Je hoche la tête pour confirmer.

– Hmm… Alors nous parlons plus de cauchemar que de rêve.

– En effet…

J'entends son stylo griffonner sur son cahier. *Qu'est-ce qu'elle peut bien noter ?* Elle a dû changer d'avis : je suis cinglée.

– Peut-être auriez-vous retenu quelque chose de particulier, un détail qui vous a marquée ? demande-t-elle après un silence.

Je fronce les sourcils. *Un détail ?* J'en ai des tas, des détails. C'est justement ce qui m'inquiète. Habituellement, on oublie nos rêves pour n'en conserver qu'un sentiment très bref. Dans le cas présent, je me souviens de tout, même de l'odeur de cet homme, aussi enivrante qu'il est effrayant. Cependant, elle a raison, une chose me reste en mémoire de manière plus vive que les autres, une phrase qu'il a dite juste avant que je ne me réveille en sursaut alors qu'il allait m'atteindre.

– Il… débuté-je avant de m'interrompre. Je sais que c'est n'importe quoi, mais il affirme qu'il peut endormir les gens avec du sable, dis-je finalement.

– Comme le Marchand de sable ? demande-t-elle aussitôt.

Et voilà comment perdre toute crédibilité !

Je ferme les yeux une seconde en pinçant les lèvres. J'aurais peut-être dû garder ça pour moi. Non pas que cette hypothèse ne me soit pas déjà passée par l'esprit, mais soyons honnêtes, c'est du grand délire !

– Oui…

– C'est une piste. On raconte la légende du Marchand de sable aux enfants… Peut-être que tout cela a un lien direct avec votre enfance, explique-t-elle.

– Pourquoi est-ce que ça n'arrive que maintenant ?

– C'est à vous de le découvrir. Chaque étape importante de l'existence est vécue différemment… Vous arrivez au bout de vos études, il me semble. Quelque chose se termine, autre chose commence. Ça peut créer un stress important.

J'acquiesce en silence. Si ça se trouve, elle a raison. *Ce serait aussi simple que ça ? Du stress ?*

– Enfin, il faut creuser encore… L'heure est finie. Je vous laisse réfléchir à cette histoire de transfert. Ces mauvais rêves doivent bien venir de quelque part ! Vous contactez mon secrétariat pour le prochain rendez-vous.

Je me redresse et m'assieds sur la méridienne en tissu. On échange un sourire, et j'enfile mon manteau une fois debout.

– Et, mademoiselle Nott, ne paniquez pas, vous allez bien !

– Oui… Sauf la nuit.

Elle rit brièvement et ouvre la porte. On se serre la main, et je quitte son bureau. C'est dingue cette capacité de cloisonnement dont elle paraît faire preuve. À peine ai-je passé le seuil de son cabinet, qu'elle semble passer à autre chose, comme si mes problèmes n'existaient plus vraiment. *Si seulement j'arrivais à en faire autant, ma vie serait plus simple...*

Un instant plus tard, je sors dans la rue et me dirige vers le métro. *Mince, j'ai oublié de lui parler des papillons !*

***

J'ouvre mon ordinateur portable en m'installant en tailleur sur mon clic-clac. Le trajet retour depuis l'autre bout de Paris m'a laissé le temps de réfléchir à ce que m'a dit la psy. Ce lien avec la légende du Marchand de sable m'est resté en tête. Pourquoi ? Je n'en sais rien, je n'ai qu'un vague souvenir de ma mère me la racontant quand j'étais petite.

J'ai bien fait quelques recherches sur mon portable dans le métro, mais il s'est éteint avant que je ne trouve quelque chose d'intéressant. Je tape donc simplement « Légende du Marchand de sable » sur mon moteur de recherche. S'affichent immédiatement je ne sais combien de résultats : plusieurs chansons, dont quelques morceaux de rap, et des blogs en veux-tu en voilà. Je choisis de cliquer sur « Images » tout en stressant quand la galerie s'affiche, mais je suis vite soulagée : l'homme de mes cauchemars n'est pas là. Je secoue la tête. *Nola, ça va pas mieux !* Il ne manquerait plus qu'il ait un site internet où il proposerait ses services de hanteur de nuit. *« Avec le Marchand de sable, ne passez plus une nuit au calme ! »*

Je quitte la galerie photo et clique sur un blog, puis un autre… Ils disent à peu près la même chose : personne ne sait avec exactitude d'où vient cette légende. Certains avancent qu'elle est européenne, d'autres – et ils sont plus nombreux – affirment qu'elle est scandinave.

Je clique sur un autre site, encore un blog, visiblement anonyme, qui a pour titre : « La véritable légende du Marchand de sable ». Je survole les premières lignes mais reviens vite au début pour tout lire avec attention.

« Ce que l'on sait du Marchand de sable est souvent faux. Les dires se déforment avec le temps, chacun ajoutant son grain de sel parce qu'il oublie une partie de l'histoire ou préfère en changer des détails à sa convenance. Oubliez tout ce que vous savez à ce sujet, voici la véritable légende du Marchand de sable :

Le Marchand de sable naquit d'un accord entre la lune et la nuit. La nuit, grande solitaire, demanda à la lune d'endormir les humains lors de sa venue afin de pouvoir admirer les mondes sans être vue.

La lune, en retour, demanda à la nuit un royaume où elle pourrait conduire les Hommes pendant leur sommeil ainsi qu'une place haut dans le ciel pour pouvoir tous les voir. De leur pacte naquit le monde des Songes, lieu où les Hommes se retrouvent lorsqu'ils s'endorment. Et pour endormir ceux qui résistaient au sommeil pour voir la nuit tomber, la lune se tourna vers un être qui veillait inexorablement jusqu'au lever du jour : un pauvre marchand de sable sans abri pour y dormir, qui traînait ses sacs de perron en perron dans le froid de l'hiver. De la nuit, le jeune homme reçut de la poussière d'étoile, qu'il mélangea à son sable pour endormir ses semblables. De la lune, l'homme reçut des ailes, sous la forme de milliers de papillons d'un blanc aussi éclatant que le clair de lune, pour pouvoir survoler les mondes avec ses sacs de sable. Le Marchand de sable quitta le monde des Hommes et devint le grand gardien du monde des Songes, laissant la lune et la nuit observer en silence. Après des décennies à être le seul à pouvoir admirer la nuit, le jeune homme tomba éperdument amoureux d'elle. Il demanda alors à la lune de lui faire une place en son creux pour pouvoir parler à la nuit, mais elle refusa. Alors, le Marchand de sable attendit, et, lorsque la lune s'éclipsa, il lui prit sa place et déclara son amour à la nuit. Touchée, cette dernière lui offrit une étoile filante qui réaliserait son souhait le plus cher. Il demanda à devenir le dieu de la lune, afin de pouvoir veiller sur elle tant que les mondes seraient. La nuit accepta et lui demanda de ne plus la quitter. Ainsi, le Marchand de sable devint un dieu pouvant aller et venir à sa guise auprès de la nuit à qui il avait offert son cœur. »

Je relève le nez de mon écran. Cette légende est magnifique. Et j'y retrouve le sable et les papillons, même s'ils sont blancs… *Il faudra que je demande à ma mère si elle me racontait souvent cette légende quand j'étais petite. Je ne peux pas avoir inventé un truc pareil, le hasard est dingue.*

Je pourrai en tout cas remercier cette psy, l'homme de mes cauchemars porte maintenant un nom : le Marchand de sable.

***

J'ouvre le livre. *Quelle page déjà ? Ah oui ! 213.*

Ma vue se trouble pendant que je fais défiler les pages devant moi. J'attrape mes lunettes. Mes yeux me piquent comme s'ils étaient secs et m'obligent à cligner des paupières frénétiquement pour y voir clair. La fatigue me tiraille au point de me provoquer des TOC.

J'aperçois l'heure sur le micro-ondes dans la cuisine. *4 h 23…* Je ne bats malheureusement pas un record d'insomnie, mais cette fois, il semble que j'arrive au bout de mes capacités. Quoi qu'il en soit, je résiste. Je ne dois pas dormir. Premièrement, parce que dès que je ferme les yeux, le calvaire commence. Quelle qu'en soit la raison : stress inexpliqué, transfert comme suggéré par la psy ou folie, moins je dors, mieux je me porte. Mais également parce que j'ai cette foutue matière à réviser.

Pourquoi je rame à ce point avec ce cours ? J'ai pourtant toutes les méthodes pour étudier et apprendre efficacement. *Il serait temps, en master 2 !*

Bref. J'en étais où ? Page… Et voilà, j'ai déjà oublié ! *Concentre-toi, Nola !*

Un coup d'œil sur le sommaire me renseigne. *Page 213 : Mythologie nordique.* Je suis certaine d'avoir raté le partiel que j'ai passé il y a deux semaines. Je dois donc tout faire pour remonter mes résultats au second semestre si je ne veux pas hypothéquer la fin de mes études à cause de ce satané cours. Je comprends le stress abordé par la psy. Après cinq ans d'études, il va être temps pour moi de trouver un travail. Mais lequel ? Aucune idée. Enfin, c'est un autre problème que je réglerai au moment voulu. En attendant, il faut que j'essaie de ne pas trop y penser.

Je me frotte les yeux, pour la centième fois, et me concentre sur les lignes sous mon nez.

« Dans la mythologie nordique, le Helheim est l'antichambre du royaume des morts. Il fait partie des neuf mondes de l'arbre de vie Yggdrasil* et se situe en son niveau inférieur avec le Niflheim* et le Muspellheim*. C'est un endroit sombre, froid et brumeux, sur lequel règne Hel*, fille de Loki* et de la géante Angrboda*... »*

Je relève le nez et m'adosse contre le mur qui me sert de tête de lit. Penchée de cette façon sur mes notes depuis des heures, j'ai les lombaires qui commencent à me faire souffrir sérieusement. Je n'ai absolument rien compris à ce que je viens de lire, et tous ces noms tordus me filent le tournis. Mon cerveau ne répond plus, et mon crâne commence à me faire sérieusement mal. Je ferme les yeux pour me soulager. *Allez, Nola, respire et on y retourne !*

***

Le soleil brille sans en faire trop, et le vent tiède me donne le sourire. C'est dans ce genre de moment que je comprends la profondeur du terme « bien-être ». Comme allégée du poids qui pèse habituellement sur mes épaules, chacun de mes pas semble plus facile. Traverser la ville est à ma portée, sans effort, alors qu'en temps normal, je déteste marcher.

Mes enjambées me conduisent rapidement vers ce que j'imagine être le centre-ville. Car en réalité, je ne connais pas cet endroit, mais ce que j'en vois me plaît. J'ai toujours aimé ce genre de petits villages qui ont gardé leurs racines médiévales. Je ne suis pas passionnée d'histoire pour rien.

Je me demande où sont les habitants du coin. Ils devraient être dehors avec ce temps qui invite à se balader.

Un mouvement attire mon regard sur la gauche. Tout près de mon épaule volette un papillon. Rien à voir avec ceux que j'ai déjà pu croiser, celui-ci est rouge vif. Avec le soleil, on croirait deviner un coquelicot danser dans l'air.

La fontaine au centre de la place principale détourne mon attention. Sans hésiter, je m'y rends et plonge ma main dans l'eau. Elle est fraîche sans être agressive. Tout est parfait ici. Peut-être qu'après mon master je viendrai vivre là. Même mes cours n'arrivent plus à me stresser comme ils le font habituellement. J'espère pouvoir revenir ici très vite.

Je sors ma main de l'eau et la secoue un peu avant de la passer sur mon front pour repousser ma mèche de cheveux qui vient toujours tomber là. Je pourrais rester ici des heures à profiter mais, poussée par la curiosité, je préfère aller visiter cette petite ville. Les maisons aux pierres anciennes détonnent avec mes Converse usées et mon jean.

Je m'éloigne de la fontaine pour continuer mon chemin. Alors qu'un nouveau papillon en tout point similaire au précédent capte mon regard, je m'immobilise. Un type est face à moi et me dévisage. Ce regard mauvais ne présage rien de bon. Heureusement, il est encore loin.

J'amorce un demi-tour quand il m'interpelle :

– Qu'est-ce que tu fous ici ?

Sa voix m'électrise, mon corps se crispe. Cet homme est fou de rage, je n'ai aucun doute là-dessus, alors je ne cherche pas à comprendre. Je suis peut-être entrée chez lui sans m'en apercevoir. Je tourne donc les talons pour quitter les lieux au plus vite.

Une brusque rafale d'un vent glacial me percute soudain. Que se passe-t-il ? Il faisait si beau !

J'accélère le pas, faisant défiler de plus en plus vite les façades des maisons de pierre autour de moi. Il faut que je m'éloigne rapidement, que je rentre chez moi !

De grosses gouttes d'eau viennent percuter mes épaules et ma tête, m'obligeant à relever les yeux pour regarder le ciel et comprendre ce qui se passe soudain. Des nuages si foncés et si denses qu'ils semblent se percuter les uns les autres sont apparus. Ils renvoient jusqu'à moi des détonations assourdissantes.

– Tu vas où, putain ? s'écrie le type dans mon dos.

Bon sang, il me suit !

J'en suis à courir droit devant moi tandis que le beau temps laisse place à un véritable déluge d'éclairs, de vent et de pluie. Je n'entends plus rien des oiseaux qui chantaient il y a à peine quelques minutes. Seuls mes pas affolés qui claquent sur le sol déjà détrempé résonnent.

– Reviens, espèce de garce !

La voix puissante approche. Je ne m'arrête pas. Par où suis-je arrivée ? *Je ne reconnais plus rien. Les bâtisses défilent, identiques les unes aux autres, comme pour mieux m'embrouiller et me perdre.*

Je bifurque brusquement, sans parvenir à m'expliquer cette soudaine panique viscérale. Je pénètre dans une ruelle étroite. Chacun de mes pas devient laborieux. L'eau ruisselle en sens inverse entre les pierres polies par le temps. Je dérape une fois, deux fois et, très vite, j'ai le sentiment de tenter de remonter un toboggan. Mes paumes agrippent les pavés en vain et, sans pouvoir résister, je dévale la ruelle.

Quand ma chute s'arrête enfin, je suis clouée au sol. Je ne sens plus les gouttes de pluie ni l'eau qui a infiltré mes vêtements. Je ne ressens plus rien de tout ce qui m'agressait une seconde auparavant. Il n'y a que lui, juste là, au-dessus de moi, cachant le ciel orageux. Des tatouages sombres dépassent de son col, et de la fumée quitte ses lèvres pour s'enrouler autour de moi. Impossible de bouger. Qui est-il ? Que lui ai-je fait ?

Accroupi devant moi, les bras tendus nonchalamment sur ses genoux pliés, il me fixe sans ciller tandis que je sens une larme parcourir ma joue. Je me débats intérieurement pour fuir, en vain car mon corps refuse de réagir. Puis, en même temps que du sable se répand partout autour de moi, sa voix grave vient glisser près de mon oreille :

– Je croyais que la nuit ne craignait personne...

***

J'ouvre les yeux brusquement. *Où suis-je ?* Il me faut plusieurs secondes de panique intense pour me rendre compte que je suis chez moi, devant mes cours étalés partout sur mon clic-clac déplié et que le réveil de mon portable hurle sur la table basse poussée sur le côté. *Ce n'est pas sérieux, je dormais ?*

Parfois, je sais que je dors et que je suis en plein rêve. Je fuis alors sans attendre, sachant qu'*il* finira fatalement par apparaître. D'autres fois, comme celle-ci, je suis plongée comme dans un direct à la télévision et je vis tout comme si c'était la première fois.

Mon souffle est encore court et irrégulier. Il est aussi rapide que si j'avais vraiment couru pour fuir cet homme. Comme chaque fois, je panique alors que rien de tout ça n'est réel.

Je me laisse retomber dans les coussins en attrapant mon portable pour couper le son avant de le jeter sur mon livre toujours ouvert à la page 213.

Les mains sur le visage, je me rends compte que mes larmes sont réelles. Les battements de mon cœur ne sont pas encore calmés. Tout était si vrai… Et *lui*, si massif et effrayant.

CHAPITRE 2

NOLA

Je sursaute et rebondis sur mon matelas quand mon portable sonne une seconde fois. *À peine trois heures de sommeil*... La journée s'annonce difficile.

Je range en vitesse mes cahiers, feuilles volantes et autres livres pour les fourrer dans mon sac de cours puis je quitte mon vieux clic-clac qui, comme tous les jours, va rester grand ouvert au milieu du salon, parce que son grand âge m'oblige à l'économiser, et je file à la salle de bain. Épuisée comme je suis, si je tarde au lit, je me rendormirai à coup sûr. *Quelle sale nuit*...

Cabinet, lavabo et douche, l'aspect pratique de vivre dans 20 m^2 sous les combles, c'est que tout est à portée de main. Je fais couler l'eau chaude avant de pénétrer dans la cabine de douche : j'ai maintenant le temps d'aller faire couler mon café, le premier d'une longue série qui me tiendra éveillée pour la matinée de cours qui m'attend.

Sur l'annonce de cet appartement, il y avait écrit « cuisine aménagée », c'est précisément ce qui m'a attirée. Je suis finalement l'heureuse locataire d'un meuble évier bas de gamme qui a vu passer bien trop de fuites d'eau, et d'un placard fixé au mur qui a lâché il y a quelques semaines, emportant avec lui une partie du mur ainsi que ma collection de vaisselle glanée à droite à gauche. Je mange donc depuis dans un magnifique service cartonné. Il faut toujours voir le bon côté des choses : j'ai moins de vaisselle à faire !

Le café coule lentement dans la seule tasse que j'ai pu sauver du drame pendant que des images de ma courte nuit me reviennent à l'esprit. Comment je peux aussi bien me souvenir de mes mauvais rêves ? Tous ces détails sont d'une précision affolante, les sensations sont si bien imitées que je doute parfois d'être endormie.

Je gobe mon café pour chasser tout ça de mon esprit. *Nola, reprends-toi ! Le temps file, et tu vas être en retard.*

Ma tasse déposée dans l'évier, je saute dans la salle de bain. Et je parle au sens propre : un saut bien calibré, et j'atteins la douche depuis la cuisine.

***

Je dévale les marches du métro en vitesse et je m'insère dans le premier wagon qui se présente. Celui du bout du quai. *C'était moins une !*

Je repousse difficilement la manche de mon manteau et celle de mon sweat pour regarder l'heure. Je suis dans les temps, comme souvent. Je suis rarement en retard parce que je suis du genre à vouloir tout contrôler. Enfin, une fois que j'ai les yeux ouverts. Pour le reste, je fais ce que je peux.

Je relève le nez et fouille le wagon du regard. Je finis par capter l'attention de mon amie de fac que je suis censée retrouver dans cette partie de la rame les matins où nous avons cours ensemble. Elle est coincée entre un type trop musclé pour sa taille et un couple d'ados qui se roule des pelles en lui mettant des coups de coude. Je manque d'exploser de rire en la voyant tirer une tête de six pieds de long, mais je me retiens. Je suis plutôt du genre discret en général, et encore plus dans le métro.

L'endroit est trop bondé pour que je l'atteigne, alors je lui fais un clin d'œil amusé, et on finit par se retrouver deux stations plus loin, à la descente sur le quai.

– Salut, me dit-elle en essuyant son épaule avec dégoût.

– Hello ! Donation de salive des amoureux ? lui demandé-je en ricanant.

– C'est à vomir ! J'aime pas l'amour.

Ben voyons ! Ella a un cœur en guimauve qui fond pour tous les hommes canons qu'elle croise. Mais ça ne dure jamais, elle se lasse vite. Je dirais plutôt qu'elle n'aime que l'amour des premiers jours.

Je ris, et on avance pour suivre la foule qui part vers les escaliers et quitter la station. La plupart des gens qui descendent ici à cette heure vont à la fac, comme nous. Et ils semblent bien plus réveillés que moi.

– T'as bossé un peu sur tes cours ? me demande Ella tandis qu'on sent l'air frais qui s'engouffre dans les tunnels nous atteindre.

– Ouais, cette nuit ! Mais je n'ai pas avancé plus que ça… Et toi ?

– Rien du tout ! J'ai ronflé comme une baleine.

– J'aimerais pouvoir en dire autant, marmonné-je.

– Encore tes histoires d'insomnie ?

J'acquiesce en bâillant. *Mince, j'ai loupé une marche !*

– C'est quand même dingue de ne pas réussir à dormir comme ça ! Il doit bien y avoir une raison… s'exclame Ella alors que je me redresse discrètement.

Il y en a une. *Lui.*

– Je ne l'ai pas encore trouvée ! rétorqué-je aussitôt.

Est-ce que ce sourire forcé est de trop ?

Elle pince les lèvres. C'est un sujet qui revient souvent sur le tapis et que j'évite chaque fois. De quoi ai-je peur ? Qu'on me dise que ce n'est pas normal ? Je le sais déjà.

On grimpe les dernières marches l'une derrière l'autre parce que du monde descend en sens inverse. Soudain, Ella s'immobilise, et je manque de lui rentrer dedans. *Oh non ! Est-ce qu'elle va en rajouter une couche sur mes insomnies volontaires ?*

Quand je relève le nez, en me faisant bousculer, je vois qu'Ella fixe un point un peu au-dessus d'elle.

– Qu'est-ce que t… commencé-je.

– Regarde, là, m'intime-t-elle.

Je suis la direction de son index qui se dresse soudain vers le ciel. Je cherche deux secondes ce qu'elle désigne et, brusquement, je comprends. Sans résister, je me crispe avec force.

– Ces papillons sont magnifiques… souffle-t-elle.

Trois de ces saloperies effectuent une danse frénétique quelques mètres au-dessus de nos têtes. Ella les observe comme s'ils étaient un don des dieux. Moi, j'essaie de respirer normalement. *C'est quoi, ce délire ? Est-ce que je dors encore ? Est-ce que ce satané Marchand de sable va venir me hanter quand je suis éveillée maintenant ?*

– Waouh ! T'as vu cette couleur ! C'est pas super rare ? Et puis, en cette saison, c'est bizarre d'en croiser, non ?

– Ouais, j'en sais rien. Avance, on gêne le passage !

– C'est la première fois que j'en vois des aussi rouges, ajoute-t-elle en reprenant la montée des marches.

Un instant plus tard, nous sommes sur le trottoir, et le soleil hivernal nous éblouit assez pour qu'on ne voie plus les papillons virevolter. Ils semblent avoir disparu. *Tant mieux !*

Je lance des coups d'œil un peu partout, mais pas un insecte en vue. Ella me sourit en fronçant les sourcils.

– Ça va ?

– Oui, oui. Et toi ?

– Je flippe pas à cause de papillons, moi, réplique- t-elle en se marrant.

On peut rien lui cacher à celle-là !

– Je n'ai pas peur… Je… je ne les aime pas trop.

Ok, ils me terrifient !

CHAPITRE 3

NOLA

Une petite dizaine de minutes plus tard, Ella et moi nous arrêtons à la cafèt' de la fac pour prendre ma seconde dose de la journée : un café très allongé.

Comme tous les jours, le serveur affiche un grand sourire. Avec le temps, c'est devenu un ami à nous. Plus précisément, un de *mes* amis, car la relation qu'il entretient avec Ella n'est pas basée sur l'amabilité. Avec Léo, mon voisin, nous formons un petit groupe soudé.

– Les filles, comme d'hab ? lance-t-il.

– Oui. Merci, Kyle, lui confirmé-je.

– Ça a intérêt à être chaud cette fois, balance Ella.

Je le vois arquer un sourcil, mais il l'ignore tout de même. Elle devrait faire gaffe, un de ces quatre il va cracher dans son gobelet.

Très vite, il prépare notre commande puis revient vers nous en déposant nos consommations sous notre nez.

– On se fait un truc cette semaine, un soir, avec Léo ? demande-t-il en prenant le billet que je lui tends.

– Ouais, tu veux ta revanche à Mario Kart ? envoie Ella avant même que je n'aie le temps de répondre.

La monnaie qu'il me rend roule sur le comptoir trop vite pour mon cerveau fatigué, et deux pièces finissent par terre. *Ma journée ne fait que commencer…*

– J'ai fait de meilleurs temps que toi ! râle Kyle alors que je me penche pour ramasser mon argent.

– T'es nul, admets-le à la fin ! réplique Ella.

– Et toi, admets que tu triches ! Je veux que Nola fasse l'arbitre la prochaine fois.

– Comment peut-on tricher à Mario Kart ?

– J'en sais rien, mais visiblement, t'as un truc !

Je prends à nouveau position au centre de leur rixe, mais c'est comme si je n'étais pas là. Ce qui est un peu l'histoire de mon existence. Ella m'a même sorti une fois que j'étais comme son ombre. Malgré les apparences, je suis certaine qu'elle y voyait un compliment.

Je fourre la monnaie dans ma poche et le ticket de ma boisson avec. *Un de plus ou un de moins…*

– Ella, bon sang, d'où te vient ce caractère de m… ? grogne Kyle.

Je relève le nez sur eux. Il tente de prendre un billet des mains de mon amie, mais elle ne le lâche pas, le pinçant fermement entre son pouce et son index.

Kyle et Ella sont la définition même de l'amour vache. On sent qu'ils s'aiment bien, mais quelque chose les tient irrémédiablement à distance, et c'est apparemment l'esprit de compétition.

Un petit sourire apparaît sur mes lèvres.

– Ella, on va être à la bourre à force, placé-je pendant leur guerre oculaire. Et ne le regarde pas comme ça, il va finir par brûler sur place !

Elle cède enfin, et lui va encaisser ce qu'elle lui doit pendant qu'elle attrape son thé sans théine.

Heureusement qu'elle n'avale pas le café par litres ! Contrairement à moi, c'est déjà une pile électrique !

– Oh ! Tu sais, Nott, c'est toi la spécialiste des regards noirs comme la nuit, me souffle Kyle avec un clin d'œil en revenant de la caisse.

Il a la fâcheuse manie de m'appeler par mon nom de famille à longueur de temps.

– Ah, ah ! Je suis morte de rire, lâché-je avec un sourire froid.

– Chaque allusion à la nuit n'est pas une attaque personnelle, Nola, me dit Ella.

– Aime la nuit, Nott ! poursuit Kyle.

– Jamais ! râlé-je.

En bonne insomniaque, la nuit est loin d'être le moment que je préfère de mes longues journées.

– Merci, *loser*, tacle Ella en tournant les talons avec son thé en main.

Elle revient aussitôt vers lui :

– Oh ! Elle est où, ma monnaie ?

– Je vois pas de quoi tu parles !

Elle grogne en plissant les yeux et s'éloigne à nouveau.

– Merci pour le pourboire, tricheuse, raille Kyle.

J'attrape mon gobelet et la rejoins en adressant un sourire au serveur.

– Euh, Nola… entends-je dans mon dos.

Après m'être retournée, je vois qu'il se penche au-dessus du comptoir pour me dire à voix basse :

– Ça va ? Tu as l'air épuisé !

– C'est encore une vanne ? répliqué-je avec un sourire en coin.

Il lâche un petit rire nerveux.

– Non, non ! Sérieusement, je m'inquiète pour toi.

– Ah ! Ça va, je crois que je stresse trop pour les résultats du cours de mythologie nordique.

Il pince les lèvres et croise les doigts.

– Force à toi ! me dit-il avec un clin d'œil. Au fait, hier c'était la pleine lune…

Je fronce d'abord les sourcils puis tourne un peu la tête, comme si ça pouvait m'aider à mieux comprendre où il veut en venir.

– Bien… Merci pour cette info, finis-je par déclarer. Tu as donc passé la nuit à chasser la biche sauvage dans les grandes forêts canadiennes ?

Il ouvre de grands yeux pour accompagner son air surpris.

– Qu… Ah, ok ! Non, je ne suis pas un loup-garou !

– Cool, je suis contente pour toi. Parce que les… poils et tout, ça ne t'irait pas du tout.

Il affiche un sourire gêné, et je bats en retraite.

– Bon, bah, à plus tard, Nott !

– J'ai un prénom, mec.

Je tourne les talons à nouveau et je l'entends s'excuser.

– Si tu bosses ce soir, tu vois avec Léo pour notre sortie ! envoie-t-il plus fort.

– Ça marche, Jacob[1] ?!

– Je suis pas un…

Il est bizarre par moments, mais visiblement, son problème n'est pas de type lycanthrope. Un fétichiste de la lune, peut-être ? Ce n'est pas la première fois qu'il m'en parle. La vanne sur l'insomnie passe une fois, voire deux. Ensuite, c'est lourd. Alors, un peu malgré moi, j'exècre tout ce qui se rapporte à la nuit, la lune y compris. Même ces foutues étoiles filantes qui n'exaucent aucun vœu.

Je rejoins Ella qui a trouvé un petit groupe à qui parler. Je lui adresse un signe de tête discret et je file de mon côté. Mon amie lève les yeux au ciel, elle doit encore se dire que je suis une foutue associable, et elle a raison ! *Elle, Kyle et Léo, c'est déjà pas mal comme vie sociale.*

---

1. Loup-garou des romans *Twilight* (Stephenie Meyer).

CHAPITRE 4

NOLA

Avant de rejoindre mon premier cours de la matinée, j'emprunte les couloirs qui mènent au tableau d'affichage des résultats des derniers partiels de mythologie nordique.

Après quelques instants de marche, je me retrouve devant le secrétariat de ma filière. Une femme est justement en train d'installer les feuilles que je viens consulter. *Bon sang, je suis déjà en stress depuis des jours et je dois encore attendre !* À croire que la vie aime maintenir le suspense. *Quoique je suis à peu près certaine de savoir à quoi vont ressembler ces notes...*

Le sourire de la secrétaire qui rejoint son bureau me passe sous le nez sans que je le voie vraiment. J'ai enfin vue sur le tableau et, instinctivement, avant même d'avancer, je cherche mon nom. *Respire, Nola ! Tu ne devrais pas te mettre dans un état pareil pour ça...*

Mes yeux trouvent rapidement ce que je cherche, puis je trace une ligne sur la droite et tombe sur mes résultats. Ou plutôt, ce sont eux qui me tombent dessus. Comme un pot de fleur lâché d'un balcon directement sur ma tête. Je crois que c'est la pire note que j'aie jamais eue. *Foutue matière !*

Je reprends mon souffle. Toujours voir le bon côté des choses : je vais devoir passer encore plein de nuits blanches à réviser et donc éviter ce satané mec aux papillons.

***

Assise sur un des vieux bancs en bois de l'amphi, je savoure une gorgée de café tiède. Ces trois papillons à la sortie du métro me reviennent soudain en tête, emportant au passage un de mes battements de cœur. *Du calme, Nola, ce ne sont que des insectes !*

Ella me rejoint en même temps que le professeur fait son entrée tout en bas de la grande salle. Je respire un bon coup et sors mes affaires. *Allez, c'est parti pour deux heures à lutter contre le sommeil !*

À peine trente minutes plus tard, et alors que j'ai englouti mon café, je commence déjà à bâiller. Ella me lance un regard en biais. Je compte sur elle pour m'empêcher de m'endormir et je sais que je peux lui faire confiance. Elle innove chaque fois un peu plus. Son imagination semble sans limite. Entre les stylos lancés à pleine vitesse et les coups de n'importe quelle partie de son corps contre n'importe quelle partie du mien, je ne compte plus le nombre de fois où elle m'a évité de sombrer.

***

Lorsque le cours se termine, je me suis pris deux coups de coude dans les côtes et j'ai reçu un stylo sur le front.

Je me lève en m'étirant, et Ella bondit du banc avec une énergie à me faire pâlir. *Elle va finir par me filer le tournis !*

– Allez, plus vite, Nola, ordonne-t-elle.

J'en suis encore à ramasser mes affaires pour les fourrer dans le sac à dos que je traîne depuis mes années de lycée qu'elle a déjà atteint le bout de la rangée. Je bloque les personnes qui ont eu la mauvaise idée de vouloir sortir par ici.

– Bon, à quoi je ressemble ? me demande Ella quand on passe les doubles portes de l'amphi.

– À rien, comme d'hab, réponds-je, narquoise.

Au lieu de se vexer, mon amie éclate de rire.

– J'adore quand tu es garce. Ta véritable nature est aussi noire que la nuit !

– N'importe quoi… Au fait, tu es toujours sur ce mec ?

– « Sur » ? Non, pas encore !

Je secoue la tête en soupirant. Ella a flashé sur un type qui semble étudier ici aussi. C'est tout ce qu'on sait de lui. Enfin, non, Ella a aussi remarqué qu'il suit le cours auquel nous allons assister maintenant.

Une pointe de jalousie me traverse. Ça semble si simple pour elle de s'intéresser à quelqu'un… Moi, je suis bloquée. Même quand je me sens seule et que l'idée d'avoir quelqu'un à mes côtés qui me prendrait simplement dans ses bras quand je suis épuisée me noue trop la gorge, je m'enfonce un peu plus dans mes études et tente d'ignorer mon cœur au profit de ma tête. C'est comme si je ne pouvais me concentrer que sur une chose à la fois…

– Oh ! Nola ! Ici la Terre, scande Ella en claquant des doigts devant mon visage.

– Je te reçois ! Je dois aller aux toilettes avant d'enchaîner, annoncé-je. Je te rejoins.

– Nop, je viens avec toi !

***

On pénètre dans les cabinets les plus proches de notre prochain cours. Ella se jette devant un miroir et entreprend de se refaire le portrait tandis que je m'enferme dans une cabine. *Ah ! Je comprends mieux pourquoi elle voulait m'accompagner ! Elle veut être impeccable pour le prochain cours…*

Une mouche vient virevolter près de mon oreille, je la chasse en secouant la tête. Je me concentre sur la braguette de mon jean.

– Sérieux, il y a quelqu'un qui a bouffé là et a tout laissé par terre, râle Ella de l'autre côté de la porte.

Je termine rapidement et je ressors, accompagnée du bruit assourdissant de la chasse d'eau.

Mon amie est toujours penchée sur le miroir. Elle me lance un regard sans se retourner, et ses sourcils prennent une forme tout à fait étrange sur son front.

– Quoi ?

– Euh…

Je sens soudain quelque chose bouger derrière moi. Je sursaute et me retourne pour me figer face à un torse imposant et des tatouages qui dépassent du col d'un tee-shirt bien trop moulant pour celui qui le porte. *Par tous les dieux, ce n'est pas possible…*

– Euh, salut…

Je relève les yeux vers le visage qui surplombe ces pectoraux. Je sens Ella à côté de moi qui se raidit comme un churro balancé dans de l'huile bouillante. Son inconnu est planté là.

– Les chiottes des mecs sont HS, nous précise-t-il, hésitant.

Tout va bien, Nola, tu peux arrêter de paniquer ! Une seconde, j'ai cru être en plein cauchemar.

– Ah oui ? questionne Ella, soudainement très intéressée par les problèmes que peuvent rencontrer les cabinets des hommes.

Je me lave les mains tandis qu'elle engage la conversation.

Ils quittent la pièce avant moi, et je les retrouve en grande discussion plus loin dans le couloir avec un petit groupe de personnes.

Je me dirige vers la salle de cours sans les rejoindre.

– Euh, Nola ? lance mon amie quand je les dépasse.

Sans m'arrêter, je me tourne vers elle. Le petit groupe porte soudain son attention sur moi.

– Qu'est-ce que tu as mis dans tes cheveux ? me demande-t-elle en fronçant les sourcils.

– Quoi ?

Je suis si mal coiffée ?

– Tu as quelque chose dans les cheveux ! insiste Ella sans s'approcher.

Je m'immobilise et enfonce mes doigts dans l'espèce de choucroute qui me sert de chignon. *Certainement une feuille morte...*

Je me fige lorsque quelque chose de très léger effleure mon index et mon pouce.

Ella arrive sous mon nez tandis que le sang quitte mon visage.

– C'est quoi ? l'interrogé-je précipitamment en commençant à secouer mon chignon.

– Euh, bah... C'est... Mais arrête donc de bouger !

Trop tard ! Je panique. *Qu'est-ce qui est dans mes cheveux ? Pas un papillon, tout de même ?*

– Quoi que ce soit, enlève-le de là ! m'exclamé-je.

– Ok ! Mais ça pique pas, c'est rien qu'un papill…

– Ella, enlève-le ! m'écrié-je cette fois.

Paniquée à l'idée qu'une de ces bestioles rouges soit sur moi, je secoue la tête.

– Mais arrête de bouger, tu vas l'écraser ! s'exclame Ella.

– Je m'en fous ! Vire-le, à la fin !

Elle fait je ne sais quoi tandis que mes mains font des gestes paniqués dans tous les sens. Les secondes suivantes durent une éternité, puis, enfin, Ella retire cette horrible bestiole de ma tête en me tirant les cheveux.

J'arrête tout, comme si j'avais besoin d'être immobile pour constater que l'insecte ne me touche plus. *Je n'ai pas besoin de chercher loin l'origine de cette toute nouvelle phobie... mais il faut que j'arrête de paniquer, ces papillons ne vont pas m'endormir d'un battement d'ailes !*

Ella rapproche ses mains d'elle et les ouvre entre nous.

– Regarde, c'est juste un…

Elle s'immobilise et a la même réaction que moi : un mouvement de recul instinctif. Au creux de ses paumes, pas de papillon rouge, ni aucun autre animal, juste du sable fin qui lui glisse entre les doigts pour disparaître.

– Merde, qu'est-ce qu…

Un frisson me remonte dans le dos, comme dans ces moments où l'on se rend compte qu'une araignée est accrochée au plafond juste au-dessus de notre tête et qu'elle est là depuis un moment.

Ella secoue ses mains.

– T'as vu ça ? Il devait être mort depuis un moment pour finir en poussière quand je l'ai à peine touché.

– Ouais…

Si cette explication lui suffit à justifier ce qu'il vient de se passer, tant mieux. Pour moi, c'est plus compliqué. Parce que, justement, c'est inexplicable.

Mon cœur bat encore la chamade, et je crois que je ne pourrais rien faire de précis avec mes mains dans l'immédiat tant elles tremblent. Mon regard croise ceux des membres du petit groupe qui a assisté à la scène. Ils se retiennent de rire, c'est évident. *La honte…*

CHAPITRE 5

NOLA

Je file à travers le couloir qui va me conduire jusqu'à l'amphi de mon prochain cours, et il est bien trop court à mon goût. Je lutte pour retenir mes larmes. C'était un papillon rouge exactement comme dans… *Non, c'est impossible ! Ce que j'imagine dans mes rêves n'existe pas ! Ni les papillons rouges, et encore moins le type qui va avec.* Alors pourquoi je panique comme ça ? Ce n'est pas comme s'il pouvait débarquer dans ce couloir pour faire ce qu'il fait toujours : me terrifier.

J'essaie de reprendre une attitude normale et de respirer calmement, mais c'est comme si mes poumons étaient remplis de sable ; le même qui a coulé entre les doigts d'Ella. J'essaie de ne pas paniquer, mais le manque de sommeil commence vraiment à empiéter sur mon quotidien. Ce cauchemar, qui hante chacune de mes nuits, commence à pourrir aussi mes journées. Il va falloir que ça s'arrête.

– Mademoiselle Nott ? entends-je soudain.

Je m'immobilise, interrompant le fil de mes pensées, puis tourne sur moi-même. Dans mon dos, notre professeur de mythologie nordique semble tout juste sortir de son bureau. *Eh merde*... Elle va me parler de mes résultats catastrophiques et, comme elle est aussi mon prof-référent, je ne vais pas pouvoir l'éviter longtemps.

– Mademoiselle Sol ? lui retourné-je.

– Vous n'êtes pas en retard, vous pouvez ralentir le pas.

Elle ferme la porte de son bureau derrière elle et me rejoint dans le couloir. Comme chaque fois que je la croise, je me demande à quelle sauce elle va me cuisiner. J'ai du mal à la cerner. Elle est toujours souriante, mais il y a quelque chose en elle qui impose un certain respect. Et là tout de suite, impossible de savoir si son humeur penche plus vers la joie ou vers l'envie de meurtre. Si elle a vu mes résultats, je vote pour la seconde option, parce que la seule matière où je rame est la sienne.

– Vous allez bien ? me demande-t-elle.

J'avale ma salive. *Si je vais bien ? Plus depuis quelques semaines !* Mais je garde mes cauchemars pour moi, par fierté certainement. Les confier à une psy hier était déjà suffisamment gênant, pas besoin d'en rajouter, je déteste qu'on ait pitié de moi.

– Oui, et vous ? la questionné-je simplement en retour.

Son sourire me fait plisser les yeux.

– J'ai la tête dans le…

Elle s'arrête là et me lance un regard en coin avant d'enchaîner :

– Si je finis ma phrase, vous allez trouver ça déplacé ?

Je fronce les sourcils.

– Hmm… Grave ! Mais c'est aussi ce qui ferait de vous la prof la plus cool de cette fac à mes yeux, avoué-je après une courte réflexion.

Elle explose aussitôt de rire.

– Ravie de le savoir ! Enfin, même avec la tête enfouie profondément dans une partie de mon anatomie que je ne citerai pas, j'ai constaté que vos résultats en mythologie nordique ne sont pas à la hauteur de vos capacités !

Prends ça dans ta tête, Nola !

Je me crispe et me tourne vers elle avec un sourire contrit.

– Ce n'est pas contre vous… marmonné-je.

– Vous pouvez être franche avec moi et me le dire si la mythologie nordique vous ennuie au plus haut point, me souffle-t-elle avec un clin d'œil.

– Non, non ! Pas au plus haut point… répliqué-je en sentant qu'elle comprendra mon ironie dénuée de malveillance.

Son rire résonne dans le couloir alors que nous arrivons devant la porte de l'amphithéâtre où son cours va débuter.

– Bon, je dois pouvoir vous venir en aide, si c'est ça. Passez me voir à la fin du cours, ok ?

– Bien sûr ! Merci…

Elle entre en me laissant sur place.

Comment ça se fait que je n'y arrive pas avec cette matière ? La prof est la plus fun de cette planète !

Avant d'entrer à mon tour, je me penche en avant en enlevant mon élastique et je secoue mes cheveux. *Juste pour être sûre !* Mes mèches trop longues remuent dans tous les sens. Apparemment, rien d'anormal. Je me redresse, les attache en vrac et j'entre dans l'amphithéâtre.

***

– Jusqu'à quel point notre conscience nous empêche-t-elle de voir le monde tel qu'il est ? Ne déformons-nous pas systématiquement la réalité par manque de connaissances nécessaires pour la comprendre ? Pensez aux hommes qui étaient convaincus que la Terre était plate… Et si tout ce qui compose votre environnement était soudain effacé pour laisser place à une autre réalité, oseriez-vous y croire ?

Mademoiselle Sol laisse un silence s'installer.

Pas étonnant que je n'y comprenne rien... D'ailleurs, personne dans l'amphi ne semble percuter, ça me rassure. Je suis censée assister à un cours de mythologie nordique et me voilà en train de remettre en cause les fondements de mon existence. J'aime bien cette prof, mais elle ne me facilite pas la tâche.

Elle passe devant le tableau noir sans regarder personne, comme si elle cherchait ses mots.

– Je peux répondre à votre place. Pour la quasi-totalité d'entre vous, la réponse serait non ! Notre cerveau n'est pas conditionné pour l'accepter. Ouvrir les yeux n'est pas donné à tout un chacun. Les personnes qui voient plus loin que l'obscurité de la méconnaissance sont rares !

Son regard soudainement planté dans le mien me met plus mal à l'aise que jamais. Et ça s'accentue encore lorsque quelques élèves se tournent vers moi, curieux de savoir qui elle fixe comme ça. Elle ne doit pas savoir que je ne me sens bien que lorsqu'on ne me remarque pas.

Je hoche la tête pour ne pas lui mettre un vent. Elle sourit et se détourne enfin. Je respire à nouveau.

– Au début du semestre, je vous ai annoncé que j'avais décidé d'aborder la mythologie nordique d'une autre façon cette année. Pourquoi ressasser l'histoire des dieux principaux quand la culture populaire s'en est emparée ? Thor et Loki peuvent faire leurs intéressants sur grand écran si cela leur chante, ils me laissent de marbre !

La moitié de l'amphi laisse échapper un ricanement. Un sourire passe rapidement sur mes lèvres.

– La mythologie nordique regorge d'autres dieux tout aussi importants. Je suis ici pour vous parler d'eux. Maintenant que vous avez acquis les bases nécessaires pour comprendre les neuf mondes et que vous connaissez les récits qui font référence dans le domaine, passons aux choses sérieuses…

Elle marque une courte pause et trouve de nouveau mon regard.

– Dans la mythologie nordique, la nuit ne va pas sans le crépuscule, et la lune ne va pas sans le soleil. Il y a un dieu ou une déesse pour chaque élément cité. Mais attention, ils n'ont pas tous les mêmes liens ni affinités. Quand le crépuscule court après la nuit, la lune, elle, cherche à rattraper le soleil. Mais pas pour les mêmes raisons… Vous comprenez ?

Je fronce les sourcils et lance un regard vers les autres étudiants. *C'est moi ou tout cela n'a aucun sens ?*

Je cligne plusieurs fois des paupières pour chasser la gêne qui ne me quitte plus depuis plusieurs semaines. Je sais que c'est la fatigue qui me brûle les yeux, mais je ne dois pas dormir. *Allez, Nola, prends des notes, même si ce n'est pas très clair !*

***

– À jeudi ! Et n'oubliez pas : Meili* n'a pas de camp ! répète mademoiselle Sol alors que le cours touche à sa fin.

Les personnes dont je croise le regard semblent aussi paumées que moi.

J'ai décroché au moment où elle a commencé à parler de la lune qui veut rattraper le soleil. Je relis mes dernières notes : « Aux heures les plus sombres se joue une course-poursuite digne de la cavalcade de la lune en pleine nuit. » *Ça ne veut rien dire...* J'ai juste noté bêtement sans rien comprendre. La fatigue m'a tiraillée tout le long du cours, et j'ai lutté de toutes mes forces pour ne pas dormir. Nous sommes seulement en début d'après-midi et je suis épuisée.

Je récupère mes affaires et je descends rejoindre la prof. Elle est en pleine discussion avec un autre étudiant.

– Non, je vous assure que Mimir* n'a pas du tout cette fonction. Il est plutôt du genre isolé, les fesses dans une source d'eau chaude. Pas forcément propre, d'ailleurs… Enfin… Parler de ses fesses n'est peut-être pas approprié vu sa situation…

– Je pensais que…

– Vous pensiez mal, le coupe-t-elle.

Il soupire.

– Très bien, je reprendrai mes recherches… À jeudi, mademoiselle Sol.

Elle se contente d'un clin d'œil pour le saluer avant de tourner la tête vers moi.

– La sieste fut bonne ? me demande-t-elle.

Oups !

– Je n'ai pas fermé l'œil, rétorqué-je.

– C’était tout comme… Vous dormez la nuit ? Parce qu’on ne dirait pas !

Je me contente de lâcher un petit rire coincé. *Si elle savait, elle me ferait enfermer !*

Je tente de ravaler la boule qui se forme dans ma gorge. Sa petite pointe d’humour ne fait qu’enfoncer le couteau dans la plaie. Je suis seule face aux insomnies, je suis seule face à ce cauchemar, et donc face à *lui*.

Pour rester polie et qu’elle ne discerne pas mon malaise, j’enchaîne :

– J’ai adoré le cours, mais quelques points restent à éclaircir pour moi.

– Justement, j’ai un peu de temps ce semestre, je peux vous donner des cours en renfort. Enfin, si vous aussi vous avez du temps ! Ce serait dommage de manquer votre année pour ça.

Un sourire étire mon visage fatigué. Je me rends compte à quel point elle est investie dans ses fonctions. Rares sont les professeurs à proposer de l’aide de façon individuelle.

– Oui, j’ai au moins deux après-midi libres par semaine. Merci beaucoup ! On commence quand ?

Elle affiche un grand sourire.

– Dans deux semaines, ça vous va ?

– Parfait !

Peut-être que d’ici là, j’aurai dormi une vraie nuit.

– Alors on retrousse ses manches, mademoiselle Nott ! Et on se remotive ! m’envoie-t-elle soudain en faisant un tour sur elle-même. J’ai ici…

Elle fouille dans son cartable en cuir en marmonnant qu'il a besoin d'être rangé.

– Où est-ce qu'elles peuvent se cacher ? Ah ! Voici ! Tenez, voilà de quoi vous aider pour commencer.

Je saisis ce qu'elle me tend. *Des fiches de révision ?*

– Elles étaient à moi quand j'étudiais. Vous verrez, la méthodologie peut être différente de ce que l'on a l'habitude de voir, peut-être que ça va vous remotiver.

– Merci beaucoup !

– C'est moi qui devrais vous remercier, je viens de trouver mon nouveau challenge pour l'année : vous faire adorer les dieux de la mythologie nordique !

– On y croit ! soufflé-je avec un petit rire dépité.

– Ils sont tous très sympas, vous verrez. Allez, dehors, mademoiselle Nott !

***

Je tourne la clé dans la serrure de mon appartement et ouvre la porte. L'ascenseur de mon immeuble est encore en panne, les six étages viennent de m'achever. Mes jambes sont sur le point de lâcher, et je ne parle même pas du martèlement dans mon crâne.

Je referme la porte. Impossible d'aller plus loin. Je lutte contre l'envie de rejoindre mon clic-clac juste là de peur de m'endormir et de *les* revoir encore, *lui* et ses papillons rouge sang. *Reprends-toi, Nola ! Arrête d'avoir peur d'un truc qui n'existe pas !*

Je laisse mon sac tomber au sol, et mon corps ne tarde pas à le suivre, vidé de son énergie. Sans que je puisse les retenir, des larmes coulent sur mes joues.

J'ai subi mes heures de cours et j'ai subi les gens autour de moi. Depuis que ces mauvais rêves ont commencé, je subis ma propre existence. *Je n'en peux plus*... Encore quelques semaines à ce rythme et je foirerai mon master. Ça me rend folle d'être aussi impuissante et de ne pas trouver de solution à ces cauchemars.

CHAPITRE 6

NOLA

– Mimir est le dieu de la richesse…

Je note sur une fiche ce que je viens de prononcer à voix haute tout en tournant une feuille des notes de mademoiselle Sol. *Merde, c'est pas du tout ça !*

– Mimir est le dieu de la sagesse et de la connaissance !

Je gomme et recommence. *Heureusement que je remplis mon tableau au crayon… Et je parle toute seule, en plus !*

Je regarde l'heure. Six heures du matin. J'ai vu passer chacune d'entre elles depuis hier soir. Je me suis assoupie une petite heure en rentrant chez moi. Heureusement, un appel de Léo, mon voisin, m'a réveillée, m'empêchant ainsi de cauchemarder. J'ai ensuite tout fait pour m'occuper, mon appartement est donc reluisant. J'ai juste évité de passer l'aspirateur de peur de voir débarquer ma voisine revêche que j'aurais tirée du lit. Quoi qu'elle est si vieille qu'elle doit être sourde !

Je bâille à m'en déboîter la mâchoire et quitte le clic-clac sur lequel je travaille, faute de bureau, pour aller me faire couler une nouvelle dose de café. Encore une heure avant de me préparer pour aller en cours.

***

Ella : M'attends pas, panne de réveil !
Bon courage, bisous.

– Houlà… Mais qu'est-ce que c'est que cette tête, Nola ?

Je relève le nez vers Kyle, délaissant mon portable et le SMS d'Ella. En plus de ne pas l'attendre, j'ai tellement les yeux loin de leurs orbites ce matin que je n'ai même pas capté son absence !

– La tête d'une nana qui veut un café ! Un allongé, s'il te plaît, réponds-je.

Il part d'un petit rire en allant préparer ma commande. Heureusement que je n'ai qu'un cours de deux heures ce matin. Ensuite, je rentre chez moi et, tant pis, je dormirai quoi qu'il m'en coûte. Je suis à bout. J'ai l'impression de marcher avec des baskets en plomb, que mes bras n'ont plus assez de muscles pour les porter et que mes épaules soutiennent le monde. Enfin, elles soutiennent mon sac à dos, et c'est déjà un exploit vu la masse de bouquins que j'ai réussi à faire entrer dedans.

– Tiens ! 3,50 €, s'il te plaît.

– Quoi ?

– Ton café, c'est 3,50 €…

Ah oui ! Mon café allongé !

– Elle est où, l'autre folle ? me demande le serveur alors que je lui tends un billet.

L'autre folle : Ella.

– Elle ne s'est pas réveillée, tu la verras plus tard.

– Eh merde ! Je pensais qu'elle avait enfin quitté la fac. J'étais si heureux de ne jamais la revoir…

Malgré mon état d'épuisement, j'arrive à suivre la conversation. Je trempe mes lèvres dans mon grand gobelet, c'est la solution la plus efficace pour m'aider à ne pas décrocher des cours. *Quoique, je n'ai jamais essayé les cachets*... Je devrais peut-être y penser.

– Tu as vu avec Léo, au fait ?

– Quoi ?

– Pour qu'on se fasse un truc ensemble cette semaine.

– Ah mince ! J'ai totalement oublié. Pourtant, je l'ai eu au téléphone hier soir. Mais je le vois tout à l'heure, on bosse ensemble, je lui en parlerai.

Il me fait un sourire et s'en va servir d'autres clients mal réveillés.

Je traîne mon corps trop lourd dans les couloirs de la fac. J'aime passer du côté récent de la faculté au côté ancien, c'est comme changer de monde.

On dit adieu au béton et aux couleurs froides pour contempler un lambris chaleureux. Sans hésitation, c'est l'endroit que je préfère ici.

J'ai bâillé huit fois avant de pénétrer enfin dans l'amphi souhaité. Je me trouve une place en haut, au dernier rang, les escaliers à remonter risquant de m'achever. Et une fois que j'ai posé mes fesses sur le bois inconfortable, je souffle un coup. *Allez, Nola, tu peux le faire !*

J'attends l'arrivée du professeur en gardant difficilement les yeux ouverts. *Mais que fout-il ?*

C'est Ella qui finit par débouler.

– Hello ! salue-t-elle, pleine d'énergie, en me faisant claquer une bise sur chaque joue.

Elle apporte avec elle une vague de froid qui me redonne un coup de fouet.

– Ça va mieux ?

– « Mieux » ?

– Ouais, tu sais… Insomniaque et phobique des insectes, ricane-t-elle.

– Je ne suis pas phobique, j'ai juste été surprise !

Mon amie me lance un regard en coin et le prof arrive enfin, me sauvant d'un éventuel interrogatoire.

***

Encore vingt-trois minutes de lutte !

Ella est très concentrée sur le cours et m'ignore. Moi, je n'ai rien suivi, j'espère pouvoir prendre ses notes. J'appuie ma tête trop lourde sur mon poing, et mon coude est posé sur la table. Je me force à garder les yeux ouverts.

Mon café allongé est fini depuis bien trop longtemps, j'aurais dû en prendre deux. Mais je ne dois pas dormir. *Je ne dois pas...*

J'ouvre les yeux, la voix du prof m'arrive par intermittence. Je déconnecte puis reconnecte.

Merde, je ne l'entends plus ! Hors de question que je m'endorme ici !

Mes paupières se ferment, elles pèsent une tonne. Ce type est soporifique, il ne m'aide pas. Les bruits de l'amphi autour de moi s'évanouissent doucement jusqu'à disparaître pour ne laisser dans mon esprit que ce silence apaisant.

Plus de poids sur les épaules, plus de jambes douloureuses ni de crâne migraineux ; juste un esprit qui flotte. *Bon sang, ce que c'est reposant !*

Je peux peut-être parvenir à rester là, entre deux eaux, à flotter simplement, juste aux limites du sommeil profond. *Non, Nola, tu es en cours, reprends-toi !*

***

Je rouvre les yeux subitement, la pluie vient aussitôt me fouetter le visage. J'ai le réflexe d'essayer de me protéger de mes bras, mais ça n'empêche aucune goutte glaciale de m'atteindre. Je finis par regarder mes baskets, elles sont enfoncées dans dix bons centimètres de boue. Qu'est-ce que…

Je relève le nez. Eh merde, je suis en train de rêver !

Visiblement, j'ai fini par m'endormir en cours. Ça craint, je dois absolument me réveiller discrètement avant que le rêve, comme toujours, ne termine en cauchemar.

J'avance, difficilement. La pluie détrempe mes vêtements, ce qui ne m'aide pas. Le ciel est couvert d'une épaisse couche de nuages gris et noirs qui laisse échapper des éclairs. J'entends le tonnerre gronder autour de moi.

Je dois essuyer plusieurs fois mes yeux et mon visage pour y voir clair. J'ai l'impression de me battre contre cette boue depuis déjà des heures alors que je ne dois être endormie sur ma table que depuis quelques secondes.

Une de mes baskets finit par rester coincée dans la boue. J'arrive à la récupérer sans trop m'en mettre partout. Ça a beau être un rêve, les sensations sont si réalistes que j'arrive à avoir froid. Mes mains tremblent. Et pas que. Tout mon corps est transi.

Un coup de tonnerre violent retentit et vient rebondir sur le sol. Je sursaute et m'accroupis. C'est tellement réaliste que j'ai senti ma cage thoracique vibrer sous la puissance du son. Plusieurs éclairs partent du ciel et vont toucher le sol à quelques kilomètres de là. Mon souffle se fait court.

Je me relève doucement et reprends mon chemin tortueux.

Brusquement, le temps se fige et les couleurs disparaissent. Ça recommence ! *J'essaie d'aller plus vite, mais il est trop tard. Sans parvenir à me réveiller, je vois une vague rouge arriver sur moi.*

Des ailes écarlates virevoltent dans tous les sens et m'encerclent dans un brouhaha infernal. Très vite, elles s'abattent sur moi. Je me protège comme je peux pour que les papillons ne me touchent pas, mais ils sont trop nombreux, trop violents. Je les sens qui me griffent les bras. J'entends le tissu de mes manches se déchirer et je sens ma peau subir des coupures. J'ai beau frapper autour de moi, je n'atteins que l'air.

Je recule encore et encore, mais ils me suivent. Je trébuche et bascule en arrière dans la boue sans rien pouvoir faire.

Soudain, tout s'arrête. Les gouttes de pluie qui martelaient mon crâne et mes épaules restent en suspens autour de moi, et le mur de papillons aussi rouges que mon sang se fige. Le bruit assourdissant des milliards de battements d'ailes s'efface avec une lenteur extrême pour ne devenir plus qu'un silence oppressant.

Un clignement d'œil plus tard, il *est au-dessus de moi. Les tatouages, les papillons par milliers, et son regard plein de haine... Comme toujours, ce type me terrifie.*

***

– Oh ! Réveille-toi !

J'ouvre les yeux. Les lignes de mon cahier m'obligent à faire un focus douloureux.

– J'y crois pas, tu ronfles comme un camion, chuchote Ella en me donnant un coup de coude dans les côtes.

Je me redresse en avalant ma salive. Je reprends mon souffle pour calmer mon rythme cardiaque. Je regarde autour de moi, et l'amphi bourré d'étudiants se dessine. *Ouf... Merci, Ella, de m'avoir réveillée !*

Quoique... Pourquoi tous les étudiants sont tournés vers moi ? Et pourquoi le prof a-t-il interrompu son monologue soporifique pour regarder fixement dans ma direction ?

Je sens mon visage rougir et mon corps se recroqueviller. Si seulement je pouvais disparaître comme par magie et oublier ce moment de grande solitude…

Lentement, les étudiants reprennent une position normale et le prof la suite de son cours.

J'échange un regard avec Ella qui semble retenir un fou rire.

– *Ron pchi*… fait-elle avec un petit sourire.

Je force le mien, puis nous nous concentrons à nouveau. Enfin, j'essaie, mais j'ai une boule désagréable dans la gorge. Même lorsque je m'assoupis un très court instant, mes angoisses prennent le dessus.

CHAPITRE 7

NOLA

Ma petite sieste pendant le cours de ce matin aura au moins eu pour effet de me rebooster pour le reste de la journée. J'ai passé mon après-midi à la bibliothèque et, pour une fois, mon travail a été utile. J'ai bien avancé. Et j'espère que ce que j'ai retenu de mes révisions sur la mythologie nordique était correct. Vivement que je commence ces cours de soutien avec mademoiselle Sol.

– T'es déjà là ? demande soudain une voix qui s'adresse clairement à moi.

Je détourne les yeux de mon mini four pour voir Léo pousser la porte de mon appartement. Je n'ai pas dû entendre qu'il avait frappé, mais on se rejoint chaque semaine pour dîner ensemble avant d'aller travailler. Nous avons découvert rapidement qu'en plus d'être voisins de palier, nous avions le même job d'étudiant.

J'ai un petit pincement au cœur chaque fois que je sens son regard sur moi. Pas parce qu'il est presque surnaturellement beau et aussi cultivé que je pourrais le rêver, mais parce que je sens cette petite étincelle en lui à laquelle je ne peux pas répondre. Même si je reçois parfaitement tous les signaux qu'il m'envoie depuis qu'on s'est rencontrés, je suis incapable d'aller dans leur sens. Et ça fait des mois que ça traîne en longueur. C'est notre non-dit à nous.

– Salut ! lancé-je.

– Prête pour aller bosser ?

– Absolument pas.

Il me rejoint dans le coin cuisine lorsque le four sonne pour annoncer que notre pizza doit être cuite. Ou plus ou moins… Avec ce truc, c'est un jeu de hasard.

Je me penche vers lui pour lui faire la bise, comme toujours. Et, comme toujours, il passe sa main dans le bas de mon dos à ce moment-là. Parfois, j'ai juste envie de le repousser loin de moi ; mais d'autres fois, lorsque je me sens vraiment mal (par exemple quand mes nuits ont bien pourri une journée, comme ce fut le cas aujourd'hui), j'apprécie ce léger contact rassurant. C'est égoïste de ma part, j'en suis consciente, mais si je tire aussi un trait là-dessus, que me restera-t-il ? Des cauchemars nuisibles et zéro vie sociale ? Super !

– Encore tes problèmes de sommeil ? me demande-t-il justement alors que nos regards se croisent.

Ça se voit tant que ça ? Je dois avoir une tête affreuse…

– Ouais… J'ai ronflé en cours tout à l'heure… Ella a dû me réveiller !

Léo se met aussitôt à rire et se rattrape très vite.

– Désolé… marmonne-t-il avant de se pincer les lèvres.

Je garde pour moi l'existence du type aux tatouages qui me poursuit dès que je ferme l'œil. Même Léo n'en sait rien. Que penserait-il ? Que je suis folle ? Je ne vais pas prendre le risque de lui en parler pour savoir. Et puis ces cauchemars vont bien finir par s'arrêter. Je crois que mon subconscient évacue simplement le stress des cours à sa façon. Même si j'apprécierais qu'il le fasse autrement.

– Alors, qu'est-ce qu'on a au menu ? demande Léo en se penchant sur mon épaule.

– Eh bien, si mon four le veut, ce sera une pizza bolo…

Une épaisse fumée noire envahit l'appartement sitôt que j'entrouvre la porte du four.

– Merde ! Mais qu'est-ce qu…

Je vais aussitôt tirer sur la prise, et Léo court dans le salon pour ouvrir la fenêtre, seule et unique ouverture sur le monde de ce palace. Il contourne pour ça le clic-clac toujours ouvert et qui prend toute la place.

– Alors, chef, quelle est l'ampleur des dégâts ?

Je secoue la manique devant le mini four pour voir ce qui a bien pu se passer à l'intérieur. La fumée se dissipe doucement, et, quand enfin j'y vois clair, un minuscule éclair rouge vif me fait sursauter et reculer. Je lâche même un petit cri de stupeur.

– Qu'est-ce qu'il y a ? demande aussitôt Léo en se collant à mon dos.

Je chasse encore un peu la fumée, mais il n'y a plus rien. Ce petit battement d'ailes rouges, j'ai dû l'inventer. Mon cœur reprend doucement son rythme normal. *N'importe quoi, Nola ! Tu deviens parano ! De la sauce tomate partout, et ton cerveau perturbé y voit tout de suite une foutue paire d'ailes rouges qui papillonne.*

Léo constate l'ampleur des dégâts.

– Ah… Tu n'as pas mis de protection sur la grille, dit-il.

Je pince les lèvres. *Quelle conne…*

– J'ai oublié et…

– Et la pizza est carrément passée au travers, termine-t-il. Bon, un kebab sur le chemin, ça te convient ?

Je baisse les bras. Je suis trop fatiguée pour lutter, alors, d'un signe de tête, j'accepte la proposition, même si je suis fauchée.

***

Moment de solitude… Je suis seule dans une rame de métro avec Léo. Il est donc possible de ne pas être compressée sous l'aisselle de son voisin dans ces trucs ? Quoique, à cet instant, je préférerais peut-être subir une odeur de transpiration que la proximité de mon voisin.

Nous nous rendons au musée où nous bossons ensemble. Heureusement pour moi, mon portable vibre et attire mon attention ailleurs pour quelques secondes. C'est un SMS d'Ella.

Ella : Moment scoop du jour !
Il est possible que je sois un peu
en retard dans les jours à venir…
Ne m'attends pas le matin.

Nola : C'est ton scoop ?
Heureusement que t'as pas choisi
des études de journalisme ! lol

Ella : Non, le scoop,
c'est le POURQUOI je serai en retard !
Nuits de folie prévues à l'autre bout
de Paris, chez le beau Matt !
Tu sais, le beau gosse de notre cours
du mardi. Celui qu'on a croisé
dans les toilettes ! Non, non,
tu ne rêves pas ! Et sinon,
on en est où pour la soirée avec Léo
et l'autre naze ? Quel jour ?
Quelle heure ? Et où ?
Que je m'orgasme. M'organise,
pardon !

Je lâche un petit rire et lui réponds en vitesse que je m'informe et reviendrai vers elle. Elle me fascine, elle arrive toujours à ses fins avec ses conquêtes !

Léo me lance un coup d'œil en coin.

– Kyle propose une soirée dans la semaine, tu es chaud ?

– Avec plaisir ! Sauf si c'est encore un karaoké…

Je pouffe de rire.

– C'est vrai que tu sais faire plein de choses, mais chanter… clairement pas.

Il se met à rire aussi, et nos regards se croisent. Ce petit truc qu'il m'envoie me fait détourner les yeux, comme toujours.

– On se tient au courant pour Kyle. Je ne sais pas ce qu'il veut faire exactement, dis-je pour combler. Et tu as vu les nouveaux éléments du musée ? Ceux sur la mythologie nordique !

– Ah oui ! Il y a un bouclier absolument énorme, tu vas adorer ! Ils sont encore en train de finir l'installation !

– Ça va m'aider pour mes cours… marmonné-je.

– Je peux te faire une visite si tu veux… propose-t-il avec un sourire en coin.

– Ça fait vraiment pervers, ça !

Il explose de rire.

– Mais non… Tu sais très bien à quel point je suis romantique !

CHAPITRE 8

NOLA

Nous nous séparons dans le hall d'entrée du musée. Je prends la relève de ma collègue qui termine sa journée, et Léo file au PC Sécurité rejoindre le gardien de nuit. Mes horaires à la fac ne me permettent pas de faire des heures en journée, alors j'effectue les deux nocturnes hebdomadaires.

C'est sympa de bosser dans un endroit pareil quand tout devient calme. Pas de classe en sortie scolaire à gérer, pas trop de touristes paumés, seulement les habitués qui aiment l'endroit et qui veulent savourer la sérénité d'une ouverture en soirée.

Je m'installe derrière mon comptoir quand mon portable vibre à nouveau. D'un coup d'œil, je vois que c'est Kyle. Je pose mes affaires puis regarde son SMS.

Kyle : Demain soir, c'est cool ?
J'ai entendu parler d'un pub privé
dans le 8e, ça peut le faire !

Un pub privé ? Sympa !

Nola : Top, je préviens les autres !

Je transmets tout de suite à Ella et Léo avant d'oublier et je tire sur le gros fauteuil à roulettes pour m'installer. C'est là que je vais passer les quatre prochaines heures. J'ai Internet, de quoi écrire, Léo via talkie dès que l'envie m'en prend et un petit frigo rempli de sodas. La soirée parfaite !

Très vite, quelques couples se présentent, puis un homme plus tout jeune qui vient tous les mercredis soir et avec qui j'échange quelques mots polis chaque fois. Ensuite, c'est le calme plat.

J'ouvre mon sac, en sors mon livre en cours de lecture et me plonge sans hésiter dans l'histoire.

***

– Hello !

Je sursaute et détourne mon attention des lignes noires. Léo est planté devant le comptoir avec un air de conspirateur.

– Tu m'as fait peur ! grondé-je.

Il ricane et se redresse un peu avant de déposer un petit paquet mal emballé juste devant moi. Un léger sourire étire mes lèvres sèches.

– Léo… soupiré-je.

– Ne me remercie pas, ça me fait plaisir. Et puis c'est un cadeau, ça ne se refuse pas !

Il file continuer sa tournée sans attendre de réponse de ma part. J'attrape le paquet et le pose devant moi sans l'ouvrir. Il m'a coupée à un moment qui ne mérite pas d'attendre plus que je le lise. Et puis je connais les cadeaux de Léo, c'est notre petit délire récurrent. Je ne compte plus les bouchons de bouteille ou les couverts en plastique offerts avec amour. Je jette encore un œil sur l'emballage en secouant la tête. Qu'est-ce que ça peut bien être cette fois ?

Il parvient tout de même à piquer ma curiosité, mais pas assez. Je me replonge dans ma lecture.

C'est le grésillement du talkie qui m'oblige à relever le nez une trentaine de pages plus tard. Une seconde passe, puis la voix de Léo résonne, étouffée par l'appareil de mauvaise qualité.

– Tu n'as pas ouvert mon cadeau, Nola. Je le prends super mal ! décrypté-je.

Je lance un coup d'œil vers le coin du mur sur ma gauche et j'attrape le talkie pour répondre :

– Mater une fille par vidéosurveillance pendant des heures est puni par la loi, tu sais !

Il explose de rire

– Mais ouvre mon cadeau ! râle-t-il.

– Ok !

J'attrape le petit paquet, arrache le papier journal qui entoure le présent et découvre vite de quoi il s'agit. Je lève l'objet vers la caméra sur ma gauche.

– Sérieusement, Léo ? Une bague en fil de fer ?

– Faite avec amour, Nola. Tu devrais l'adorer !

Je réprime le ricanement qui menace de franchir mes lèvres et fais non de la tête.

– Offre-moi une vraie bague, que je puisse au moins la revendre et payer mon loyer !

Je l'entends rire.

– Nola, essaie la bague ! Il a passé une heure dessus, ce con.

C'est la voix grave du gardien de nuit qui vient de résonner dans le talkie.

– C'est mal de choisir un camp, Luc !

Ils sont atteints... Mais il est vrai que les soirées sont moins ennuyeuses avec eux.

Un claquement soudain qui retentit non loin de moi me fait sursauter, et j'en perds la bague artisanale de Léo.

Je me penche vers les portes d'entrée pour constater d'où provient le bruit. Il n'y a personne, mais un des battants est ouvert, comme si quelqu'un était entré en fonçant dessus.

Je lance un coup d'œil vers la caméra. Aussitôt, la voix de Léo résonne :

– Qu'est-ce qu'il y a ?

Je fais signe que j'ai entendu quelque chose et je me lève.

– Il y a quelqu'un ? demandé-je avec une voix assez peu assurée.

Pas de réponse.

– Vous avez vu quelqu'un entrer ? questionné-je à voix basse dans le talkie.

Pas de réponse. Je m'apprête à leur demander de vérifier quand l'horrible sensation d'avoir quelqu'un juste dans mon dos me prend aux tripes. Je me retourne d'un bond, mais il n'y a personne.

– Nola ! Un type super louche est entré dans le musée ! dit brusquement Léo.

Mon cœur manque plusieurs battements. Je n'ai qu'une seule idée en tête : *est-ce que ce type est accompagné de papillons ?*

– Quitte ton poste, j'arrive tout de suite ! ajoute Léo précipitamment, comme s'il courait.

Je me penche sous le comptoir, enfonce le bouton qui rallume toutes les lumières et je tourne les talons pour percuter un torse musclé. Je lâche un cri de terreur. *Il est là !* Non, c'est impossible !

Je recule pour fuir en me débattant.

– Nola, c'est moi !

Dans ma panique, je croise le regard amusé de Léo et je comprends.

– Panique pas, c'était une blague ! dit-il en m'attirant vers lui.

J'envoie mon poing dans son épaule.

– Mais ça va pas ? J'ai eu la peur de ma vie ! m'écrié-je. Quelqu'un est entré au moins ?

Il est mort de rire, cet imbécile.

– Non, personne ! Je pense que c'est le vent qui a ouvert la porte.

Je le repousse tandis qu'il ricane comme un phoque. *Il est fier de lui, en plus !*

Je repose mes fesses sur mon fauteuil à roulettes en lui lançant un regard noir. Il passe sa paume sur ma joue avec un regard tendre, ignorant ma colère.

– N'aie pas peur. Je te protège, Nola.

Je le fixe une seconde.

– N'importe quoi, soufflé-je.

Il ricane. *Ce type ne prend jamais rien au sérieux !*

– Allez, va bosser, abruti ! Et ne recommence jamais ça !

Je reprends mon livre avec les mains presque tremblantes.

Calme-toi, Nola... Ça n'aurait pas pu être le type de tes cauchemars, puisqu'il n'est que le fruit de ton imagination !

Léo disparaît, et moi, je reprends contenance lentement. Je lance quelques regards autour de moi. C'est désert, mais j'ai le sentiment terrifiant de ne pas être seule. Je suis déjà parano, Léo ne m'aide pas avec sa blague merdique.

Le talkie grésille, et la voix de Luc résonne près de moi :

– Je lui avais dit que c'était une mauvaise idée !

– Tu aurais dû le frapper, c'est pas la première fois que je te le dis.

Il se met à rire.

– Essaie au moins sa bague... Il se donne du mal, ajoute-t-il.

Je lance un regard colérique vers la caméra sans répondre. La bague m'a sauté des mains tout à l'heure et il est hors de question que je la cherche maintenant. Tant pis pour Léo.

– Ok, ok ! N'essaie pas la bague…

Je lâche un petit rire en faisant non de la tête.

– Au fait, même si tu m'en veux, tu viendrais voir les objets de la mythologie nordique de l'exposition temporaire avec moi ? entends-je la voix de Léo me demander.

Je relève à nouveau le nez de mon livre.

– Non, et laisse-moi tranquille !

J'avais très envie d'y aller, mais ma colère est trop grande. La frousse que j'ai eue ne laisse pas ma colère retomber aussi facilement. Alors tant pis !

La porte du musée s'ouvre, poussée par un jeune couple. *Parfait !* D'un signe de tête vers la caméra, je refuse pour de bon l'invitation de Léo.

CHAPITRE 9

NOLA

Si je m'étais écoutée, jamais je n'aurais étudié la mythologie nordique. Mon intérêt pour l'histoire est bien plus ancré dans le réel. Étudier les raids vikings, pourquoi pas, mais la mythologie nordique… Cependant, il me manquait des unités pour compléter mon année et finir mon master, alors j'ai pris cette matière en pensant que ça allait être simple. Finalement, me voilà prête à suivre mon premier cours de soutien. Adieu les points facilement gagnés et bonjour les galères pour éviter de louper mon année ! *Très bon choix, Nola !* Je m'imagine avec les deux pouces levés et un sourire factice sur le visage. J'étire mes lèvres une seconde avant de me reprendre. Bon sang, toutes ces nuits sans sommeil me tapent vraiment sur le cerveau, rire seule dans un couloir, c'est louche !

Et depuis la mauvaise blague de Léo au musée, je suis encore plus parano, j'ai l'impression de voir *ce type* partout. Dans chaque recoin sombre, à chaque virage serré, il pourrait être partout s'il était réel…

Une vibration m'oblige à arrêter de penser, un SMS de Léo vient d'arriver.

Léo : On va finir par réussir à la faire,
cette soirée ! Ça fait deux semaines
qu'on repousse ! Kyle est ok semaine
pro, Ella aussi. Partante ?

Je suis en train de lui répondre que oui lorsque j'entends du bruit au bout du long couloir dans lequel j'attends. Je vois la prof arriver avec son sac en bandoulière accroché sur l'épaule et ses boots pas attachées. *Quel look pour une prof !*

– Désolée pour le retard, j'ai été bloquée dans le métro, me dit-elle.

– Bonjour. Pas de souci, je n'étais pas vraiment à l'heure non plus.

– Ça, c'est faux, réplique-t-elle avec un sourire.

Elle a raison, ça fait vingt minutes que je patiente et que je rage qu'elle soit à la bourre.

Elle me passe devant et déverrouille la porte de son bureau. J'ai le temps de voir qu'elle a des piercings partout sur les oreilles et que sa peau est marquée d'un tatouage sur la nuque.

Nous nous installons de chaque côté de son bureau. Elle sort quelques livres et feuilles volantes de son sac informe et le laisse tomber par terre avant de me faire de la place sur le meuble. *Ce n'est pas possible d'être aussi bordélique…*

– Mets-toi à l'aise, on a vite trop chaud dans ce réduit, me précise-t-elle en découvrant que je n'ai pas enlevé mon manteau.

À quel moment le vouvoiement a-t-il sauté entre nous ? Cette prof semble vraiment tout faire pour détendre l'atmosphère. Malgré mes mauvais résultats, elle est étonnamment bienveillante.

Je me redresse un peu et retire ma veste et mon écharpe bleu nuit. J'adore ce truc, il est moche et pas du tout à la mode, mais j'y tiens. Je laisse le tout glisser jusque sur mon sac par terre.

– Bon, j'ai trouvé quelque chose qui pourrait retenir ton attention et te faire voir la mythologie nordique sous un nouveau jour… Ou plutôt, sous une nouvelle nuit…

Je la regarde sans comprendre. Ça y est, ça commence, je suis larguée ! Elle n'a pourtant même pas commencé cette session de soutien.

Elle positionne sous mon nez une feuille volante sur laquelle je découvre un simple tableau. Son doigt, dont l'ongle est verni de noir, arrive dans mon champ de vision.

– Il y a au moins un des dieux nordiques dont tu vas retenir l'histoire, parce qu'il porte le même nom que toi ! Juste là, la déesse Nott*.

J'ouvre de grands yeux, surprise, puis mon regard parcourt le tableau.

« Nott, déesse de la nuit »

Je pouffe aussitôt de rire en découvrant l'ironie de l'information.

– Tu as vu un autre dieu au nom qui t'évoque quelque chose ? me demande-t-elle aussitôt.

– Ah, non ! Pas du tout ! Mais Nott est la déesse de la nuit… C'est très drôle.

Je croise son regard, elle semble me demander silencieusement de lui expliquer mon hilarité.

– Je suis… enfin, je dors très peu, alors avoir une déesse qui porte mon nom dont le domaine est la nuit… c'est assez comique.

La prof fronce les sourcils une longue seconde puis se met à sourire.

– Oui, en effet, c'est pour le moins inattendu… Tu n'es quand même pas insomniaque ?

Je souris en plissant les yeux. Elle saisit ma réponse et grimace.

– Mais qu'est-ce qui peut bien empêcher la déesse de la nuit de dormir ?

Je hausse les épaules et me concentre sur le document posé devant moi pour éviter son regard perçant. J'ai toujours peur que quelqu'un devine ce qui m'arrive et je ne suis pas prête à partager ça. J'ai surtout peur de passer pour une cinglée, alors je hausse les épaules, et elle enchaîne sans chercher à en savoir plus.

– Dis-moi si l'un d'eux t'intéresse plus particulièrement !

Pas mécontente de changer de sujet, je détaille la liste des dieux sous mon nez. En dehors du fait qu'ils aient des noms bien trop compliqués pour être prononcés, ils ne me parlent pas du tout. Je me rappelle bien qu'il y a un dieu de la sagesse, mais je ne retrouve pas comment il s'appelle en fouillant dans ma mémoire.

– Kvasir* ?

Je secoue la tête. On dirait un mélange entre le nom d'un alcool fort et d'un médicament contre les maux de tête.

Elle laisse planer un silence et retente sa chance avec un autre.

– Mane ?

Je vois bien qu'elle attend une réaction de ma part, comme si ce nom devait m'évoquer quelque chose. À tous les coups, elle l'a présenté dans son dernier cours, soit ce matin même, et je n'ai rien retenu. Ce n'est pas possible d'effacer ces informations aussi vite de ma mémoire. Habituellement, je retiens plutôt bien ce qu'on me dit.

Je la dévisage rapidement. Il est clair que si je ne réagis pas, elle va se vexer. *Fais quelque chose, Nola !*

– Ah oui, Mane ! Ça me parle !

Je baisse les yeux en vitesse sur le papier. *Mane, Mane, Mane !*

– C'est la déesse de la lune ! envoyé-je.

La prof fronce les sourcils. Ça a l'air de fuser dans tous les sens dans son crâne. Elle ne va pas tarder à me hurler dessus ou à soupirer devant mon cas désespérant. J'ai l'impression de l'avoir blessée avec ma réponse. Ou alors elle a envie d'éternuer, car je vois ses yeux se mettre à briller subitement.

– Je suis si nulle que ça ?

– Non, non… Je me rends simplement compte que tu ne te souviens de rien… de mes cours ! souffle-t-elle en placardant un sourire sur son visage. Mais pas de souci, j'aime les challenges ! On va devoir tout reprendre depuis la base. Alors, c'est parti ! Stylo et papier, prends note de tout ce que je dis.

En vitesse, je prends ce qu'il faut et je la fixe en attendant la suite.

– Mane est…

Elle s'arrête. Je relève le nez quand j'ai fini d'écrire ces deux mots.

– Un…

Oui ? J'ai tout de même dépassé le stade de la dictée mot à mot !

– Un homme !

Oups !

– Ah ! Mes excuses, pouffé-je.

– Et il le prendrait vraiment mal de te voir te moquer de lui… souffle-t-elle.

Je lui lance un regard amusé, mais celui que j'ai en retour est bien plus sérieux que ce à quoi je m'attends.

– Bref ! Maintenant que j'ai rendu ses armes au dieu le plus viril de la mythologie, commençons !

Avant même de nous intéresser aux différents dieux, nous allons revoir la structure des mondes nordiques.

– Les dix mondes, c'est ça ? coupé-je.

Je sais au moins quelques trucs !

– Les neuf mondes, réplique-t-elle aussitôt.

Je fronce les sourcils.

– Vous êtes sûre ?

Elle ouvre de grands yeux comme pour me mettre au défi de la contredire. Même sur ce genre de détails, je tape à côté… J'étais pourtant persuadée qu'il y avait dix mondes.

– Tu me demandes si je suis sûre ?

Merde, quelle conne ! Je fais non de la tête avec un sourire contrit.

– Les neuf mondes, reprend-elle. Leurs noms importent peu pour le moment, ce que tu dois savoir, c'est que l'un d'eux est celui dans lequel nous nous trouvons : c'est Midgard*, le monde des Hommes. Qu'un autre abrite les dieux de la mythologie : c'est Asgard*. Et que le seul lien qui existe entre ces deux mondes est le Bifröst.

Elle prend une feuille où des trucs sont déjà notés, la retourne et me prend mon stylo de la main sans s'arrêter de parler.

– En gros, tu peux visualiser ça comme le ciel pour Asgard et la terre pour le monde des Hommes, avec un gros pont qui les relie. Et comme la mythologie est une matière très fun, ce gros pont est un arc-en-ciel. Par contre, désolée de te décevoir, mais non, il n'y a pas de licorne, explique-t-elle en griffonnant un schéma grossier sur la feuille.

– Le Bifröst est donc le seul moyen pour passer de Midgard à Asgard ?

– Hmm... De manière officielle, oui ! Mais comme les dieux sont plutôt futés, il n'est pas impossible qu'ils aient créé une porte détournée... Mais oublie ça, je t'embrouille. Contente-toi de retenir que seul le Bifröst relie Midgard à Asgard. Est-ce clair ou est-ce que je t'ai déjà perdue ?

– C'est tout à fait clair ! Deux des neuf mondes sont reliés l'un à l'autre. Mais où sont les autres alors ?

– Bonne question ! Mais nous verrons ça plus tard, si tu veux bien. Nous n'en avons pas fini avec Asgard, le ciel, et Midgard, la terre.

Ah ! Ok...

– Le Bifröst, ce fameux pont vers Asgard, est surveillé par un gardien surpuissant qui s'appelle Heimdall*.

– Ok, Heimdall... Euh... Je peux reprendre mon stylo ?

– Bien sûr, il est important que tu *Nott* tout. T'as saisi ? Nott-Noter...

– Ah, ah ! On ne me l'avait jamais faite, celle-là !

Elle rit et enchaîne.

***

Deux heures à entendre des mots tous plus bizarres les uns que les autres non-stop... J'ai la tête comme une pastèque, mais mes idées commencent à s'éclaircir à propos des dieux nordiques.

Mademoiselle Sol m'a donné un dossier à rédiger sur un des dieux pour notre prochaine rencontre dans une quinzaine de jours. Et comme, d'après elle, j'ai salement émasculé celui de la lune, c'est lui qu'elle a choisi. « Mané », « Mane », « Mani »… aucune foutue idée de la façon dont il faut vraiment le prononcer. Tout ce que j'espère, c'est qu'il fasse remonter ma moyenne !

CHAPITRE 10

NOLA

Je quitte le métro comme expulsée par un ressort. Je somnolais et j'ai failli louper ma station. J'ai rouvert les yeux juste au bon moment.

À peine les deux pieds sur le quai, le froid m'assaille. Je croise donc les bras en coinçant bien mon manteau pour garder ma chaleur et je file vers le bout du quai pour rejoindre les escaliers. Les autres doivent déjà m'attendre, alors je presse le pas. Je remonte en vitesse pour fuir ces courants d'air glacial et je débouche sur une avenue à peine peuplée. Je traverse le quartier d'un pas vif.

Sans m'arrêter de marcher, je réfléchis au trajet le plus court à emprunter pour rejoindre l'endroit où j'ai rendez-vous. Je me suis rendu compte que j'avais oublié mon écharpe dans mon appartement après avoir descendu les six étages de mon immeuble à pied à cause de l'ascenseur à nouveau en panne, j'ai donc renoncé à retourner la chercher. J'aurais peut-être dû travailler mon endurance et me forcer à remonter les marches car le froid de février est pénétrant.

Je tremblote en arrivant devant une ruelle glauque qui me ferait gagner deux minutes si je l'empruntais. Elle est étroite, et les immeubles qui l'entourent sont tellement hauts qu'elle est plongée dans une pénombre inquiétante. Quand on est seule, comme moi, et incapable de se défendre, il vaut mieux s'abstenir et marcher plus longtemps, mais je n'aime pas marcher. Et le gain de temps et d'énergie est quelque chose qui me parle. Je m'arrête, hésitante. *Qu'est-ce que je risque à la parcourir en courant, après tout ?* Je scrute aussi loin que je peux. Il n'y a personne.

Après avoir lancé une prière silencieuse en regardant le ciel assombri par la fin de journée, je me lance. Les pavés au sol ne sont pas parfaitement alignés, ça m'oblige à regarder là où je mets les pieds et non devant moi.

J'avance rapidement. Peu à peu, les sons de l'agitation urbaine s'effacent pour laisser place à un silence si pesant qu'il étouffe même le bruit de mes pas qui tente de résonner contre les murs. *Vraiment flippant, cet endroit ! Heureusement que j'en suis presque sortie.*

J'accélère le pas en prenant garde de ne pas trébucher bêtement. Un son me fait sursauter. Je ne perds pas de temps en analyse et accélère encore.

Le bruit recommence. Comme au musée, j'ai l'horrible sensation que quelqu'un est juste derrière moi, prêt à me souffler dans la nuque.

Par réflexe, je tourne la tête en quête d'une silhouette. *Je rêve ou il y a quelqu'un qui me fixe là-bas plus loin ?* Je préfère ne pas connaître la réponse à cette question.

Je débouche enfin sur l'artère qui croise la ruelle. Les bruits de la ville me percutent, et le vent me fouette de nouveau le visage. Je reprends mon souffle. *Ok, plus jamais je ne passerai par un endroit étrange comme ça pour gagner du temps !* Je préfère arriver en retard mais en vie.

L'image du Marchand de sable me percute soudain. Et si c'était lui dans la ruelle ? Et s'il me suivait ? *Non, non, arrête de flipper pour rien, Nola !* C'est incroyable ce qu'un cerveau fatigué peut inventer…

Sans perdre plus de temps, je continue ma route. Deux rues plus loin, j'aperçois les autres.

– Tu t'es perdue ? me lance Ella quand j'arrive près d'eux.

Je fais la bise à tout le monde avant de lui répondre.

– J'ai failli ne jamais arriver…

– C'est rare que tu sois en retard. Qu'est-ce qui t'est arrivé ? me demande Kyle.

– C'est vous qui êtes en avance, je n'ai absolument pas passé trente minutes sous la douche.

Léo plisse les yeux, et Ella porte son téléphone à son oreille en s'éloignant. Son histoire d'orgasme avec Matt semble se prolonger. Est-ce qu'elle aurait trouvé le bon ?

– Allez, on en profite pour se barrer ! chuchote Kyle en nous poussant dans la direction opposée.

Léo et moi explosons de rire. Il est toujours prêt à se débarrasser d'Ella ! Manque de bol pour lui, elle nous suit de loin.

Après quelques courtes minutes, Kyle nous arrête dans une petite rue de la capitale.

– Bienvenue au Drakkar ! s'exclame-t-il joyeusement.

Je ne suis pas la seule à lancer un regard circulaire autour de nous. *Kyle a craqué ou quoi ? Il n'y a aucun bar, ni aucun commerce ouvert en vue.*

Un silence s'installe pendant qu'il frappe du poing contre une porte en bois écrasée entre deux boutiques fermées à cette heure. Ella réapparaît à côté de moi, tout aussi dubitative.

– Vous allez adorer ! lance-t-il.

Rien ne se passe.

– C'est bon, j'ai trouvé le numéro de l'asile le plus proche, dit Ella, le nez dans son portable.

Kyle frappe à nouveau en fronçant les sourcils.

– Et ils peuvent même venir le chercher, ajoute Ella. Pratique… C'est un peu comme de la livraison de taré.

– Mais faites-la taire ! envoie Kyle.

– En même temps, mec… commence Léo.

Il est coupé par la porte qui s'ouvre. Un rayon de lumière trace une petite ligne sur le trottoir, mais la porte ne s'ouvre pas plus.

– Mot de passe, grogne quelqu'un derrière le battant.

Je hausse les sourcils. C'est très étrange.

– C'est un club échangiste ? demande Ella.

J'avoue me poser la même question.

– Mauvaise réponse !

Et la porte claque à nouveau en nous laissant comme des cons sur le trottoir.

– Mais c'est pas possible ! Tu ne peux pas te taire ? rage Kyle.

Il souffle avec force et recommence à marteler la porte.

Un instant plus tard, la porte s'ouvre de la même façon, et Kyle s'empresse de se pencher vers l'ouverture.

– Heimdall, souffle-t-il.

Silence. Puis la porte s'ouvre enfin dans un grincement sinistre.

Heimdall... Pourquoi ça me dit quelque chose ?

Kyle nous lance un grand sourire de vainqueur et s'engage dans la petite entrée. J'échange un regard avec Léo qui semble aussi amusé que moi. Ella soupire mais est la première à suivre le serveur qui nous attend.

On pénètre dans un couloir étroit, sombre et au sol irrégulier.

– J'avais pas prévu de faire de la spéléo ! commente Ella.

Je pouffe de rire en trébuchant. Léo plaque aussitôt ses mains autour de ma taille.

– Tu vois, je te protège, Nola, me chuchote-t-il à l'oreille.

Je ne trouve rien à répondre. Je me contente d'être polie quand, au fond, j'ai envie de lui balancer un « je ne t'ai rien demandé ! ».

Je tente de regarder où je marche, mais c'est peine perdue. Je relève le nez et m'arrête à quelques centimètres du dos d'Ella. Un peu plus et je lui rentrais dedans.

– Voilà, super soirée, *loser* ! grogne Ella dans la pénombre. Merci pour le déplacement.

– Deux secondes ! réplique-t-il. Quelle reloue…

C'est exactement le temps qui s'écoule avant qu'une lumière intense nous éblouisse. Une autre seconde m'est nécessaire pour comprendre qu'une porte vient de s'ouvrir face à Kyle.

Ella avance, Léo pousse dans mon dos, et je passe l'ouverture, une double porte, en réalité. À peine la franchissons-nous que l'ambiance change du tout au tout. Le couloir froid, presque aussi glauque que la ruelle de tout à l'heure, laisse place à un genre de pub aussi chaleureux qu'un chalet de montagne.

Il y a un peu de monde, c'est festif et bon enfant. Je préfère largement ce genre d'ambiance à une boîte de nuit trop bruyante.

On s'arrête pour s'approvisionner au bar. Kyle effectue une petite danse de la victoire sous le nez d'Ella qui le repousse avec dégoût. Je n'ai pas le temps de me foutre de lui qu'un barman est planté devant nous. Je relève les yeux sur… un Viking. Un vrai de vrai, carrure de rugbyman, barbe et tatouages inclus. Ça me met aussitôt mal à l'aise. Il me fait trop penser au type qui hante mes cauchemars. Mon instinct de survie me conseille aussitôt de me méfier. D'autant qu'il me regarde bizarrement. Comme s'il me connaîssait et n'arrivait pas à se mettre d'accord sur ce qu'il ressent pour moi. Après une hésitation, il nous salue chaleureusement.

– Bonsoir ! Bienvenus au Drakkar, je vous sers quoi ? nous demande-t-il d'une voix grave et rauque.

Mince, le ton enjoué qu'il emploie ne va pas avec son physique. Je regarde Léo et Kyle, qui, eux, se dévisagent.

– Bière ? demande Kyle.

– Bière ! confirme Léo avec un sourire.

– Bière pour ces messieurs. Et vous, les filles ?

– Martini ! lance Ella comme si c'était une évidence.

Le barman acquiesce et me regarde.

– Euh… Vous avez des… jus ou…

– Oh ! C'est pas vrai, elle recommence, râle Kyle.

J'ai un gros problème avec les cartes dans les restaurants. Il y a trop de choix, je ne sais jamais quoi prendre.

– Euh… bah… Je n'aime pas la bière, alors je…

– Un *Good Night* pour la jolie demoiselle ! lance soudain une voix.

Un mec déboule dans mon champ de vision. Très blond, fin et grand, il passe un bras autour de mes épaules.

– Je suis doué pour choisir le meilleur cocktail, et toi, tu sembles hésiter ! me dit-il.

– Un *Good Night,* alors ! termine le Viking.

– Bonne soirée, me dit le blond avant de disparaître dans la foule pendant que le barman s'éloigne pour préparer notre commande.

Un instant plus tard, il nous ramène deux grands verres de bière, une coupe pour le Martini d'Ella et un troisième grand contenant. Celui-ci est rempli par un cocktail en dégradé qui va du bleu clair au bleu aussi foncé que la nuit. Plantées sur un pic en bois, une guimauve en forme de nuage et une autre en forme de lune trônent à côté d'une paille. J'ouvre de grands yeux. C'est magnifique, et j'ai déjà envie d'attraper la paille pour le goûter.

– Le *Good Night*… me glisse, plus bas, le barman.

***

J'adore cet endroit ! La musique, l'ambiance, les gens qui traînent ici… Et le cocktail était divin. Au-delà de ça, je me sens bien. C'est comme si toutes mes heures de sommeil manquantes avaient foutu le camp. C'est une sensation assez rare pour que je la savoure.

– Bon, *loser*, t'as de la chance ! Le Martini est… du Martini, grogne Ella en se penchant franchement sur Kyle.

– Mais c'est qu'elle est bourrée ! ricane-t-il en la redressant.

Il a raison, elle a beaucoup trop bu. Moi aussi, mais c'était sans alcool !

– J'ai pas bu, j'ai… testé plusieurs verres ! annonce Ella. Et ils fonctionnent tous très bien.

Léo explose de rire et lui propose d'arrêter ses tests pour ce soir. On décide tous qu'il est temps d'y aller.

– Attendez, je vais aux toilettes avant qu'on y aille, annoncé-je en quittant la table.

Il me faut deux secondes pour trouver le panneau qui indique où se trouve l'endroit.

Je me dirige vers le couloir derrière le bar et ralentis pour observer les fresques sur les murs. Un côté représente le jour, et l'autre la nuit. Je m'attarde dessus. C'est beau et tout en courbes. Les couleurs chaudes d'un côté et froides de l'autre donnent tout son cachet à ce passage.

J'avance et me retrouve face à deux portes, l'une à côté de l'autre. La jaune semble abriter les cabinets des dames, la bleue doit cacher le coin des hommes. Je vais pousser la jaune en espérant que la personne qui a peint ça ne s'est pas amusée à cacher les toilettes pour femmes derrière la bleue.

Je pose à peine la main sur la poignée jaune que sa sœur s'ouvre brusquement. Je sursaute et me pousse juste à temps pour voir quelqu'un sortir et disparaître rapidement de mon champ de vision. Avant que la porte ne se referme, j'aperçois les urinoirs pour hommes alignés contre le mur.

***

Je ressors des toilettes pour dames en secouant mes mains pour chasser l'eau qui y reste. La porte jaune se referme doucement lorsque j'entends la bleue s'ouvrir encore une fois. Je me retourne brièvement et me fige. *C'était pourtant bien des toilettes ? Je suis sûre d'avoir vu des urinoirs juste avant...*

Je suis face à la porte bleue grande ouverte qui donne sur une vaste pièce chaleureuse et bruyante. Des tables, des chaises et de la musique peut-être celtique qui retentit jusqu'à moi emplissent l'endroit. Mais quelque chose doit clocher, car les personnes présentes dans la pièce se sont interrompues pour me regarder bizarrement. Plusieurs d'entre elles tiennent des verres de ce qui semble être de la bière, mais qui émet une vapeur à la couleur changeante.

Je reste plantée là et fronce les sourcils tout en sentant ma bouche s'ouvrir d'elle-même. Je me pince et ferme les yeux brusquement.

Un claquement retentit avec force, et je sursaute en rouvrant les yeux. La porte est fermée, et j'entends la musique du Drakkar résonner derrière moi. Je cligne plusieurs fois des paupières. Je suis perdue, qu'est-ce qu'il y a derrière cette porte bleue ? Un autre pub ou des cabinets ?

J'hésite en me mordillant une lèvre. Qu'est-ce que je risque à regarder rapidement ? À part une honte passagère si jamais ce sont des cabinets et qu'ils sont occupés…

Je prends une grande inspiration et j'avance vers la porte bleue. Est-ce que j'ai des visions tout éveillée maintenant ?

C'est avec un cœur battant la chamade et qui menace d'exploser dans ma poitrine que je pose ma main sur la poignée bleue.

– Holà ! Attention !

Je me retourne d'un bond et je relève les yeux sur le type qui a choisi mon cocktail.

– Oh ! Pardon ! Déso…

Il attrape une de mes mains et dépose un baiser sur le dos de celle-ci. Je reste immobile, incapable de réagir. *Est-ce qu'il vient vraiment de faire ça ?*

– Meili, pour vous servir, me dit-il. Les chiottes des nanas sont derrière la porte jaune, ajoute-t-il avec un petit clin d'œil.

Je force un sourire. Il a l'air d'attendre que j'entre dans les toilettes pour femmes pour aller de son côté chez les hommes. Ce que je fais immédiatement pour ne pas avoir l'air encore plus bête.

Je reste plantée au centre de la petite pièce à écouter ce qui se passe à côté. Je n'entends plus rien. Pas de brouhaha assourdissant, pas de musique, seulement le son étouffé d'une chasse d'eau, chose normale pour des cabinets.

Je finis par ressortir encore une fois. La porte bleue est ouverte. Des urinoirs apparaissent sous mes yeux. *Ok, j'ai besoin de dormir !*

CHAPITRE 11

NOLA

– Hé ! Nola ! braille Ella en pleine rue.

Je tourne la tête vers elle. Affalée sur Kyle, elle semble fouiller dans son sac à main. Vu sa taille, ce truc contient certainement de quoi survivre dans le désert pendant quelques semaines. L'avant-bras enfoncé dedans, elle titube dangereusement. Heureusement que Kyle la tient. *Ils ne se détestent peut-être pas tant que ça finalement…*

– J'ai brouté ça pour toi ! termine Ella en tirant fort sur je ne sais quoi.

Ce qu'elle cherche doit être gros car malgré ses efforts, ça reste coincé à l'intérieur. Elle tire un coup sec et trébuche, entraînée par son mouvement.

– J'ai « trouvé » ! Pas « brouté », bordel… grogne-t-elle tandis que Kyle tente de lui éviter une chute.

Il y parvient de justesse avec le soutien de Léo. Ella, perchée sur des talons hauts, tangue dangereusement, sans se douter qu'elle vient d'échapper à une étreinte avec le caniveau.

– Mais tu vas t'extraire de là, saloperie ! s'exclame-t-elle en secouant son sac avec violence.

– Qu'est-ce qu'elle va nous sortir ? se demande Léo.

– Une version d'elle plus sympa ? tente Kyle.

Ella interrompt ses fouilles archéologiques.

– Toi, le faiseur de thés immondes… tu fermes ta belle bouche ! bafouille-t-elle.

Kyle s'immobilise, pris au dépourvu. Léo explose de rire.

– T'as une touche, mec !

Ella parvient enfin à ses fins. Un gros livre à la couverture assez cartonnée pour assommer quelqu'un trône dans ses mains. Alors qu'elle fait mine de venir vers moi en penchant dangereusement d'un côté, j'avance vers elle pour lui éviter le drame et lui prends le bouquin des mains. Je découvre le titre avec un haussement de sourcils : *Songer, ou comment interpréter ses rêves et cauchemars*.

– Hashtag « pour la meuf qui dort jamais » ! braille mon amie en se tordant encore les chevilles sur ses échasses.

– *Calmos*, Amy Winehouse ! Je vais te ramener chez toi… Je suis trop gentil avec cette garce… termine Kyle dans son dos.

Léo et moi rions pendant qu'il essaie de la contrôler. On peut lui faire confiance, ce n'est pas la première fois qu'il doit s'en occuper dans cet état.

Nos chemins se séparent d'ailleurs ici. Léo et moi rentrons en métro et eux finissent à pied.

Je glisse le livre sous mon coude, nous leur disons au revoir et nous filons jusqu'à la station par laquelle je suis arrivée. Je suis K.-O. Vivement que je trouve mon lit, même si c'est pour lutter contre le sommeil. Je serai au moins au calme.

À l'approche de la ruelle par laquelle je suis passée tout à l'heure, je ne peux empêcher mon regard de dévier vers celle-ci, comme pour vérifier que cette horrible sensation d'être épiée n'était que le fruit de mon imagination.

Alors que je force ma vision à percer l'obscurité, je marque un temps d'arrêt. Léo, qui ne s'est aperçu de rien, poursuit sa route.

Je cligne plusieurs fois des paupières et me pince pour m'assurer que je suis éveillée. Appuyé là, l'épaule contre le mur, *il* est là, fidèle à celui que je croise dans mes rêves : les tatouages, l'attitude nonchalante et la peur qu'il fait naître en moi compris. Ainsi que la cigarette coincée au coin des lèvres.

Je déglutis avec difficulté et oblige mon corps à reprendre de l'air. Son regard noir se plante dans le mien, comme s'il n'y avait rien autour de nous, que nous étions seuls au monde. Il s'élance vers moi avec une lenteur angoissante. Plusieurs dizaines de mètres nous séparent, et pourtant, il est déjà trop près.

– Nola ! Qu'est-ce que tu fous ? me demande Léo qui vient de remarquer mon absence à ses côtés et s'est immobilisé plus loin dans la rue.

Il revient sur ses pas et, alors que je m'attends à ce qu'il fixe une ruelle vide, confirmant ainsi mes hallucinations, il porte son regard sur le type qui est à présent juste devant moi et prend la parole, les sourcils froncés.

– C'est pour ? lance-t-il froidement à celui qui nous fait face.

Le Marchand de sable, qui est plus grand que lui, tourne la tête dans sa direction sans un mot.

– Du feu, lâche-t-il en le fusillant du regard.

Léo est bizarre. Ou peut-être que je deviens de plus en plus parano. Il semble si sûr de lui brusquement, alors que je le connais toujours hésitant et marchant sur des œufs. Il laisse passer une seconde et fouille la poche de son jean pour trouver son briquet. Il le lance au Marchand de sable qui le rattrape sans même regarder ce qu'il fait puis baisse les yeux sur sa cigarette et actionne lentement le briquet.

La flamme brûle le tabac, et ses pupilles se plantent à nouveau dans les miennes. J'évite son regard et, du coin de l'œil, je comprends qu'il renvoie son bien à Léo, qui ne le rattrape pas. Pendant qu'il se penche pour le ramasser, le Marchand de sable me fait un clin d'œil.

Il se met en mouvement et me passe juste devant pour partir. Son épaule frôle dangereusement la mienne tandis que sa mâchoire carrée se tourne vers mon visage.

– On va se revoir, déesse… me souffle-t-il si bas que je suis la seule à pouvoir le distinguer.

Ces quelques mots sonnent comme une menace. Sa carrure musclée s'éloigne sur le trottoir.

– Vraiment bizarre, ce type ! lâche Léo en fourrant son briquet dans sa poche tandis que j'essuie rapidement une larme sur ma joue. Heureusement que j'étais là…

– Oui… Je suis épuisée, on y va ? le pressé-je pour détourner l'attention.

L'instant suivant, Léo et moi descendons les marches qui mènent au métro. Il est si tard que c'est pratiquement désert.

– On a cinq minutes à attendre, lui dis-je en quittant le panneau d'affichage des yeux.

Il me fait un sourire rapide que je lui rends.

Nous allons nous installer sur les sièges en plastique le long du mur pour patienter.

– T'as passé une bonne soirée ? lui demandé-je pour faire la conversation et éviter de penser à ce qu'il vient de se passer.

En vain. *Ce type peut-il réellement exister ?*

– Ouais…

J'attends une suite à cette phrase mais elle ne semble pas en avoir. Un silence passe. Curieuse, je tourne la tête vers Léo qui évite soudain mon regard. Je fronce les sourcils. *Qu'est-ce qu'il a ? C'est rare que je doive alimenter la discussion toute seule. Il a peut-être trop bu ou il est fatigué*... Je n'insiste pas et contemple le livre laborieusement offert par Ella. *Interpréter ses rêves...* Si la psy n'a pas réussi à le faire, je doute que ce livre m'aide plus. Mais ça ne coûte rien de le lire. Il occupera au moins ma nuit à venir. Même si visiblement, mon problème ne relève plus seulement du monde des Songes… J'espère toujours avoir eu une hallucination.

– T'as un mec ? entends-je soudain.

Je tourne la tête vers Léo, qui me fixe d'un drôle d'air. Panique à bord. *Pourquoi est-ce qu'il entre dans le vif du sujet, d'un coup ? Comme ça, sans prévenir.* Ça fuse dans tous les sens dans mon crâne. *Qu'est-ce que je dois lui dire ? Que j'ai quelqu'un, pour fermer la porte définitivement à une quelconque relation entre nous ? La vérité, et donc lui laisser le champ libre ?* Il le prendrait certainement comme une invitation que je ne suis pas prête à donner.

– Euh… Eh bien, je…

– Parfois, tu pars de chez toi sans me dire où tu vas… Je suis désolé si tu as quelqu'un. Désolé pour moi, j'entends !

Me pousser sur les rails aurait été moins violent. J'ose à peine croiser son regard.

– Enfin, tu sais bien que… commence-t-il.

– J'ai personne ! coupé-je brusquement.

– Ah ! Ok… souffle Léo après un instant de blanc.

Je distingue un léger sourire étirer ses lèvres. *Fait chier !*

Les rails se mettent à grincer, le train approche enfin. Je me lève, Léo aussi. Le métro arrive dans son dos, poussant l'air froid sur moi. Sans que je comprenne ce qui se passe, la seconde suivante, mes lèvres ne sont plus libres de leurs mouvements. Léo se les approprie avec précipitation. Prise de court, je ne ferme pas les yeux, lui, si. Ses mains ont attrapé mon manteau au niveau de la taille pour m'approcher de lui. Le train passe à côté de nous en ralentissant tandis que sa bouche s'enfonce un peu plus sur la mienne et que son odeur m'envahit.

Je lance mon regard plus loin sans savoir pourquoi. Mon sang semble exploser dans mes veines, me paralysant une longue seconde.

Léo se redresse, mais je ne le regarde plus. C'est à l'autre bout du quai que mes yeux sont plantés, sur cette silhouette massive à la peau tatouée qui me fixe avec haine. *C'est encore lui, j'en suis certaine !*

– Nola, je suis désolé, je ne sais pas pourquoi j'ai fait ça et… Nola, tu m'entends ?

Je cligne des paupières, gênée par l'humidité qui s'y accumule.

Lorsque je les rouvre, il n'y a plus rien. Juste le train qui s'arrête dans un crissement sonore.

– Nola ?

– Euh, oui, ça va. Je…

Léo me sourit. Du moins, je crois. J'ai le sentiment d'être prise au piège, et sans que ça n'ait rien à voir avec le baiser de mon ami et voisin. Celui-ci me pousse d'ailleurs dans le train.

Ce n'est qu'une fois assise que je me rends compte que mes mains tremblent et que mon cœur pourrait sortir de ma poitrine tant il bat fort.

***

– Euh… bonne nuit… me souffle Léo quand on arrive à notre étage.

Je sors mes clés de mon sac en lui faisant un sourire. Vu la tête qu'il fait, ça doit se voir qu'il est forcé.

Je n'ai pas ouvert la bouche dans le métro ni pendant le court trajet entre la station et notre immeuble. Cette vision ne me quitte pas : il était là, plus fou de rage que jamais. Je l'ai vu, et puis plus rien. *Est-ce que je me suis brièvement endormie pour que mon esprit le matérialise sur le quai ?*

– Nola, je suis désolé de t'avoir embrassée, ajoute Léo.

Je croise son regard et y trouve un mélange de peine, de honte et de colère. À moins que je sois si fatiguée que j'imagine tout ça.

– Ce n'est rien…

– Ça ne t'a pas plu, je le vois bien ! Je suis désolé, t'étais là, si… Et je… Enfin, bref, je vais me faire pardonner, je te le promets !

Je lâche un petit rire. Même si je n'ai pas du tout aimé ce baiser volé, je ne peux pas nier qu'il est touchant. Et puis, il aurait pu se vexer de se prendre un tel vent, mais il n'en est rien.

Un dernier sourire, et j'esquive rapidement un autre moment de solitude en évitant de lui faire la bise. Je fais tourner les clés dans ma serrure et me réfugie chez moi.

Brusquement, ce même sentiment d'insécurité qui m'a assaillie sur le quai me prend aux tripes. Je referme la porte si fort derrière moi que les murs vibrent autour. Je donne un tour de clé, crispée, comme si je venais d'échapper à *ses* bras musclés.

J'allume toutes les pièces, soit le salon et la minuscule salle de bain, juste pour être sûre que je suis bien seule chez moi. Puis je vérifie que j'ai bien fermé à clé. Même si je viens de le faire, je préfère être sûre de moi.

***

Je ferme le livre offert par Ella. Il doit être intéressant quand on y comprend quelque chose, mais là, à cette heure-là, et dans mon état de fatigue, c'est inutile d'insister : je lis sans saisir le sens des phrases. Je crois que le moment fatidique arrive, celui où il devient vital de dormir.

Je pose l'ouvrage sur la table basse et je me tasse dans mon clic-clac en tirant la couverture jusqu'à mon menton. J'ai bien chaud, c'est confortable et silencieux. Ça pourrait être le paradis, mais j'ai l'impression de me diriger en enfer volontairement. Quelle horrible sensation !

***

– Te revoilà...

Je rouvre les yeux. Ils sont directement plantés dans ceux de cet homme effrayant. Mon souffle panique tandis que la peur s'empare de moi comme une nuée d'insectes affamés. Ils sont là, partout autour de moi, rouges comme le sang, et le battement de leurs ailes s'approche comme une vague enragée prête à me déchirer la peau.

Ça recommence. *Et, comme chaque fois, je cours, le plus vite possible, sans réussir à les semer.*

– Comment tu as pu me faire ça ? hurle-t-il dans mon dos.

Je ne sais pas où je vais, je m'épuise en vain. J'ai froid, il y a de la neige, des blocs de glace, c'est sombre, et le sol glacial me torture la plante des pieds. Je me retrouve devant ces immenses portes que j'ai déjà vues de nombreuses fois. Elles sont si froides que je me demande si elles ne sont pas faites de glace.

Je frappe dessus avec mes poings. Il arrive ! Laissez-moi entrer !

J'ai beau ouvrir la bouche, rien ne sort. Ma voix a disparu alors que j'essaie encore et toujours de hurler.

Je ne m'arrête que lorsqu'une main s'écrase sur mon épaule pour me forcer à me retourner.

CHAPITRE 12

NOLA

J'ouvre les yeux et saute du clic-clac comme si le Marchand de sable pouvait en sortir et me suivre jusque chez moi. J'essuie mes joues, mes mains tremblent et mon cœur peine à se calmer. Je pose une main sur mon épaule pour m'assurer que personne ne me touche, je peux encore sentir la chaleur des doigts crispés qui l'agrippaient quelques secondes plus tôt.

Dans ma minuscule salle de bain, j'envoie de l'eau froide sur mon visage en espérant que ça aide mes yeux à rester bien ouverts.

J'ai dormi des heures. Il est onze heures, et je n'arrive pas à me calmer. Toutes ces sensations semblent bien réelles pour n'être que le fruit de mon imagination. D'ailleurs, le sont-elles vraiment ? Et si je n'inventais rien, en fait ? L'homme de mes songes et celui d'hier soir étaient identiques. C'est tellement improbable que je ne sais pas par où commencer mon introspection. J'aurais même plutôt tendance à encore chercher des éléments pour nier les faits.

***

– Hello ! Il y a quelqu'un ? entends-je soudain.

Léo a poussé ma porte d'entrée et se tient dans l'entrebâillement avec un sourire et une bonne odeur de café qui flotte autour de lui. Je lui lance un regard surpris. La clé de mon appartement que je lui ai confiée ne doit servir que si je perds la mienne ! Mais après avoir passé une si mauvaise nuit, j'accepte son intrusion sans rien dire.

– Je t'ai dit que j'allais me faire pardonner, non ? dit-il en me tendant un gobelet du liquide qui me sauve fréquemment la vie ces derniers temps.

– Hmm, tu marques un point !

– Et ce n'est que le début, tu vas passer la meilleure nocturne au musée de ta vie. En plus, c'est soir de match. Ça va être désert !

J'attrape mes affaires après avoir enfilé en hâte mon manteau. À cause de moi, on est un peu à la bourre, mais cette fois, c'est parce que j'ai révisé mes innombrables matières avant que Léo n'arrive, et je suis contente d'avoir bien avancé. Juste avant de sortir, je prends le livre d'Ella. *Qui sait, peut-être contient-il ma rédemption !*

***

– Hello, Luc, quoi de neuf ? demandé-je à l'agent de sécurité dans le talkie.

– Que du vieux ! Et toi, bien reposée ? La nuit va être longue à cause du match.

– Ouais, j'ai de quoi lire. Et toi, tu vas faire quoi ?

– Bah je vais regarder le match !

Je ris et enfonce le bouton pour répliquer.

– J'arrive avec la bouffe, mec ! envoie Léo en passant devant mon comptoir.

– Sans mayo, j'espère ? questionne Luc.

Léo confirme d'un coup d'œil.

– Sans mayo, répété-je près de l'appareil.

Léo dépose devant moi la boîte qui contient mon repas. Un kebab, encore une fois. À croire qu'il n'y a que ça à manger sur Paris.

– Supplément fromage pour toi, dit-il. C'est à se demander comment tu restes aussi fine !

– Dormir peu, étudier beaucoup et…

Flipper pour un oui ou pour un non qu'un type immense et qui n'existe pas, ou peut-être que si, débarque pour s'en prendre à moi pour d'obscures raisons. Ça doit faire maigrir, autant de stress !

– Bon app'… glisse Léo en partant vers le PC Sécurité à l'autre bout du musée.

– Bon match !

– Ensuite, je te réserve une surprise…

– Pas encore un vol de baiser, j'espère ? j'envoie plus fort tandis qu'il s'éloigne.

Oups ! Peut-être que c'est un peu tôt pour en rire.

Je l'entends pouffer dans le couloir derrière moi. *Ah* ! *Non, ouf ! Il ne s'est pas vexé !*

– Non ! Cette fois, je fais ça bien ! Patience, l'insomniaque !

***

La France gagne 1-0. C'est tout ce que j'ai compris du dernier coup de talkie passé par les garçons. Et Léo avait raison, c'est désert. Je n'ai vu personne de la soirée. Pas même un foutu chat errant à qui donner mon reste de kebab. Je remballe tout et lance ça dans la poubelle placée à l'autre bout de mon comptoir, puis je quitte mon poste pour le vestiaire du personnel. *Si je me retiens une minute de plus, je me pisse dessus !*

***

À peine mes fesses retrouvent-elles leur siège à l'accueil que quelque chose posé sur le comptoir devant moi attire mon regard. C'est brillant, doré et pas gros. Je me relève pour être à la bonne hauteur et contempler avec attention cette petite merveille. C'est une bague, simplement posée là sans paquet ni mot. Je la prends et l'observe. L'anneau est très fin et il est serti d'un quart de lune finement taillé. *Waouh ! Léo s'est fait chier, cette fois !* Je suis touchée qu'il tape dans le mille à ce point. Elle est magnifique, c'est comme si elle était déjà à moi.

Je la passe à mon index : trop petite. Sur le majeur, encore moins. Sur le suivant, elle passe parfaitement. *Merde, c'est la main gauche*... S'il prend ça pour un message dissimulé, Léo va faire une syncope !

Je lâche un petit rire et la retire. Enfin, j'essaie. Elle est coincée.

– Qu'est-ce que tu fous ? distingué-je soudain grésiller dans le talkie.

Je sursaute puis lance un regard vers la caméra de vidéosurveillance sur ma gauche. Un sourire contrit sur les lèvres, je hausse les épaules.

J'essaie juste d'éviter un incident affectif !

– J'ai une surprise pour toi. Rendez-vous au bout de la section dédiée au haut Moyen Âge ! Terminé, ajoute-t-il.

Merde, c'est pas vraiment le moment ! Et puis cet espace est en travaux. Il est fermé au public pour l'instant.

J'attrape le talkie.

– Ça peut attendre ou pas ?

Le temps que je me sectionne un doigt !

Un grésillement passe, et il répond :

– Absolument pas !

Quelle poisse ! Je lève un pouce vers la caméra et je quitte mon poste. Direction l'autre bout du musée.

Avant de venir bosser ici, je venais au moins une fois par semaine. J'adore cet endroit, paisible et instructif. La combinaison parfaite pour quelqu'un comme moi !

Alors que je laisse derrière moi la section dédiée au bas Moyen Âge, un bruit me fait tendre l'oreille. *C'était quoi, ça ?* Je m'immobilise pour mieux entendre. Est-ce que quelqu'un vient de me passer dans le dos ou c'était un courant d'air ?

– Léo ? appelé-je tout de même.

Pas de réponse. L'image du Marchand de sable me passe par l'esprit, mais j'écarte cette psychose débile et me remets en route. Je préfère encore quand il y a des visiteurs partout, je sais au moins d'où proviennent les bruits.

J'arrive dans la zone en travaux du haut Moyen Âge. Le réaménagement a pris plus d'ampleur que prévu, une grande partie de la dernière aile du musée est fermée.

– Léo ?

– Rejoins-moi ! me répond-il aussitôt.

Je passe les barrières qui interdisent au public d'accéder par ici, puis, après une dizaine de pas sans voir mon voisin et ami, j'ouvre à nouveau la bouche.

– T'es où ? demandé-je plutôt fort.

Après mon coup de stress, ma patience est mise à l'épreuve. Je lance un regard circulaire sur le grand espace ouvert. Il y a des caisses en bois qui servent au transport des pièces antiques partout, certaines déjà ouvertes laissant des papiers de protection s'étaler au sol. Des outils divers semblent prendre une pause bien méritée. *Léo ne s'est pas caché dans une des caisses quand même ?*

– Léo, tu ne joues pas à cach…

J'interromps tout mouvement si brusquement que mon souffle déraille.

– Tu cherches qui ?

Un papillon rouge virevolte paisiblement, entre *lui* et moi.

CHAPITRE 13

NOLA

C’est bien lui. Je cligne des paupières à plusieurs reprises, mais malgré mes efforts pour faire disparaître cette hallucination, il est toujours là. Tout ce que je vois, c’est *lui*, ses tatouages et son regard assassin. Le même que je croise chaque nuit.

Sans chercher à comprendre, j’use des mêmes réflexes que d’habitude. *À quel moment me suis-je endormie ?* Je tourne les talons et je m’enfuis à toutes jambes. Mais comme toujours, je perds mes repères et ne sais pas par où aller pour lui échapper.

Je trébuche violemment sur je ne sais quoi, me rattrape et reprends ma course en lançant un regard vif derrière moi. *Où est-il ?*

La réponse à cette question s’impose quand je regarde à nouveau devant moi. Il est là, sur ma route, et je lui fonce dessus.

D'habitude, j'arrive à fuir.

D'habitude, je me réveille.

D'habitude, il ne m'attrape pas…

Ses phalanges se referment autour de mon épaule, comme un étau en acier prêt à me briser les os. Impossible de crier. La peur me bâillonne. J'ai tout juste le temps de fermer les yeux que je me retrouve plaquée contre un mur. Tout ce que j'entends, c'est le tempo effréné de mon sang qui pulse dans mon crâne. Mon cœur va exploser.

Je sens l'homme de mes cauchemars écrasé sur moi, m'empêchant toute fuite. Son souffle rapide et bouillant se répand dans mes cheveux chaque fois que son torse avance un peu plus vers le mien.

Je ferme plus fort les paupières, comme s'il était possible de les sceller pour ne plus jamais voir.

– Tu l'as mise quand même, grogne-t-il contre mon oreille.

Je serre les dents, impossible de me réveiller, je ne dors pas. *Il est réel.*

Une paume rugueuse descend le long de mon bras tandis qu'une seconde enserre toujours mon épaule avec tant de force que la douleur me paralyse et m'oblige à plier les genoux sans pour autant me laisser atteindre le sol.

Ses doigts s'emparent de ma main et passent entre les miens.

– Tu as aimé mon petit cadeau ? demande-t-il si bas que je dois me concentrer pour que sa voix ne se mêle pas aux battements de mon cœur.

Un de ses doigts passe sur la bague que je n'arrive plus à retirer tandis qu'il me tient toujours en respect contre le mur.

– Tu l'as embrassé… mais tu l'as mise quand même, me souffle le Marchand de sable.

Quoi ? De quoi parle-t-il ?

Je fronce les sourcils, puis, je ne sais où, je trouve la force de poser mon regard sur lui. Mes yeux croisent les siens une longue seconde. Cette connexion me fait oublier tout le reste : son souffle chaud qui percute ma peau, ses mains toujours sur moi, et même la peur qu'il me fait ressentir. Tout ce que je vois, c'est cette petite larme qui quitte le coin de son œil sombre. Il se détourne, et un choc m'oblige à fermer les yeux de nouveau.

Quand je les rouvre la seconde suivante, je suis seule. Je me frotte l'épaule en lançant des regards partout autour de moi. Il a disparu. Seul un papillon rouge sang bat des ailes à quelques pas de là, avant de lui aussi disparaître comme du sable soufflé par le vent.

– Tu t'es perdue ? entends-je soudain.

Je tourne la tête et découvre Léo qui avance vers moi avec un sourire.

– Euh… Oui, je…

– Mademoiselle, me dit-il tout en effectuant une courbette exagérée.

Je me force à sourire. *Incroyable ce que peut nous faire faire la politesse !*

Je remets mon corps en route en tentant de maîtriser mon souffle désordonné. Mes jambes sont faibles, j'ai peur qu'elles ne cèdent sous mon poids. L'adrénaline qui pulse dans mes veines paralyse mes muscles et rend difficile chaque pas, mais heureusement, j'arrive encore à avancer.

Léo ne semble pas se rendre compte de quoi que ce soit. Il me précède d'abord puis vient se mettre à côté de moi alors qu'on se dirige vers la salle suivante. Je lance des coups d'œil partout, nous avons l'air d'être seuls.

Je ne dis rien de ce qu'il vient de m'arriver à Léo. Me croirait-il ?

Très vite, je me retrouve devant une petite table improvisée entourée de deux caisses en bois. Deux assiettes et une bougie qui diffuse une lueur douce autour d'elle donnent tout son charme à la petite installation. Mon souffle est normal à présent, mais j'ai froid maintenant que mon cœur a repris le bon rythme.

– Pour me faire pardonner… me chuchote Léo à l'oreille alors que je remarque le tremblement de mes mains.

Par réflexe, j'ai un petit mouvement de recul. Stress post-traumatique d'une rencontre avec le Marchand de sable, certainement. Léo ne semble pas s'en rendre compte non plus.

– Mieux que dans tes rêves, hein ? ajoute-t-il.

Je ricane. S'il savait de quoi sont composés mes rêves, il m'offrirait six mois de vacances, pas un dîner aux chandelles.

Je prends place sur une des caisses qui servent de chaises, et Léo, en face de moi, remplit mon gobelet de soda.

– C'est les seules bulles que j'ai trouvées, dit-il avec un petit rire.

J'aurais pourtant eu besoin de quelque chose de bien plus fort pour me remettre les idées en place !

Je serre les poings pour chasser leurs tremblements et j'essaie de redresser les épaules, mais je n'y arrive pas sans souffrir. Loin de l'ambiance que Léo essaie d'installer, je suis aux aguets. Et s'*il* revenait ?

– Tu as une nouvelle bague ? me demande soudain Léo.

Mon regard s'abaisse sur ma main gauche où trône cette lune dorée. J'avale ma salive et cache ma main entre mes genoux écrasés l'un contre l'autre.

– Ouais… Je l'ai juste essayée et impossible d'enlever cette horreur.

Un grand bruit résonne. Je sursaute tandis que Léo semble tendre l'oreille vers la sortie.

– Encore des rats… marmonne-t-il avant de retrouver le sourire.

Ou des papillons…

***

Je sens Léo me lancer de petits regards réguliers. J'essaie de calmer mes pensées. Il a sans doute fini par se douter de mon malaise. Je dois à tout prix éviter d'alimenter ma psychose. Est-ce que je devrais appeler la psy justement ? Lui dire que je l'ai vu, en vrai. *Enfin, je ne sais pas. Ce n'était peut-être pas si réel.* Plus je m'éloigne de ce moment, plus je peine à y croire et à m'en souvenir.

– Ça va ? me coupe Léo.

– Oui… Je suis juste fatiguée.

Il me lance un sourire en guise de réponse, et le silence revient pendant de longues minutes. Nous quittons la bouche de métro, remontons la rue jusqu'à notre immeuble, et c'est toujours les lèvres soudées qu'on monte dans l'ascenseur, enfin réparé. J'enfonce le bouton du dernier étage.

– T'as vraiment pas l'air bien… Je suis désolé si ma surprise ne t'a pas plu… me dit-il la tête baissée quand les portes se referment.

Est-il encore en train d'essayer de me draguer alors que je viens de vivre le pire moment de ma vie ? Une bouffée de colère incontrôlable monte en moi.

– Tu veux arrêter de penser que tout tourne toujours autour de toi !

C'est comme si le temps ralentissait durant de longues secondes. Léo relève le nez, et moi, je prends conscience du ton que je viens d'employer. *Mais qu'est-ce qui ne va pas chez moi ?* Je devrais m'excuser immédiatement, mais les mots ne viennent pas ; ce soir, je n'ai plus la force. C'est comme si mon esprit se rebellait. D'autres mots se bousculent même aux portes de mes lèvres. J'aurais envie de lui balancer qu'un mec niais n'a rien d'attirant ni de viril, que son habitude à faire les choses toujours de travers me sort par les yeux ; mais je reste muette, pour le bien de notre relation.

Il lâche un petit rire.

– Ouais… désolé. Je sais décidément pas comment m'y prendre avec toi !

Mon cœur subit un trémolo. Aïe ! J'ai de la peine pour lui maintenant. *Je suis bipolaire en plus ?* Une seconde, il m'exaspère, et la suivante, j'ai envie de le prendre dans mes bras. Et là encore, je suis partagée entre lui dire qu'au lieu de s'excuser comme un enfant, il devrait m'envoyer voir ailleurs, et lui présenter des excuses en bonne et due forme.

Je fronce les sourcils et secoue un peu la tête.

– Je comprends, tu es fatiguée. Vu le peu que tu dors, c'est normal de ne plus réussir à suivre !

– Ouais…

L'ascenseur s'arrête, et les portes s'ouvrent. Je m'apprête à fuir la cabine et la discussion que Léo essaie d'entretenir mais je n'ose même pas sortir. Il fait nuit noire sur le palier et, après ce soir, je ne me sens pas courageuse du tout. *Et s'il était là, à l'angle des marches ou devant ma porte ?*

– Tu n'y vas pas ? me demande Léo calmement.

– Non… Les ampoules sont grillées ?

– Peut-être… Attends.

Il fouille dans ses poches puis éclaire le palier avec son portable. Je me penche en avant et je l'entends rire dans mon dos.

– Tu as peur des monstres ?

Non, des Marchands de sable enragés !

– Je te raccompagne jusque devant ta porte, si tu veux ! ajoute-t-il en me poussant doucement à sortir de l'ascenseur.

– Oui, je suis désolée…

Je ne m'excuse pas de le déranger, mais par honte d'avoir peur du noir.

– Allez ! En route, ma belle, me dit Léo.

On tourne sur la droite, direction mon appartement.

– J'espère que tu vas dor…

– Bordel ! m'exclamé-je brusquement.

En voulant faire demi-tour, je rentre dans le corps de Léo qui s'arrête net.

– Qu'est-ce qu… Nola, sérieusement ?

– Putain… soufflé-je en tapotant du plat de la main l'emplacement de mon cœur qui ne se calme plus.

Léo éclaire la porte de mon voisin. Ce que j'ai cru être une silhouette aux épaules carrées dans la pénombre ne sont que des planches posées contre le mur, attendant que leur propriétaire les descende jusqu'aux poubelles…

Je reprends mon souffle et essaie de ne rien regarder d'autre que le tapis au sol. *Et s'il avait vraiment été là, l'espace d'une seconde ?*

Je secoue la tête en arrivant devant ma porte. Mes clés font les rebelles dans mon sac. *Vite, merde !*

Je les trouve enfin et j'ouvre avant de me tourner vers Léo.

– Laisse-moi deviner ? Il fait noir chez toi aussi ? me dit-il avec un sourire moqueur.

– Est-ce que… Est-ce que tu peux rester ? supplié-je presque, vraiment apeurée.

Voilà où me conduisent des nuits sans sommeil !

Le sourire de Léo s'évapore brusquement, et il fronce les sourcils une courte seconde avant d'afficher un air rassurant.

– Oui, si tu veux.

– Mer…

– Mais je te préviens, je suis pas un homme facile ! ajoute-t-il.

Je me mets à rire, plus nerveusement qu'autre chose, et mon regard se perd dans son dos. Les escaliers sont si sombres qu'*il* pourrait arriver sans que je le voie.

J'attire Léo chez moi et, en deux temps trois mouvements, j'ai refermé à clé derrière lui.

CHAPITRE 14

NOLA

Je fixe le plafond. Léo, à côté de moi, s'est endormi depuis une bonne heure. On a regardé un film sur l'ordinateur, il n'a pas vu la fin. Je regrette de l'avoir laissé dormir là. Maintenant, j'ai encore plus peur de piquer un roupillon de honte de me réveiller en sursaut et qu'il me voie comme ça.

Mes yeux sont secs, premier signe que je ne tiens plus. Le poids de mes paupières semble doubler, et tout mon corps est soudain si faible que je serais incapable de quitter le lit sans tituber. *Léo est là... Si jamais* il *apparaît, il pourra réagir.* Je ferme les yeux.

***

Le sol tremble légèrement. J'ouvre les yeux. Déjà ? Je me suis endormie si vite ? *J'ai l'impression d'avoir simplement claqué des doigts.*

Je tourne sur moi-même. Où est-ce que je suis cette fois ? *Les vibrations sous mes pieds me font penser à un métro, mais je suis visiblement plantée au milieu d'un champ d'herbes parsemé de fleurs sauvages. J'entreprends un bref tour d'horizon pour en apprendre plus sur l'endroit où je me trouve, mais je m'interromps avant même de l'avoir terminé.*

Un loup immense est posté à quelques pas de moi, sa gueule béante presque à hauteur de mon visage. Deux options s'offrent à moi : courir, sachant pertinemment que je rêve ; ou ne pas bouger et attendre de voir ce qu'il adviendra.

L'animal change de posture sans me lâcher des yeux une seconde, comme si lui aussi était surpris de tomber sur moi et qu'il me jaugeait. Ses babines se retroussent, et sa cage thoracique émet un inquiétant grognement qui fait vibrer le sol sous mes pieds nus. Je vais me faire bouffer !

La bête avance d'un pas lent dans ma direction. Elle va attaquer, je le sens !

Je n'y connais rien en loup, mais mon instinct me dicte de fuir. Je recule d'un pas, puis deux, à mesure que le loup approche. Ça ne sert à rien d'essayer de courir pour lui échapper, je n'ai aucune chance !

– Qu'est-ce que tu fous ? entends-je soudain.

Mon regard dévie vers la silhouette qui avance doucement derrière le loup. La tête baissée, celui qui hante mes nuits est là. Il ne s'adresse visiblement pas à moi, toute son attention étant focalisée sur l'animal. Je serais presque soulagée de les voir, lui et ses tatouages.

Il s'immobilise à côté du loup, puis passe la main dans sa fourrure, au niveau du garrot. Quand il semble m'apercevoir du coin de l'œil, je le vois se crisper, puis il rive enfin son regard au mien. Je ne bouge pas, mais ma respiration rapide trahit ma peur. Il allume une cigarette sans un mot.

Mais qu'est-ce qu'il se passe ? Habituellement, il se précipite sur moi !

Il m'observe, et c'est mon cœur qui répond en premier, en explosant en battements douloureux. Je me sens comme coupable soudainement. Encore un cauchemar sans aucun sens.

Je recule encore, et le loup lâche un grognement sonore qui m'oblige à m'arrêter.

Plusieurs longues secondes défilent dans cette ambiance tendue sans qu'ils ne me quittent des yeux. Le Marchand de sable finit par avancer, le loup dans son sillage, comme s'il le suivait docilement.

Ils me passent chacun d'un côté sans un son. Le Marchand de sable m'ignore volontairement, comme si je ne méritais pas plus que ce regard qu'il m'a lancé.

Je fais un tour sur moi-même : plus une trace du Marchand de sable et du loup gigantesque. J'ai peut-être un peu de chance, en fait ! Ils devaient avoir d'autres jeunes filles à terroriser.

Je suis seule, au milieu d'un jardin fleuri dont je ne vois pas la fin. Je pars rapidement dans la direction opposée à celle qu'ont prise le Marchand de sable et le loup, histoire d'être sûre de ne pas les croiser à nouveau. Ce serait la première fois depuis des semaines que je ne termine pas une nuit en sueur et en pleurs. Maintenant, que faire en attendant de me réveiller ?

Je me faufile dans les allées que forment les bosquets un peu partout. Mes pieds effleurent un gazon étonnamment doux.

Après un moment, j'ai la désagréable sensation de tourner en rond. Je m'arrête plusieurs fois pour tenter de trouver une piste, quelque chose pour sortir d'ici. En vain.

Démoralisée, je finis par m'asseoir au milieu de la pelouse.

Du coin de l'œil, je distingue du mouvement. Il *est posté plus loin, droit comme un i, le regard rivé sur moi. Ne souhaitant pas le provoquer involontairement, je me lève et m'éloigne.*

Quand je regarde à nouveau devant moi, il est là. Un papillon rouge me passe sous le nez, et je sursaute. Puis un autre, et encore un. Très vite, il y en a partout autour de nous, à tel point que je ne vois presque plus le visage du Marchand de sable. Le peu que je capte dans ce nuage d'ailes, c'est un regard triste qui déchire quelque chose en moi.

Je lève les bras pour me protéger, et c'est comme si j'avais déclaré la guerre. Les papillons s'affolent et ne forment à présent plus qu'une violente tornade. J'essaie de les chasser, avec des coups donnés dans le vide, mais c'est comme si chacun de leur battement d'ailes était une lame de rasoir, et je sens ma peau se déchirer de plus en plus à mesure qu'ils se resserrent autour de moi.

Puis, tout s'arrête, et je vois la large silhouette de cet homme terrifiant avancer vers moi, faisant tomber les paires d'ailes tranchantes sur son chemin.

Il s'immobilise à un pas de moi. Je ne relève pas le nez pour le regarder. Je vois juste ses mains le long de son corps. L'une d'elles bouge et s'approche d'une des miennes.

***

– Nola ?

J'ouvre les yeux brusquement. Le regard de Léo me ramène à la réalité. Il est juste là, penché au-dessus de moi et sent bon le dentifrice.

– Eh bien ! Pour une insomniaque, tu dors vachement bien, dit-il.

Je me redresse difficilement, comme si mon corps avait creusé une tranchée dans le matelas.

J'évite le regard de Léo, gênée. J'ai envie de pleurer comme si je venais de vivre une rupture.

C'est le même genre de douleur que ce rêve m'a laissé.

– Je descends vite fait à la boulangerie, tu veux quelque chose ? me demande-t-il.

– Rien, merci.

– Pas même un petit croissant bien frais ?

– Oui, d'accord, soufflé-je avec un sourire aussi forcé qu'il en a l'air.

Léo me fait un clin d'œil et file de chez moi rapidement. Il se dépêche comme s'il avait peur que je ne sois plus là à son retour.

Je vise ma main gauche et cette bague toujours là. J'essaie de la retirer : je la tourne, la tire et la tourne à nouveau. Rien à faire, ma peau rougit, et la bague reste en place.

J'abandonne... Cette foutue bague va rester là jusqu'à ce que je mette la main sur une pince coupante. Je reporte mon attention sur mon portable qui a besoin d'être chargé. Aucun message ni notification des réseaux sociaux. Je quitte mon lit pour aller le brancher. J'en profite pour ouvrir le rideau de la fenêtre, et un grand soleil m'éblouit. Malgré l'hiver, j'ouvre et laisse entrer l'air frais.

Je vais aller prendre une douche et...

Je m'immobilise en reconnaissant une voix que je connais. C'est Léo ? Je m'approche de la fenêtre et, maintenant, je l'entends distinctement, sans le voir. C'est bien lui.

– J'ai déjà essayé, et ça ne fonctionne pas ! Quoi ? Non, non, pas du tout, j'en suis certain.

Je sais ce que j'ai vu. Et cette bague… Non, je ne pense pas. Je ne suis plus à ça près, dis toujours…

Il semble être dans la petite cour de l'immeuble où sont entassés les conteneurs à poubelle. J'entends sa voix jusqu'ici. Je me demande bien à qui il peut parler sur ce ton, ça ne lui ressemble pas. Comme je n'entends pas son interlocuteur, j'imagine qu'il est au téléphone.

– Je ne pense pas que les choses marchent comme ça ici, et encore moins avec elle… Nola est… différente. Je ne baisse pas les bras, mais je commence à désespérer qu'elle veuille de moi.

Je recule et referme très doucement la fenêtre, même si je suis consciente qu'il ne peut pas m'entendre. Je ne suis pas gênée, je suis pire ! Le voilà en train de demander des conseils à je ne sais qui… Kyle, certainement. Mais je n'oserai jamais aborder le sujet avec lui pour en avoir la certitude.

Je secoue la tête et file dans la salle de bain. Je dois me préparer mentalement au retour de Léo. Plan d'action : faire comme si je n'avais rien entendu.

CHAPITRE 15

NOLA

J'arpente le couloir qui mène au bureau de ma professeure de mythologie nordique. Je sens la pression monter, elle va me rendre le dossier que je lui ai remis il y a quinze jours. J'ai eu beau faire de mon mieux, je sens que le rendu ne sera pas à la hauteur de ses attentes. Quand elle m'explique, tout semble clair, mais dès que je me retrouve seule face à mes fiches, ça se complique irrémédiablement. Comme si tous ces dieux barbares refusaient de rester dans mon crâne. Je dois faire un rejet catégorique de cette matière. Du coup, je ne serais pas étonnée de voir mademoiselle Sol se décourager face à mon cas sans espoir. La seule chance qu'il me reste est un miracle ou quelque chose comme ça !

Je me plante devant la porte et frappe. Le battant n'étant pas bien fermé, il s'entrouvre. Je l'entrebâille davantage en me penchant en avant.

– Mademoiselle Sol ?

Pas de réponse.

J'ouvre encore un peu et passe la tête. Ma prof de mythologie nordique est debout devant la fenêtre, en train de tirer sur une cigarette avec délectation. C'est interdit de fumer dans les bâtiments de la fac, mais visiblement, elle s'en fout. Elle se retourne soudain, m'aperçoit, sursaute et, dans un réflexe précipité, balance sa cigarette par la fenêtre ouverte, ainsi que le cendrier qu'elle tenait à la main.

J'ouvre la bouche, tout comme elle, tandis qu'elle se penche au moment où l'on entend l'objet se briser sur le sol, trois étages plus bas.

– Par la barbe d'Odin*… chuchote-t-elle.

– Désolée, je…

– Chut ! fait-elle en reculant d'un bond.

– Qui a lancé ça ? hurle une voix masculine dehors.

Elle me fait signe d'entrer en vitesse tout en fermant la fenêtre avec d'infinies précautions. Je retiens un fou rire.

– Ferme la porte, chuchote-t-elle.

C'est ce que je fais, doucement.

– Bonjour… Et désolée pour votre cigarette.

– Et mon cendrier !

J'affiche un sourire contrit.

– J'espère que personne ne l'a pris sur le crâne…

Elle pouffe de rire.

– Il ira rejoindre le Valhalla[2] directement, si c'est le cas !

Je pouffe, et on s'installe chacune d'un côté du bureau. *Odin, je sais qui c'est ! C'est le grand patron. Par contre, pour le Valhalla, c'est plus mystérieux...*

– Évidemment, tu ne m'as jamais vue fumer à la fenêtre…

– Évidemment, confirmé-je avec un signe de tête exagéré.

– Cette collaboration ne changera pas mon opinion sur le dossier que tu m'as rendu, malheureusement !

Je me tasse dans mon fauteuil. *Quelle honte...* Je vais me faire remonter les bretelles comme un gosse de primaire. Mais ça semble mérité.

J'essaie de me souvenir de ce que j'ai fait. *Où est-ce que j'ai merdé ?* Mais rien ne vient. C'est comme si j'avais fait ce devoir dans un état second.

– Euh… Je suis désolée. J'ai pourtant révisé, mais… c'est comme si ma tête refusait en bloc les informations ! Pourtant, dans les autres matières, je n'ai aucun souci, je ne comprends pas.

– Il faut dormir la nuit, Nott ! m'assène-t-elle.

– Oui… Peut-être que si je dormais mieux, je ne serais pas en train de me vautrer, concédé-je.

– Tu dors si mal que ça ?

---

2. Lieu de repos des guerriers morts au combat, selon la mythologie nordique.

J'avale ma salive.

– Tu sais que tu peux me parler, reprend-elle plus doucement. Je suis aussi là pour ça.

– Je… je fais des cauchemars.

Je lâche un petit rire sans oser croiser son regard.

– C'est ridicule, à mon âge…

Le silence qui s'installe n'améliore pas ma gêne. Peut-être qu'elle est en train de se dire ce que n'importe qui se dirait, à savoir que je suis dingue.

– Il n'y a pas d'âge pour rêver, dit-elle simplement.

– J'essaie de rester lucide, ce ne sont que de mauvais rêves… Mon esprit fait je ne sais quel transfert. Mais ce type est… Enfin, il est là et pourrit toutes mes nuits.

– Ce type ? me questionne-t-elle aussitôt.

Elle semble si surprise que je relève le nez rapidement pour la regarder. Elle me dévisage bizarrement.

– Euh oui… Un type super flippant me… poursuit dans mes rêves ! Je sais que c'est idiot, terminé-je en riant.

Et un rire nerveux de plus pour camoufler une envie de pleurer ! Au lieu d'ajouter qu'il n'y a pas que dans mes rêves qu'il me suit.

Je tente un autre regard vers mon enseignante. Elle a les sourcils froncés. Elle se détourne un instant, attrape son portable et semble envoyer un SMS.

– Et il ressemble à quoi, ce type ?

– Quelle importance ? Il n'existe pas.

Je ne vais pas en plus lui dire qu'en temps normal, il serait tout à fait mon style... Que s'il n'avait pas l'air de vouloir me tuer, je me laisserais volontiers tomber dans ses bras.

– Si, ça a son importance, justement. Le moindre détail pourrait t'aider à… disons interpréter. Ou au moins comprendre d'où ça peut bien venir.

– Oui… Peut-être. Eh bien, il est… grand, musclé, plutôt brun, toujours avec une barbe de plusieurs jours, et il a des tatouages, beaucoup.

Silence. La prof se mordille la lèvre inférieure.

– J'en connais qui ne seraient pas contre se faire poursuivre par un homme de ce type… murmure-t-elle.

– Oui… Mais il n'est même pas là pour des parties de jambes en l'air nocturnes… Pourtant, vu son humeur, il pourrait tout à fait cacher des menottes et un fouet dans les poches de son jean.

Mademoiselle Sol se met brusquement à tousser et tape du poing sur sa poitrine.

– Désolée… Je ne sais pas ce qui m'a pris ! m'excusé-je précipitamment en prenant conscience de ce que je viens de dire à l'une de mes professeures. *Par tous les dieux, Nola !*

– Non, non, pas de souci, articule-t-elle difficilement.

Elle s'éclaircit la gorge et secoue la tête.

– En tout cas, si ça arrive, je ne veux rien savoir ! dit-elle avec un petit sourire.

– Ça n'arrivera pas… Il… n'existe pas, murmuré-je, le regard planté sur la bague que je n'arrive toujours pas à enlever.

– Jolie bague… souffle-t-elle justement.

– Je ne l'aime pas du tout, rétorqué-je aussitôt. Mais elle est coincée à mon doigt depuis que je l'ai essayée.

– Alors garde-la, elle semble faite pour toi… Bon, je dois avoir d'autres fiches pour t'aider dans tes révisions.

Le silence est revenu, je range mes notes tandis qu'elle fouille dans son bureau.

Elle ouvre un nouveau tiroir quand quelqu'un frappe à la porte. Elle s'arrête et relève le nez en fronçant les sourcils. Visiblement, elle n'attend personne d'autre.

– Oui ? envoie-t-elle.

La porte s'ouvre sur le doyen de la fac. J'ai un petit sursaut, je ne sais pas si je dois me lever ou rester assise. Alors je fais un entre-deux : appuyée sur les accoudoirs du fauteuil, je bafouille un bonjour poli.

– Mademoiselle Sol, j'ai failli me faire assommer par ce qui semble être un cendrier en pierre, auriez-vous par hasard une explication ? Qui occupe le bureau au-dessus du vôtre ?

Oups !

Ma prof ne se démonte pas et se redresse avec un air outré.

– Vraiment ? Mais c'est terrible ! Je vais me renseigner, ce n'est pas possible de tolérer ça… s'énerve-t-elle.

– Très bien, les jeunes aujourd'hui… marmonne l'homme. Merci beaucoup, je ne vous embête pas plus longtemps !

La porte se referme doucement sur lui. Je pince les lèvres, et la prof me regarde en biais.

– Tu n'as rien dit, tu es donc complice, souffle-t-elle à voix basse.

Je laisse un petit rire m'échapper tandis qu'elle ouvre un tiroir de plus. Un bruit de bouteilles qui s'entrechoquent résonne dans la pièce, et elle ricane.

L'instant suivant, elle sort une pile de fiches cartonnées d'un autre tiroir et me les tend avant de se pencher sur son bureau et de griffonner je ne sais quoi sur un morceau de papier.

– Et n'hésite pas à me passer un coup de téléphone si tu as des questions ou un souci… Ou sinon, tu cries mon nom, et j'apparaîtrai dans un grand rayon de lumière !

Je prends le petit bout de papier avec son numéro en riant. *Décidément, j'adore cette prof !*

– Ok, merci beaucoup !

– Je t'en prie. On se voit la semaine prochaine, si tout va bien.

Je lui fais un sourire. *Est-ce que je vais seulement oser lui envoyer un SMS ? Absolument pas !*

Je prends mes affaires et quitte la pièce.

Arrivée dans le long couloir à l'extérieur, un frisson me parcourt la colonne vertébrale. Je me crispe une seconde et je file. La bibliothèque et des heures de boulot m'attendent.

CHAPITRE 16

MANE

La porte s'ouvre au moment où je m'apprête à l'enfoncer. J'ai à peine le temps de me jeter en arrière que la douleur me saisit. J'essaie de résister, mais j'écrase tout de même ma main sur mon torse. *Si je pouvais enfoncer mes doigts juste là et arracher ce cœur qui me fait tant souffrir...*

Encore une fois, il m'est impossible de reprendre mon souffle. *Elle* est ici.

Dissimulé dans l'ombre, je la vois apparaître. Elle sort délicatement, referme derrière elle et s'en va. Mon corps réagit avant même que je n'aie le temps de penser. *Je vais la...*

– Stop !

Une main vient de se plaquer sur mon torse. Je baisse les yeux dessus, contraint de suspendre mon mouvement pour découvrir qui ose me toucher. La seconde suivante, je croise un regard que je connais bien, mais que je n'ai pas revu depuis des années. Sol. *Mais qu'est-ce qu'elle fout ici ?*

Sans prendre le temps de chercher une réponse, je l'écarte de mon chemin. J'ai une autre priorité, ses explications devront attendre plus tard. Je vois la fine silhouette pour laquelle je suis ici s'éloigner dans le couloir.

– Non, Mane ! insiste Sol en attrapant mes fringues pour me retenir.

– Bouge de là, grogné-je.

Elle ne lâche pas prise et m'attire à elle, m'empêchant de remonter le couloir.

– Mane, s'il te plaît… Fais-moi confiance et viens avec moi, me souffle Sol en me barrant la route.

Faire confiance ? Plus jamais ! D'autant plus que je la retrouve ici. Avec elle *!*

– Depuis quand es-tu ici ? envoyé-je sèchement.

– Allons parler ailleurs, si tu veux bien…

D'un geste de la main, je lui fais lâcher prise. Je sens son regard insistant sur l'encre. La dernière fois qu'on s'est vus, aucune tache n'habillait ma peau. Voilà ce que donnent des années aux enfers. Chaque démon combattu laisse une trace à vie. Et j'en avais un paquet qui me suivaient…

– Va au Drakkar, je te rejoins, ajoute-t-elle.

Cet endroit existe encore ?

Je la regarde en biais, gardant pour moi les milliers de questions qui déboulent dans mon esprit et mes envies de laisser exploser ma rage.

Je ferme brièvement les yeux, inspire fortement et me redresse pour partir, mais Sol m'attrape le bras.

– Je t'en prie, ne te fais pas remarquer, me souffle-t-elle tout bas.

J'arrache mon bras à ses phalanges et quitte les lieux sans un regard en arrière. J'ai si mal que rien ne peut m'aider à me calmer pour le moment. *Elle* l'aurait pu.

***

Je pousse la porte. C'est fermé, alors je frappe du poing dessus. *Si ça ne s'ouvre pas, je rentrerai par mes propres moyens.* La porte bouge à peine quand je lève le poing une seconde fois.

– Mot de passe !

La voix est passée par l'interstice. Je fronce les sourcils. *Mot de passe, sérieusement ?*

– « Va te faire foutre », ça te convient ? ruminé-je les dents serrées, face à une porte qui se referme aussitôt.

La seconde suivante, j'envoie un grand coup de pied dedans. Un craquement retentit, et elle s'ouvre de force. Je reconnais le type qui se cachait derrière. Plaqué contre le mur de l'étroit couloir sombre, il me dévisage, choqué.

– Ma… Mane ? Tu… tu avais disparu et…

– Et je suis de retour.

Je lui passe devant et remonte le couloir pour atteindre le Drakkar.

– Il paraît qu'elle est ici… chuchote l'homme dans mon dos.

Je sais. Je l'ai vue, je l'ai suivie jusque chez elle, sur ce palier sombre. Pourtant, je ne la reconnais pas vraiment. Suis-je resté trop longtemps enfermé ?

J'arrive dans la salle du Drakkar. C'est désert et tant mieux, je ne suis pas d'humeur à croiser qui que ce soit d'autre aujourd'hui.

Je tire une chaise et me laisse tomber dessus. Quelques paires d'ailes rouges virevoltent autour de moi. Elles reflètent ce que je cache, cette peine qui creuse mon cœur un peu plus chaque seconde. Mes compagnons ont du mal à voler, leurs ailes se déchirent aussi facilement que du papier de soie, ils s'effritent à vue d'œil. J'en regarde un tomber sous mes yeux et disparaître en une pincée de sable. Ce don est en réalité une malédiction ! À quoi me sert ce sable, si je ne peux plus atteindre la nuit ?

***

– L'avantage d'avoir quitté le Helheim, Mane, c'est de pouvoir apprécier une vraie bonne bière, lance soudain la voix de Sol.

Je croise son regard alors qu'elle se glisse derrière le bar. Très vite, le bruit des verres qui se remplissent me parvient. Sol vient ensuite me rejoindre et dépose sous mon nez une pinte mousseuse. Avec tout ça, depuis que je suis ici, je n'ai même pas profité de ce genre de plaisir.

– Comment es-tu sorti ?

J'attrape la pinte sans lui répondre et y trempe mes lèvres. Le goût, la fraîcheur et cette sensation de me remplir l'estomac sont jouissifs.

– Alors ? insiste Sol.

– Elle m'a laissé partir.

– « Laissé partir » ? Hel ? Ce n'est pas son genre…

Je sais, je me demande encore quand le retour de flamme va tomber. Je bois encore une gorgée, puis une autre. *Eh merde, cul sec, c'est trop bon !*

Avec plus de force que nécessaire, je pose le verre qui ne contient plus qu'un peu de mousse coulant doucement vers le fond, puis je rive mon regard au sien. Elle a un petit sourire. Un sourire qui m'a manqué plus que je ne l'avouerai jamais.

– Tu es là… chuchote-t-elle. Même si tu n'es plus comme avant… Ta force t'a quitté.

J'ignore cette dernière remarque. Je me suis vu m'affaiblir irrémédiablement et même si je retrouve mes forces, je ne serai plus jamais comme avant.

– Et toi aussi, tu es là ! C'est quoi, ce bordel, au juste ?

– Ah… Je la surveille. Mais, Mane, tu dois savoir quelque chose…

– Depuis quand sais-tu qu'elle est ici ? coupé-je, peu intéressé par ses excuses.

– Je… Ça fait un moment… Mais tu…

– Putain, pourquoi tu n'as rien dit ? enragé-je.

– Et comment j'aurais dû faire, au juste ? On l'a retrouvée parce qu'on pensait qu'elle seule pouvait aller te chercher là-bas, Mane. Mais arrivé là, rien ne s'est passé comme prévu.

Je fronce les sourcils sans la quitter du regard. Elle m'évite en serrant les dents.

– Qui est ce « on » dont tu parles ?

– Kvasir et moi. Il arrive. Mais écoute-moi, Mane… Elle n'est plus celle que tu as connue. Elle ne sait pas qui nous sommes, et toi encore moins.

Quoi ? Moi qui pensais mon cœur mort depuis longtemps, il vient de me faire comprendre qu'il est toujours là. Mes papillons explosent en moi, mais je contrôle l'envie de les laisser sortir et de tout détruire sur un kilomètre à la ronde.

– Elle t'a oublié, souffle Sol.

– C'est impossible… chuchoté-je.

Elle me regarde avec peine. *J'ai horreur de ça !*

– Et je pense que tu devrais en faire autant… La Nott que tu viens chercher n'est plus là.

Je fais non de la tête. Je refuse ça. Si je ne l'ai pas oubliée jusque-là, je ne le ferai jamais.

Sol insiste du regard. Je quitte la chaise pour fuir la vérité qu'elle me balance en pleine tête. J'ai vu que Nott ne me reconnaissait pas, mais je refusais jusque-là de l'admettre. J'espérais qu'elle fasse semblant pour ne pas avoir à s'expliquer.

La douleur dans ma poitrine se fait lancinante. *Il faut que ça s'arrête !* Je résiste au besoin d'écraser ma paume sur mon cœur, mais enfonce mon poing dans le mur le plus proche avec force. Cependant, une douleur n'en remplace pas une autre… Ça tambourine toujours avec trop de force dans ma poitrine. Je dois me contenir, ni mon corps ni ce monde ne survivraient si j'explosais après avoir tout gardé en moi.

Un bruit attire mon regard vers l'entrée. Kvasir est planté là, la bouche ouverte.

– Elle m'a vraiment oublié ? le questionné-je aussitôt.

Il fronce les sourcils.

– Comment es-tu sorti du Helheim, mec ?

– Réponds-moi !

– Oui… Elle ne sait pas qui nous sommes. Ne me demande pas pourquoi, je n'en ai aucune idée.

Mes papillons jaillissent et explosent autour de moi. D'un blanc immaculé à l'époque, ils sont rouges aujourd'hui et si emplis de rage que je peine parfois à les contrôler. Très vite, ils s'agglutinent comme pour me protéger, mais rien ne peut faire barrière entre cette annonce et mon esprit. C'est le pire qui pouvait arriver, et il n'y a qu'un seul endroit où me réfugier quand je suis sur le point d'exploser : le monde des Songes.

– Mane ! appelle Kvasir.

Je l'ignore. *Qu'ils dégagent, lui et toute cette merde. Si j'avais su, je serais resté au Helheim, j'y souffrais moins !* Peut-être que tout ça n'est qu'une machination de Hel pour me torturer davantage. Nott qui ne sait plus qui je suis, c'est pire que tout.

– Tu dois nous laisser faire et attendre qu'elle se souvienne !

Je quitte la pièce la seconde suivante tandis que le reste de la phrase de Kvasir me suit, portée par mes papillons.

Les laisser faire ? Je ne sais pas si j'en suis capable. Pas après tout ça.

CHAPITRE 17

NOLA

Je viens de payer un bras pour un sandwich et une petite bouteille d'eau. Si j'avais pensé à faire les courses avant d'arriver à la fac, je n'en serais pas là.

Je mange en chemin, balance mes emballages dans mon sac à dos parce que je ne trouve pas de poubelle et pénètre dans un autre monde : la bibliothèque. J'aime plus cet endroit que mon propre appartement ou que ma chambre chez ma mère. Je suis ici aussi à l'aise que la lune peut l'être en pleine nuit. *Quelle métaphore bizarre ! Où est-ce que je suis allée chercher un truc pareil ?*

Le silence et le calme qui y règnent appellent à la concentration, et ce grâce à l'atmosphère des lieux certes, mais surtout grâce à madame Reine, la vieille responsable bibliothécaire qui impose son règne ici, depuis plusieurs décennies paraît-il. La conservation parfaite d'un livre vaut plus pour elle qu'une vie humaine. En tout cas, c'est ce qui se murmure dans la fac. Et je ne peux que la remercier : sa dictature impose l'ambiance parfaite pour quelqu'un comme moi. Je vais me plonger la tête la première dans les fiches de révisions de mademoiselle Sol.

Je me trouve un coin sur l'une des longues tables en bois, assez loin de tout être humain susceptible de me déconcentrer. Je sors mes affaires presque religieusement et je prends une grande bouffée d'air. *Bon, Nola, c'est simple : concentration, méthode, et tout ira bien !*

Un coup d'œil sur les fiches, et mon esprit s'écarte déjà de la route que je lui destine. J'ai parlé de mes rêves à quelqu'un d'autre qu'à ma psy et, contrairement à ce que j'aurais pu croire, cette personne ne m'a pas prise pour une folle. Elle ne semblait pas plus étonnée que ça. Peut-être juste… soucieuse.

Moi aussi, je me fais du souci pour moi, encore plus depuis l'autre soir au musée. J'ai peur de me retrouver seule parce que – j'en suis certaine maintenant – *il* peut apparaître subitement et n'importe où, comme dans mes rêves. Dois-je continuer de m'accrocher à la réalité ou accepter que quelque chose d'autre existe ? Une autre réalité où tout est différent, où le Marchand de sable peut apparaître et disparaître dans mon quotidien à sa guise.

Je secoue la tête. *Allez, Nola, concentre-toi sur tes cours, rien d'autre. Et arrête d'inventer des théories fumeuses pour expliquer un phénomène qui n'arrive que dans ta tête dérangée.*

***

Je parcours l'allée sans regarder où je marche, ne faisant attention qu'aux titres des livres qui défilent sous mes yeux. La tête un peu penchée pour lire plus vite, je finis par m'arrêter.

Peak District, Derwent barrage, Seconde Guerre mondiale ; exactement ce que je cherche. Ça fait du bien de sortir de la mythologie nordique, matière sur laquelle je viens de passer deux heures sans avoir l'impression d'avancer.

J'ai la tête sur le point d'exploser, et il devient vital que je reprenne en main mes études des autres matières si je ne veux pas me planter carrément à mes derniers partiels.

Je tends la main pour tirer sur le livre mais je m'immobilise, l'index sur le haut de la tranche. Je ne bouge plus. Mon souffle aussi s'est arrêté, comme si j'avais peur de le déranger, alors que tout ce que je devrais faire, c'est fuir.

La petite paire d'ailes rouges qui me terrifie s'est posée directement sur ma main, avec une douceur inattendue. Rien à voir avec les lames de rasoir qui déchirent ma peau dans mes cauchemars. Je fronce les sourcils et retiens difficilement le frisson qui remonte dans mon dos. *Il est ici !*

En un clin d'œil, le papillon s'envole, aussi léger qu'un souffle, et effleure ma joue avant de disparaître. Je le cherche du regard. *Où est-il passé ?* Peu importe ! Moi, je m'en vais de cette allée !

J'attrape l'ouvrage que je visais et je tourne les talons en vitesse. Je lance des coups d'œil partout autour de moi. Aucune trace de lui, si ce n'est ce foutu papillon il y a quelques secondes.

Quand je croise le regard curieux d'un type assis plus loin, je me reprends. *Je dois avoir l'air d'une folle à scruter l'espace comme ça !*

Je file vers une autre allée pendant qu'un petit groupe de nanas chuchote plus loin. Quelque chose semble les avoir émoustillées.

Je secoue la tête pour chasser les images de mes derniers cauchemars quand une ombre me passe au-dessus. Comme si, très furtivement, la lumière s'était éteinte. Je relève le nez : rien ni personne, mais les chuchotis des nanas plus loin s'intensifient. Je leur lance un regard courroucé. *Oh ! C'est une bibliothèque ici !*

Je m'enfonce dans l'allée suivante. Je lance un regard dans celle-ci avant de m'y engouffrer. *Ni papillon, ni Marchand de sable, je peux y aller.*

Je vise à nouveau les titres qui défilent sous mes yeux fatigués, mais je suis freinée par un obstacle qui m'oblige à m'arrêter. Je n'ai même pas besoin de relever le nez pour savoir dans qui j'ai manqué de rentrer. Il *est là !*

Je tourne les talons et accélère le pas. *Tant pis pour mon livre !* Mais ma course prend brusquement fin quand il est de nouveau sur ma route. Un très bref coup d'œil me ramène à la réalité. *Pensais-je fuir aussi facilement ?*

La tête baissée, j'aperçois un bout de peau tatouée. J'évite tout contact visuel, celui du musée m'a amplement suffi. Je me retrouve face à un torse habillé d'un sweat noir uni que je tente de contourner. *Si je l'ignore, peut-être qu'il va disparaître !*

– Regarde-moi, dit-il, impérieux.

Le livre que je tenais termine par terre dans un bruit sourd.

Impossible de relever le nez vers son visage. J'essaie encore de le contourner pour quitter l'allée, mais il continue de me bloquer.

– Regarde-moi, insiste-t-il, les dents serrées par une rage intimidante.

– Non…

Ma réponse n'est pas plus distincte qu'un souffle aussi léger que les papillons qu'il peut déployer, mais il la comprend parfaitement, et elle suffit à le stopper.

Je me penche très vite à nos pieds, ramasse le livre puis le contourne encore. Cette fois, il me laisse partir. *Garde tes larmes, Nola !*

J'arrive au bout de l'allée la tête haute quand un énorme bruit résonne dans mon dos. C'est le son que font les insectes lorsqu'ils surgissent.

J'ai à peine le temps de me retourner pour les voir arriver que la vague rouge me percute de plein fouet.

– Regarde ce que tu as fait de moi, Nott ! hurle la voix du Marchand de sable entremêlée au boucan.

Les bras devant le visage, je me protège comme je peux de cette attaque. La tempête de papillons m'englobe en l'espace d'une courte seconde, et c'est le corps tout entier du type qui me rentre dedans, sans toutefois que l'on entre en contact, et je me retrouve projetée plus loin.

J'attends que sa colère passe, qu'il disparaisse à nouveau avec ses papillons et que le rationnel revienne. *Ce n'est qu'une crise hallucinatoire passagère !*

Je ne rouvre les yeux que lorsque tout est calme autour de moi. J'entends juste quelques petits bruits et des voix qui chuchotent. J'ouvre la bouche, sous le choc. Le carnage sous mes yeux va valoir une syncope à la vieille responsable de la bibliothèque. Les papillons ont déchiqueté chaque livre se trouvant dans cette allée. Tous les ouvrages sont en miettes par terre, leurs pages parfois encore en train de retomber doucement au sol.

– Oh mon Dieu ! s'exclame soudain une voix dans mon dos. Mais qu'est-ce que… Sacrilège !

Madame Reine, une main sur le cœur et l'autre sur la bouche, comme pour empêcher son dernier souffle de la quitter, regarde la scène d'un air figé. Et elle n'est pas la seule : toutes les personnes du coin semblent s'être réunies derrière elle pour admirer le massacre.

– Mais qu'avez-vous fait ? m'envoie-t-elle.

– Je…

« J'ai énervé le Marchand de sable » n'est pas une bonne réponse.

– Des ouvrages plus vieux que vous ! ajoute-t-elle, les larmes au bord des yeux.

– Je ne sais pas, j'étais là, et puis…

– Le sol s'est mis à trembler, madame. Elle n'y est pour rien, envoie quelqu'un dans mon dos.

La femme tourne les talons. Moi, je recule en observant le résultat de la colère que j'ai provoquée. C'est *lui* qui a fait tout ça, c'est bien lui.

***

Dans le métro, je ne suis pas à l'aise, je lance des regards partout autour de moi. J'essaie d'être réaliste et de comprendre les choses de façon saine : j'invente un type de toutes pièces qui me pourchasse dans mes rêves depuis des mois et je finis par me rendre compte qu'il existe vraiment. C'est exactement le même : la voix, le visage, la taille, tout est parfaitement identique. Comment ai-je pu le créer sans l'avoir jamais vu auparavant ? *Tu parles d'un foutu hasard*...

Je remonte chez moi dans le même état de stress. Et c'est sur le qui-vive que je claque ma porte avant de donner un tour de clé. Suis-je en sécurité ici ?

CHAPITRE 18

NOLA

Trois jours ont passé depuis l'incident de la bibliothèque, et je crois que madame Reine n'est toujours pas remise. Moi non plus, à dire vrai. Mais je me fais plus de souci pour l'avenir de mon existence que pour les livres perdus pendant ce qui a été appelé un « mini séisme parisien ». Voilà la seule explication rationnelle qui a été trouvée pour expliquer le phénomène. Le fait que l'allée voisine n'ait subi aucun dégât n'a pas trouvé de réponse, mais l'esprit humain, encore une fois, a choisi de se rassurer en persistant à croire à un événement géologique rare. Je suis donc la seule à savoir que c'est un type avec des pouvoirs magiques qui a piqué une crise dans cette allée, et je compte bien garder le secret. Surtout si ça continue ainsi.

Je ne l'ai pas revu depuis, ni dans mes rêves ni dans la réalité, et c'est tant mieux. Je ne ferme toujours pas sereinement les yeux, mais au moins, le peu que je dors est vraiment reposant.

Mon portable qui sonne sur la table basse de mon minuscule salon me ramène au présent. Je reçois un appel d'Ella. Je décroche rapidement :

– Allô ?

– Alors, la somnambule, ça va ? demande-t-elle aussitôt.

– Ouais, et toi ?

– Top. Matthieu n'est pas dispo ce soir, et j'ai eu des invitations pour un troc nocturne privé dans le Marais. Tu es partante ?

– Matthieu ? Celui des toilettes ? Tu es encore avec lui ?

– Eh ouais, bébé ! Il faut vraiment que je te raconte !

– Carrément ! Une soirée entre nanas, ça sera sympa.

– On se retrouve à Châtelet vers 20 heures ?

– Ça marche. Et c'est quoi, ce troc, au juste ?

– Tu ramènes trois vieilles fringues que tu veux plus et tu repartiras avec trois nouvelles fringues qui te plaisent ! Tu me connais : Ella les bons tuyaux !

Je lâche un rire.

– Magnifique jeu de mots ! Ça marche, je prépare ça. À tout à l'heure.

– Ella, elle a, t'as saisi ? Bisous !

***

Le métro s'arrête et m'éjecte sur le quai. Arrivée à l'extérieur, sur le trottoir, un SMS fait vibrer mon portable dans ma paume. C'est Ella qui m'envoie l'adresse du lieu où je dois me rendre. C'est à plusieurs rues d'ici. *Quelle poisse, j'ai horreur de marcher !*

Après trois rues, je peste contre Ella. *Il est où, son truc, au juste ?* En plus, il caille comme pas permis. Je resserre mon manteau sur moi en arrivant à une intersection quand un grand coup de klaxon me fait sursauter. Je tourne la tête, comme plusieurs passants, pour regarder de quoi il s'agit, et je le regrette immédiatement.

Un piéton vient de couper la route à un taxi, et ce n'est autre que l'homme qui hante mes nuits depuis des mois. Ignorant le conducteur qui lui balance des insultes par sa fenêtre ouverte, le Marchand de sable fonce vers je ne sais où en coupant à nouveau la route à d'autres automobilistes. Je le suis du regard, il semble fou de rage, comme toujours. De toute évidence, il ne m'a pas vue. Il n'aurait pas pu résister à l'envie de me terrifier sinon.

Lorsqu'il disparaît dans une rue, je ne sais pas ce qui me prend, mais je suis la même direction. *Et si, pour une fois, c'était moi qui le suivais ?*

Ça fait cinq bonnes minutes que je le file de loin, et il ne m'a pas remarquée. D'ailleurs, il ne semble prêter attention à personne : il bouscule des gens et traverse sans regarder, à croire qu'il se fout royalement de se faire faucher ou de tomber sur plus coriace que lui. *La politesse, c'est décidément pas son truc !*

Il avance d'un pas vif, et je dois courir par moments pour ne pas le perdre de vue. Il tourne justement dans une rue piétonne, et je ne le vois plus. J'accélère et je le distingue à peine passer une porte plus loin.

Ce n'est que lorsque j'arrive devant, moi aussi, que je reconnais le lieu. Je ne pense pas me tromper : il s'agit de l'endroit où nous sommes venus avec Léo, Kyle et Ella l'autre soir.

Je lance un regard circulaire autour de moi, le Marchand de sable semble bien être entré ici. Il me suffit de pousser la porte en bois usée pour l'ouvrir. *Bizarre, la première fois, il nous avait carrément fallu un mot de passe pour pénétrer dans le bar !* Je me retrouve à nouveau dans ce couloir mal éclairé et, au bout de celui-ci, à l'entrée du pub.

– Bonsoir…

Je sursaute et réponds à l'homme qui se tient derrière la porte que je viens de passer avant de continuer mon chemin. Je l'entends qui referme derrière moi. *Mon Dieu… Dans quels problèmes suis-je en train de me fourrer ? N'importe quelle nana aurait déjà fait demi-tour.*

J'entends du bruit, il y a du monde et, lorsque j'entre dans le bar, personne ne fait attention à moi. Les discussions vont bon train, les verres sont remplis, et l'ambiance bon enfant. Je cherche aussitôt le Marchand de sable du regard et je le vois de justesse disparaître dans le fin couloir qui conduit aux cabinets. *Il aurait marché jusque-là uniquement pour aller aux toilettes ? C'est n'importe quoi.*

Je traverse la salle, me faufile entre quelques personnes et arrive au début du couloir. La porte des toilettes pour hommes se referme à peine. Vu la vitesse, elle a dû être envoyée dans le mur avec force.

Ma curiosité est plus forte que ma peur de tomber sur lui derrière cette porte. Je vais la pousser doucement et, quand enfin je peux voir de l'autre côté, je m'arrête net. C'est exactement comme quand je suis venue avec les autres. *Alors je n'avais pas rêvé !*

On dirait qu'il y a un autre bar à la place des toilettes pour hommes. J'ai du mal à croire ce que je vois. C'est comme si le temps faisait une pause pour me laisser observer tous ces gens. Tous rient, boivent ou mangent et ont l'air habitués à l'endroit. L'ambiance est chaleureuse.

Le Marchand de sable disparaît à l'autre bout de cette grande pièce. Un rayon de lumière m'indique qu'il vient de franchir une porte vers l'extérieur. *Mais l'extérieur d'où ?* Sans savoir pourquoi, je doute que je sois encore à Paris.

Soudain, on me pousse dans le dos, et j'entre pour de bon dans ce lieu. Personne ne me remarque. *Tant mieux !* Pas même le type qui s'excuse sans se retourner de m'avoir bousculée et qui part rejoindre une table animée plus loin.

Les quelques pas que j'ai faits me permettent de voir la pièce dans son ensemble. J'ouvre de grands yeux et laisse ma mâchoire tomber. L'éclairage est assuré par des espèces de bulles qui flottent et se déplacent d'elles-mêmes au plafond. Du bar partent des verres aux couleurs incroyables et qui, eux aussi, flottent tout seuls pour finir leur course sur les tables. L'un d'eux me passe juste devant, il laisse échapper de toutes petites fleurs de toutes les couleurs qui éclatent comme des bulles. Je suis obligée de bouger pour l'éviter.

J'avance le long du bar sans arrêter de regarder autour de moi. C'est si beau que je me demande soudain si je ne suis pas en train de rêver. C'est terrible d'en arriver là.

Je fais quelques pas de plus, puis quelque chose me perturbe. Je quitte le bar des yeux pour tourner la tête vers la salle. Plusieurs regards se posent sur moi et bloquent, d'autres donnent des coups de coude à leur voisin pour les interpeller. Puis, très rapidement, comme l'hiver qui s'écrase sur l'automne, l'ambiance se refroidit, et c'est le silence total dans l'endroit.

Plus de rires, plus de verres qui volent, plus de discussions animées… Juste une foule qui me reluque avec des regards tantôt surpris, tantôt haineux, ou quelque chose qui s'en approche. *Je ne me suis jamais sentie aussi mal.*

J'entends des souffles de stupeur résonner dans l'assemblée, je perçois également des insultes. *Qu'est-ce que je dois faire ?*

Mon corps répond à ma question muette : je fais demi-tour. *Plus vite je serai de retour dans la rue, mieux ce sera.* Sauf que ma route est interrompue. À la place du passage vers l'autre bar ne reste qu'un mur de pierre.

CHAPITRE 19

NOLA

Je crois que c'est la première fois que je me sens prise au piège à ce point-là dans la réalité. Ce sentiment se rapproche beaucoup trop de ceux qu'*il* me fait subir dans mes cauchemars. Sauf que cette fois, ce n'est pas seulement entre lui et moi, il y a tous ces gens. Je panique. *Par où fuir ?*

Un grand type apparaît devant moi. Je le sens me lancer un regard acéré. Je tente de l'ignorer et de le contourner, mais il me donne un coup d'épaule.

– C'est vraiment elle ? entends-je par-dessus les chuchotements ambiants.

Je ne les connais pas, avec qui me confondent-ils ?

– Nott.

À peine cette voix retentit-elle qu'elle m'électrise. Elle résonne, écrasant au passage tout autre son pouvant me parvenir. Le type qui me barre la route semble se crisper de la tête aux pieds.

Je relève le nez sur la silhouette qui s'approche, et tout ce qui se mélange en moi se traduit par un violent picotement aux yeux. *Il* est là, fixant de toute sa noirceur celui qui me bloque. Ce regard, qu'il me réserve habituellement et qui me donne des sueurs froides, est le truc le plus rassurant que j'ai ressenti depuis longtemps et auquel je peux me raccrocher tout de suite.

L'inconnu s'écarte sans qu'un mot ne soit échangé dans le bar. De mon côté, je n'ose pas bouger, j'ai juste envie de retourner sur mes pas pour disparaître dans ce mur que je suis certaine d'avoir traversé tout à l'heure.

Sans que j'en sois consciente, mes yeux vont à la rencontre de ceux du Marchand de sable. Il ne regarde pas les gens autour de nous et me fait un signe de tête pour que j'avance vers lui. Impossible d'analyser ce qu'il se passe en moi, brusquement.

– C'est Nott ? chuchote une femme quand mon corps se met en route pour lui obéir.

Comme si je n'arrivais pas assez vite à lui, il tend une main dans ma direction sans me quitter des yeux. Je vois mes doigts passer sur les siens tatoués. C'est comme suspendre le temps. Plus rien n'existe autour de nous à partir du moment où nos paumes entrent en contact. La sensation que rien de mal ne peut plus m'arriver me submerge. Si on m'avait dit qu'un jour *il* serait un refuge, je ne l'aurais pas cru.

Mon sauveur tourne vite les talons, me traînant à sa suite.

– Tu devrais être plus discrète quand tu suis quelqu'un… me souffle-t-il.

Nous avons fait plusieurs pas vers la sortie quand quelque chose percute mon dos si fort que j'en lâche un cri. Une douleur aiguë se répand le long de ma colonne, mais je ne m'arrête pas, je veux foutre le camp d'ici. Cependant, le Marchand de sable s'immobilise si brusquement que je lui rentre dedans, sous les regards perçants de tous les clients. Il se tourne vers moi et passe une main dans mon dos. La douleur s'évanouit aussitôt. Il écrase entre ses doigts ce qui me semble être une petite fléchette en papier. Il relève les yeux sur les gens et, trop rapidement pour que je les voie arriver, il en intercepte trois autres d'une main.

– Elle n'a rien à faire ici ! lance une voix.

Je n'ose même pas me retourner pour regarder qui parle, mais ce n'est pas l'avis de mon sauveur : il m'attrape par les épaules et me retourne face à un mec aussi jeune que moi, qui tient une feuille de papier dans la main. La tenue qu'il porte me fait penser à un étudiant anglais.

Je me retrouve contre le torse du Marchand de sable. C'est un cauchemar de l'avoir juste là, respirant au-dessus de mon oreille gauche. Je n'arrive pas à savoir si je suis à ma place ou non. Quoi qu'il en soit, ici, juste contre lui, son odeur si particulière partout autour de moi, je me sens en sécurité comme jamais.

Celui qui ressemble à un Anglais plie la feuille qu'il tient à une vitesse dingue. Sans regarder ce qu'il fait, il s'adresse à l'homme de mes cauchemars et sauveur d'un soir.

– Alors tu l'as trouvée, Mane. Je n'ai jamais vu de type aussi acharné que toi. Mais tu as fait une erreur…

Pas de réponse de la part du Marchand de sable.

L'étudiant lève sa feuille vers nous, la secoue avec force, et une armée de fléchettes foncent sur nous. J'essaie de reculer, mais le corps musclé dans mon dos ne semble pas ciller. Celui qu'on a appelé Mane ne bouge pas, il tend un bras devant moi, ouvre sa main, se penche sur moi jusqu'à ce que son profil apparaisse près du mien et souffle dans sa paume. Du sable quitte sa main et part croiser la route des fléchettes qui n'arrêtent pas leur course vers nous pour autant, mais, avant qu'elles ne nous atteignent, plusieurs papillons rouge vif quittent la manche du Marchand de sable et vont littéralement découper les fléchettes en papier de leurs battements d'ailes. Celles-ci tombent en confettis à mes pieds. Tout comme leur créateur, qui ne parvient pas à éviter le sable brillant et qui tombe profondément endormi sur le sol.

Le silence revient. Les insultes ont cessé et les chuchotis en tout genre aussi. Les papillons reviennent vers moi, s'enroulent autour de mon visage, offrant à ma peau des caresses plus légères qu'un rayon de soleil.

Le Marchand de sable m'entraîne à sa suite. Lorsqu'il me lâche, nous sommes sortis du pub. C'est comme si nous venions de passer d'un monde à l'autre… Je ne sais pas où je suis, mais je sais que le monde tel que je le connais n'a rien à voir avec ce qui se dessine sous mes yeux. Rien à voir avec le Paris que j'ai quitté en entrant dans ce lieu.

Un corps se fond aux courbes de mon dos.

– Tu vois, déesse, tout le monde te hait ici, me souffle le Marchand de sable à l'oreille. Mais je suis le seul à te haïr comme je le fais… ajoute-t-il.

CHAPITRE 20

NOLA

Celui que tout le monde semble prénommer Mane, soit le Marchand de sable pour moi, m'a entraînée à sa suite à travers la petite ville dans laquelle nous avons atterri. Nous avons franchi ses limites jusqu'à arriver en pleine campagne, lui marchant devant moi sans me lancer un regard. Et il vient de me planter devant une grande haie feuillue.

Je lève les yeux vers le manoir au pied duquel je me trouve. J'ai déjà vu cet endroit plusieurs fois, dans mes rêves, mais je n'ai jamais pu l'atteindre. Je me souviens d'une fois où j'ai eu l'impression de marcher des jours et des jours sur une plaine désertique avec pour seul horizon ce manoir impressionnant qui semblait s'éloigner à mesure que j'avançais. Maintenant que je suis juste devant, couverte de son ombre imposante, je le trouve encore plus beau. Les fenêtres sont entourées de montants d'un blanc éclatant et ornées de décorations sophistiquées. La bâtisse pointe plusieurs toits de formes différentes vers le ciel. Des fenêtres de toutes les tailles et de toutes les formes parsèment la façade de briques roses délavées. Cet endroit est magnifique et, en quelques pas, me voici enfin devant sa porte vert émeraude à couper le souffle.

Je tends la main vers sa poignée, mais elle s'ouvre avant que je ne puisse l'atteindre. Je sursaute et relève les yeux. *Mais qu'est-ce qu'il fout ici, lui ?*

Je recule de stupeur en découvrant celui qui me fait face. Il a l'air aussi surpris que moi. Je suis sous le choc des événements qui se sont enchaînés depuis que j'ai franchi la porte du bar. S'il ne m'explique pas très vite ce qui se passe, je ne réponds plus de rien.

Malheureusement, l'homme en face de moi reste silencieux puis, au lieu de m'éclairer, me détaille de la tête aux pieds. Je vois son affolement s'accentuer à mesure qu'il m'analyse.

– Putain, Nola… tu… commence-t-il. Tu es là ?

Je fronce les sourcils. *Il est sérieux ?* J'ouvre la bouche une seconde avant de lui répondre, comme si je lui donnais une ultime chance d'ajouter quelque chose qui m'empêcherait de paniquer.

– Toi, tu es là, réponds-je.

Un son derrière lui attire notre attention. Il tourne la tête en même temps que je regarde par-dessus son épaule. Nous apercevons tous les deux le Marchand de sable qui sort d'une pièce en claquant la porte et passe devant nous sans s'arrêter pour monter un grand escalier ancien qui occupe le fond de ce qui a l'air d'être l'entrée de ce grand manoir. La seconde suivante, et après une injure lâchée dans l'air par mon interlocuteur, je me retrouve seule devant la grande porte ouverte. *Et il me laisse là en plus ?*

Je jette des coups d'œil un peu partout. Je prends le temps d'analyser cette pièce qui regorge d'objets et autres petits meubles anciens. La déco est chargée, mais ça va bien avec le style extérieur. Les cadres aux murs représentent des scènes de la mythologie nordique. J'avoue n'en reconnaître qu'un, parce qu'Odin, avec son œil unique, est plus facilement reconnaissable que les autres dieux et que son histoire m'a marquée : il aurait offert son œil à Mimir en échange de savoir et de connaissance…

Je détourne le regard du mur lorsque je capte du mouvement plus loin dans l'entrée.

– Excuse-moi de t'avoir laissée là, ajoute celui qui m'a abandonnée quelques instants plus tôt, hésitant. Je… je réglais un… différend.

– Tu pisses le sang.

Aussitôt, il porte ses doigts au coin de sa bouche et essuie maladroitement la grosse goutte rouge qui y stagne.

– Ouais… J'ai pas eu le dernier mot, on dirait… Bon, euh… entre. Tu veux boire quelque chose ? me demande-t-il finalement, comme si de rien n'était.

J'ai tout de même traversé le mur des chiottes d'un bar pour arriver là, où je le retrouve alors qu'il n'a rien à faire ici, et il me demande si je veux boire un truc ? *Il est encore pire que le Marchand de sable ou quoi ?*

***

Ça doit faire une bonne demi-heure que je suis entrée dans ce manoir. J'ai suivi mon hôte et me voici assise sur un vieux banc aussi long que la table qu'il longe dans une cuisine digne du château de Cendrillon. Ambiance grosses pierres et poutres apparentes.

– Un café allongé ? me propose-t-il.

J'acquiesce d'un signe de tête alors que je suis persuadée de ne rien pouvoir avaler, mais tenir une tasse chaude va me rassurer. Il tente un sourire, mais je n'arrive pas à le lui rendre. Je ne comprends pas ce qu'il fait ici et encore moins son attitude détendue, comme si rien ne lui paraissait anormal. *Est-ce que je me suis endormie à un moment de cette journée et que je rêve encore ?* J'ai pourtant l'intime conviction que non.

Une tasse fumante apparaît sous mes yeux avec une bonne odeur de café.

– Tiens… Cette fois, c'est gratuit, hein… me souffle-t-il avec un petit sourire.

Impossible pour moi d'apprécier sa touche d'humour.

– Mais j'espère bien, Kyle, dis-je en plantant mes yeux dans les siens.

Il évite de me regarder et pince les lèvres. Un silence pesant s'écrase dans la pièce.

– Qu'est-ce que tu fais ici ? demandé-je avant même de le questionner sur le lieu où je me trouve.

Il faut qu'il m'explique et vite, mais il a l'air de subir un véritable blocage. *Ma question était pourtant simple...*

Je sens la colère monter en moi comme une nuée de papillons rouges fous de rage. L'image suffit à faire partir le peu de patience qu'il me reste. *Est-ce qu'il connaît le Marchand de sable ? Comment ?*

– Bon, accouche, j'ai des milliers de questions, mais je veux d'abord savoir ce que tu fous dans cet endroit !

– Je… J'habite ici, me répond-il avec un air interrogatif, comme s'il se demandait si cette réponse allait me convenir.

Je fronce les sourcils le temps que l'information s'imprègne en moi. *Comment peut-il vivre ici ?* Quand j'y pense, je ne suis jamais allée chez lui. Il n'en a jamais parlé et il ne partait jamais dans la même direction que Léo et moi quand on se quittait.

– Mais qu'est-ce que tu racontes ? m'entends-je le questionner d'une voix tremblante.

Cette larme sur ma joue est-elle là depuis longtemps ?

Kyle esquisse un sourire, mais le ravale dès qu'il croise mon regard assassin.

– Je… je connais cet endroit, commencé-je en tentant de contrôler au maximum le timbre de ma voix.

Kyle ouvre la bouche. Je ne sais pas s'il veut parler à son tour ou s'il est simplement concentré sur ce que je dis. Peu importe, j'enchaîne :

– Est-ce que je suis en train de rêver ? Normalement, je ne viens ici que lorsque je dors. Mais il n'y a jamais personne. Du moins, pas toi.

– Non, tu ne rêves pas cette fois, Nola.

Le silence revient alors que je pensais qu'il allait enchaîner.

– Tu te rends compte que ça n'a aucun sens ? Je… j'étais dans un bar, puis ce qui devait être des toilettes s'est en fait révélé être un autre bar plein de monde. Il y avait tous ces gens qui… Eh merde, Kyle, qu'est-ce qui m'arrive ?

Il fronce les sourcils, comme s'il ne comprenait rien à ce que je débite. D'un signe de tête, je lui intime de me répondre, et vite.

– C'est que… En fait, je… Mais ça va, je…

Il est interrompu par un grand bruit. *De toute façon, sa phrase n'avait aucun sens !*

Une des portes qui mènent vers l'extérieur s'ouvre brusquement, m'obligeant à me retourner d'un bond. Le Marchand de sable entre, entouré de quelques papillons et d'une odeur de tabac froid. Il relève le nez vers moi, puis vers Kyle. Rien ne semble le choquer. Il adresse un signe de tête à

Kyle, et ce dernier soupire. Ces deux-là n'ont même pas besoin de se parler pour se comprendre ? *C'est pire que ce que j'ai cru !*

Kyle souffle et vient se placer devant moi, me bouchant la vue du Marchand de sable. Il me tourne le dos.

– Mec, t'es vraiment le pire des connards ! s'exclame-t-il. Pourquoi t'as fait ça ?

– L'état de ta tronche ne te suffit pas ? Il faut que je te réexplique ? Elle m'a suivi, je dois te le dire comment ? réplique le Marchand de sable.

– Depuis quand on peut te suivre sans que tu le saches ? Te fous pas de moi.

Je jette un coup d'œil par-dessus l'épaule de Kyle. Mane ne répond pas, il se contente de hausser un sourcil et de planter ses pupilles noires dans les miennes.

– Tu te rends compte de la merde dans laquelle tu viens de nous mettre, tête de nœud ? insiste Kyle.

L'autre ne le regarde même pas, il me fixe moi. Je reste aussi immobile qu'une proie à l'affût et, aussi dingue que ça puisse paraître, je ne baisse pas les yeux. Ce sera bien la première fois depuis tous ces mois.

Brusquement, une question me vient, et elle sort immédiatement de ma bouche à ma plus grande surprise :

– Tu le connais ? coupé-je Kyle froidement.

Il se tourne vers moi et paraît surpris, mais c'est bien à lui que je m'adresse.

– La question, Nola, c'est plutôt : est-ce que toi, tu le connais ? me retourne-t-il.

Je regarde à nouveau le Marchand de sable. Est-ce que l'avoir croisé dans mes rêves si souvent compte ? Et pourquoi ai-je soudain l'impression que je risque de mal répondre ?

Dans le doute, je préfère me taire.

Kyle me prend par les épaules et se glisse dans mon dos pour me laisser le champ libre afin d'observer celui qui me fait face à l'autre bout de la pièce.

Après une longue seconde, Kyle me redemande à voix basse :

– Nola, est-ce que tu sais qui est ce mec ?

Je scrute le Marchand de sable pendant qu'il me fixe. Il attend ma réponse, il attend la *bonne* réponse.

Mon souffle se raccourcit. Ce que j'ai à dire est là, les mots flottent dans mon esprit, comme s'ils menaçaient de faire voler en éclats le calme du Marchand de sable.

CHAPITRE 21

NOLA

– Non, je ne sais pas qui c’est.

Le Marchand de sable serre les dents et me fusille du regard. Je recule, vieux réflexe de nombreux mois à le fuir dans mes songes. Je bute sur Kyle tandis que Mane traverse la pièce pour s’en aller.

– Ok, je vais te ramener chez toi, Nola, me dit mon ami. Et on va oublier tout ça.

Le Marchand de sable, qui s’apprêtait à quitter la pièce, s’immobilise soudain.

– C’est trop tard, il faut tout lui dire maintenant, coupe-t-il sèchement.

– C’est trop tôt ! Casse-toi, Mane. Tu l’as entendue, elle ne sait pas qui tu es !

Mais de quoi ils parlent ? Pourquoi j’ai la très désagréable impression qu’un pan entier de ma vie m’échappe ? Pourquoi Kyle insiste-t-il comme ça sur le fait que je ne connais pas le Marchand de sable ? Je me suis bien documentée sur le personnage dont on raconte l'histoire aux enfants la nuit, mais je suis persuadée que leur question n'a rien à voir avec une quelconque croyance populaire.

– On n'a plus le temps d'attendre, alors dis-lui ! Qu'on en finisse ! crache Mane au nez de Kyle.

– Non ! Toi et moi savons très bien pourquoi tu fais ça, et je refuse de nous mettre en danger à cause de toi. Tu sais très bien ce que nous risquons ! On ne peut pas lui balancer ça comme ça alors qu'elle ne comprend rien. Elle va disjoncter et…

Plus Kyle parle, plus je flippe. *Est-ce de moi qu'il parle, là ? Je ne comprends rien ? Évidemment que je ne comprends rien ! Qui comprendrait à ma place ?* Je suis poursuivie depuis des mois dans mes rêves par un type digne d'un psychopathe, pensant devenir folle ; ce même type se matérialise soudain dans ma vie avec une fâcheuse tendance à s'en prendre à moi, et je me retrouve dans une sorte de monde parallèle en le suivant dans les toilettes d'un bar clandestin ; quand je ressors, ce n'est plus Paris mais la ville de mes cauchemars, au pied de ce manoir aussi étrange que magnifique. Et soudain, un de mes meilleurs amis débarque, comme si tout était normal, et insiste pour savoir si je connais ce foutu Marchand de sable et ses papillons enragés. Qu'est-ce que je dois conclure de tout ça ? C'est évident, je suis en plein délire ! J'ai dû être internée de force et tellement shootée aux médicaments que mon imagination s'emballe.

Mon stress augmente et me paralyse. Je serre les poings, je dois reprendre pied dans la réalité parce que ce sentiment de ne plus rien contrôler est de moins en moins supportable. D'habitude, lorsqu'on rêve et qu'on en prend soudain conscience, on se réveille. Ça va peut-être fonctionner ! Je vais peut-être ouvrir les yeux en plein cours de mythologie nordique, sous le regard furieux de mademoiselle Sol.

Je ferme les yeux, respire un bon coup et les rouvre. Rien n'a changé. Kyle s'énerve toujours contre le Marchand de sable, qui reste stoïque. J'ai un vertige, puis un autre, et je dois fermer les yeux pour ne pas vaciller. La voix de Kyle se fait plus agressive, plus difficile à supporter et plus cassante. Je ne saisis plus les mots mais juste la colère qu'il envoie sans retenue au visage de Mane. Et je ne sais pas pourquoi, mais je n'aime pas ça.

– Stop !

C'est ma voix qui vient de hurler ça dans leur direction ? Oui, c'est ça !

Je rouvre les yeux. Kyle est plaqué contre le mur à côté de la porte, et le Marchand de sable se tient au montant de cette dernière, comme si une déflagration venait de les toucher. Moi, je n'ai pas bougé, je n'y arrive toujours pas. Un silence étouffant vient s'infiltrer dans la pièce pendant que je lutte contre des sueurs froides.

– Nola ? demande Kyle après un instant.

Je ne réponds pas et me frotte le visage. *Ce mal de crâne… Et pourquoi j'y vois comme ça ?*

– Nola ! insiste-t-il. S'il te plaît, arrête ça.

Il regarde partout, sauf dans ma direction, comme s'il ne me voyait pas. Le Marchand de sable ne me fixe pas non plus, on dirait plutôt qu'il écoute. *Qu'est-ce qu'ils ont ? Pourquoi ils ne bougent plus ?*

– Et voilà… J'en étais sûr ! Mane, tu te débrouilles pour la trouver maintenant ! Tu lui as fait peur, et ça va devenir incontrôlable ! lance Kyle en chuchotant.

Pense-t-il que je ne l'entends pas ?

Il quitte le mur et avance doucement dans ma direction, d'un pas hésitant, les mains devant lui, exactement comme il le ferait s'il avait les yeux bandés.

– Nola ? Calme-toi, ok ? Je vais te ramener chez… Aïe !

Kyle vient de se cogner dans la table, faisant tomber au sol les verres qui étaient posés dessus. Il lâche un juron et s'immobilise pour tourner la tête dans tous les sens.

Il se comporte vraiment comme s'il ne voyait plus rien.

Je fronce les sourcils. Kyle continue d'avancer à tâtons dans la pièce en m'appelant.

Je me sens étrangement en sécurité maintenant, comme si j'avais repris le contrôle de la situation. Je sens mes muscles se détendre un à un. Mes doigts cessent de former un poing, et mes épaules s'affaissent en un élan de soulagement inattendu.

Kyle se prend les pieds dans ceux d'une chaise en jurant de nouveau. Le Marchand de sable, lui, n'a pas bougé d'un cil. Ses yeux sont fermés, et il baisse la tête.

Kyle se retrouve à l'autre bout de la pièce, en râlant et en m'appelant à tour de rôle. Je fais quelques pas en me demandant par où je pourrais quitter les lieux.

J'observe encore les deux hommes avec moi. Maintenant, j'en suis sûre, ils sont aveugles. Je ne sais pas comment c'est possible ni ce qui a déclenché ça, mais après la façon dont je suis arrivée ici, plus rien ne m'étonne.

– Nola, je te jure que je ne suis pas en colère, mais arrête ça, tu veux ! lance Kyle du fond de la pièce.

Mais pourquoi semble-t-il penser que je suis pour quoi que ce soit dans ce qui leur arrive ? D'autant que l'intonation de sa voix contredit ses paroles, il est clairement furieux.

Un son creux s'élève dans l'air lorsqu'il percute la pendule au fond de la pièce. Je ne peux retenir un minuscule ricanement. *C'est son crâne ou la pendule qui sonne si creux ?*

– Bon, Nola, c'est très amusant mais…

– Je n'y suis pour rien, rétorqué-je.

Ils tournent aussitôt la tête vers moi. Kyle soupire et avance dans ma direction. *J'espère qu'il a anticipé le banc qui va lui barrer la route dans quelques pas…*

Je me déplace, visant la porte devant laquelle se trouve le Marchand de sable. Je ne connais que ce chemin pour sortir d'ici.

– Si c'est toi qui…

– Ferme-la ! coupe sèchement le Marchand de sable.

Kyle ne dit plus rien, du moins rien de compréhensible. Il crache des jurons en chuchotant.

Je me concentre à nouveau sur la sortie. Il reste plus de la moitié de l'embrasure pour que je puisse m'échapper, alors j'avance silencieusement. J'arrête même de respirer quand je me mets sur le côté pour passer juste sous le nez de Mane. Je suis sur la pointe des pieds, le corps tendu à l'extrême pour ne pas le frôler.

Je passe sans qu'il ne réagisse, mais au moment où je pose le second pied sur le parquet ancien de l'entrée, je sens ses doigts se refermer sur mon poignet. Je tourne aussitôt la tête vers lui. Il ne me regarde pas et a simplement lancé sa main en arrière. *Comment a-t-il fait ?*

Il tire sur mon bras, se tourne vers moi et, sans réussir à résister, je me retrouve plaquée contre lui tandis que son autre bras se referme autour de ma taille. Mon sentiment de sécurité et de contrôle s'évanouit comme une feuille morte chassée par le vent, et une tout autre émotion vient me happer.

– Enfin ! s'exclame Kyle depuis le coin opposé de la pièce.

Ma respiration s'emballe, et le Marchand de sable semble retrouver la vue. Il tourne doucement la tête vers moi. Son souffle vient effleurer mon visage une seconde, puis son regard se plante dans le mien. Il exprime quelque chose de touchant et effrayant à la fois.

Je ravale difficilement la boule qui se forme dans ma gorge. Il ferme les yeux et me repousse avec force contre le montant de la porte avant de tourner les talons et de disparaître. *Maintenant, c'est lui qui me fuit...* Je ne comprends plus rien.

J'en suis à me frotter l'arrière du crâne quand Kyle arrive devant moi.

– Nola… S'il te plaît… ne fais plus jamais ça, me demande-t-il.

Ne plus jamais faire quoi ? Apprécier le contact si soudain du Marchand de sable ? Regretter qu'il se soit enfui ? Ou simplement avoir peur de ma propre réaction face à sa fuite ?

CHAPITRE 22

MANE

Je ne sais pas où j'atterris exactement, les papillons ont fait ce qu'ils voulaient sur ce coup-là. La tempête de sentiments était trop forte en moi, j'avais juste besoin de partir loin de Nott et de cette douleur. *Elle ne sait pas qui je suis*... Elle a vraiment oublié, et je ne le supporte pas. Je me suis vu la plaquer contre un mur et lui hurler dessus, il valait mieux que je parte avant qu'elle entrevoit ce qui bouillonne en moi.

Mes insectes se calment enfin et retrouvent leur place sur ma peau pour laisser le décor apparaître autour de moi. Mes pieds butent dans quelque chose tandis que mes yeux analysent les alentours.

Des murs en bois, des étagères bourrées à craquer de livres en tous genres, des fringues en vrac dans chaque coin et une odeur de clope : je sais chez qui je suis ! Et elle est toujours aussi bordélique à ce que je vois !

Je trouve justement celle à qui je pense au milieu de ce qui devrait être son lit, en pleine lecture. *Dormir avec des livres et un cendrier, cette nana a une case en moins* !

Elle relève le nez de son bouquin et ouvre des yeux ronds.

– Qu'est-ce que tu fous là ? interroge-t-elle aussitôt.

Sa chambre n'a pas changé : rien n'est rangé, je ne peux même pas faire un pas devant l'autre.

J'envoie un coup dans une pile de livres qui s'écroule puis je marche sur des vêtements sans réussir à les pousser plus loin.

– Tu connais le concept du rangement ? demandé-je, sarcastique.

– C'est chez moi, je fais ce que je veux ! Et je n'ai pas le temps.

Elle pose son livre et allume une nouvelle clope en un claquement de doigts. Je lui fais signe de m'en filer une.

– Mane qui n'a plus de clopes ? T'as tué personne, j'espère !

– Non, les Hommes sont trop faibles, ce serait pas drôle.

J'attrape le paquet qu'elle me lance.

– T'as du feu ? questionné-je une fois le bâtonnet en papier entre mes lèvres.

– Pour quoi faire ?

Elle claque des doigts et, la seconde suivante, ma clope est fumante.

– Tu marches sur mon jean préféré, mec.

Je shoote dans quelques livres pour me frayer un passage puis attrape le dossier d'une chaise et vire les ouvrages qui reposent dessus en la basculant. Ils se retrouvent par terre dans tous les sens, non loin de leurs copains.

– Sérieusement ? Respecte un peu ! râle Sol*.

– Mais range, bordel ! répliqué-je aussitôt.

Elle me fusille du regard.

– C'est Nott qui rangeait tout ici, tu le sais très bien.

Je détourne le regard. Nott ne manque pas qu'à moi, j'ai tendance à l'oublier.

– Elle est ici, dis-je simplement.

– Je sais, tout le manoir s'est retrouvé dans le noir tout à l'heure. Comment elle est arrivée ?

– Par le Drakkar, elle m'a suivi.

Sol se redresse immédiatement dans son lit, faisant tomber quelques livres au passage.

– Quoi ? Elle est passée ? Mais pourquoi tu l'as laissée faire ? Qu'est-ce que tu as dans la tête ?

– Elle aurait pu se souvenir ! répliqué-je aussitôt.

Sol soupire en secouant la tête. Je ne lui dis rien de l'incident du pub et du type qui doit encore dormir à l'heure qu'il est.

– Quel idiot…

– Va te faire foutre ! J'ai pas ta patience, j'ai besoin de savoir !

– Tu ferais mieux de l'oublier ! Tu as entendu Kyle ? Elle ne se souviendra probablement jamais !

Cette seule idée fait exploser ma rage. Mes papillons jaillissent avec une force hallucinante, ils n'ont besoin que d'une courte seconde pour tout envahir. Je dois les contrôler, je dois *me* contrôler, sinon, Sol va m'en faire voir de toutes les couleurs.

– Détruis ce que tu voudras, ça ne changera rien à ce qui se passe, dit-elle par-dessus le bruit de mes insectes.

– Tais-toi !

– Calme-toi, je sens d'ici toute la haine qui t'habite…

Je ne la regarde pas. *Qu'elle aille voir ailleurs !*

– Et calme tes insectes ! ajoute-t-elle. Ils déchirent mes livres !

Je soupire. Impossible de les contrôler comme je le fais habituellement. Mes papillons saccagent la pièce avec rage. Ils sont le miroir de ce qui se passe en moi.

Le regard que Nott m'a lancé... et ses larmes... Avant, elle comprenait ce que je lui disais. Elle n'avait pas peur de moi, elle m'affrontait même la tête haute. *Elle est devenue si fragile... si humaine.* Elle n'est plus la déesse Nott que j'ai connue. Et ça me donne une raison de plus pour la haïr.

– Mane ! s'exclame Sol en se protégeant le visage des ailes tranchantes qui fendent l'air par milliers.

– Va te faire foutre !

Elle pousse un cri de rage, et sa lumière vient me brûler la peau. La chaleur est insupportable. Je recule et me retrouve à terre. Puis tout s'arrête.

Lorsque je rouvre les yeux, plus aucun papillon ne vole. Il ne reste que des cendres qui retombent doucement vers le sol.

– Calme-toi ! Est-ce que je dois encore me répéter ? rage-t-elle.

Je lui lève mon majeur. Elle soupire puis m'ignore en ramassant un livre qui brûle à côté d'elle.

Elle ne changera jamais... Toujours plus forte que moi. Toujours plus garce.

Je regarde les cendres de mes papillons et je grogne.

– Ils sont immortels, pourquoi tu te plains ? Toi, tu ne l'es pas, je te rappelle. Et Nott non plus.

Je serre les poings. *Je vais devenir fou !*

– Redescends, Mane, ça va mal finir, menace-t-elle.

Il me suffirait de la faire voler contre un mur pour me calmer.

– Tu n'as pas la moindre idée de ce que je vis ! Alors reste en dehors de ça. J'ai... j'ai besoin de savoir ce qu'elle a fait, et pourquoi !

– Tu es rongé par le souvenir d'un amour qui ne reviendra pas, Mane...

– Tu ne sais pas de quoi tu parles !

– Ne me coupe pas la parole ! Tu vis dans un passé révolu. Regarde-la, Mane ! Ta déesse Nott n'existe plus, c'est une humaine maintenant ! Cela fait trop longtemps qu'elle est chez eux, et tu ne la retrouveras jamais ! Il va falloir que ça rentre dans ta tête ! Ça fait des mois que je l'observe. Elle est humaine ! Aucun dieu ne revient de ça ! Aussi forte qu'elle ait pu être, Nott n'est plus.

Je fais non de la tête, il y a plus à savoir, je ne peux pas me contenter de ça. Je sais qu'avec Nott, c'est possible. Sol ne pourra jamais comprendre et espérer comme je le fais.

Je la fusille du regard. Aussitôt, un rayon blanc et transcendant me percute de plein fouet. Je n'ai pas la force de lui résister et je me retrouve propulsé contre le mur derrière moi.

– Tu entends mais tu n'écoutes pas, Mane ! La déesse Nott n'existe plus ! C'est Nola que tu convoites, et elle ne voudra jamais de toi… me balance-t-elle.

Je me relève, titubant, avec un goût de sang dans la bouche. J'en crache par terre et j'essuie mon visage de la rage qui l'habille. *Nott est à moi. Et elle est là, je la vois chaque fois que Nola me regarde.* Cette façon qu'elle a de me porter attention. C'est Nott. *Ma* Nott.

– Tu me fais pitié, Mane… Tu n'as pas traversé le Helheim pour finir comme ça : triste, froid et transi d'amour pour quelqu'un que tu effraies… J'aimerais retrouver le poète que tu étais jadis, avant qu'elle ne parte.

– Elle n'est pas partie, grincé-je.

Enfin, j'espère de tout mon cœur que c'est le cas et qu'elle n'a pas voulu me fuir.

C'est pour ça que je suis ici, j'ai besoin de savoir. Tout mon corps est douloureux, mes fringues sont encore en train de brûler. Je tape dessus pour arrêter les flammèches toujours vivaces. *Sol et son soleil... Elle m'emmerde !*

– Arrête de te voiler la face, elle t'a quitté, et tu as failli détruire notre monde en son nom…

– Elle n'est pas partie de son plein gré !

– Qu'est-ce que tu en sais ? enrage Sol en s'approchant.

– C'est ma femme ! Je sais de quoi je parle, rugis-je.

– *C'était* ta femme !

J'envoie mon poing dans le mur en poussant un cri de rage. Il s'y enfonce de plusieurs centimètres. Ma voix résonne entre les murs, et Sol ne dit plus rien. Elle m'observe, et les larmes lui montent aux yeux. *Voir un soleil pleurer...* Je ferme les yeux et me frotte le visage.

– Je ressens ton mal, Mane…

Son souffle est court et pas vraiment régulier. Elle recule et se laisse tomber sur le lit.

– Meili, amène-toi ! ordonne à l'extérieur une voix masculine que je connais bien.

Je relève la tête vers la fenêtre quand la voix de Kyle résonne jusqu'ici. *Meili ? Pourquoi il appelle ce cinglé ? Si Nott a perdu la mémoire, cet enfoiré y est à coup sûr pour quelque chose. Que je mette la main sur lui, et le dieu de l'oubli est mort !*

– À mon avis, Kyle se dit qu'elle doit oublier cette soirée… Et je pense qu'il a raison, m'explique Sol.

Je soupire avec force quand les cendres étalées partout se soulèvent et reforment mes papillons. Les uns après les autres, les battements d'ailes de mes insectes emplissent à nouveau la pièce.

– Ne fais pas n'importe quoi, Mane, me souffle-t-elle.

– Je ferai ce qu'il faut pour qu'elle me revienne.

CHAPITRE 23

NOLA

– Alors tu dis qu'avant, j'habitais ici aussi, avec d'autres personnes ?

– C'est ça, confirme Kyle. Mais tu as oublié…

Un genre de coloc dans un manoir, donc ! Si je pouvais froncer encore un peu plus les sourcils pour montrer à quel point je suis larguée, je le ferais ; mais je risque de ne plus rien voir à force.

Nous nous sommes installés dans la cuisine, et Kyle a dit vouloir m'expliquer des choses. Mais depuis, il m'a débité un baratin totalement perché. Il m'a non seulement donné beaucoup trop d'informations d'un coup, mais elles sont surtout incompréhensibles. Est-il aussi cinglé que moi ? Ou fait-il lui aussi partie de mon imagination, comme le Marchand de sable ? Est-ce que je me suis inventé un ami imaginaire ? *Ça suffit, Nola, essaie de reprendre le fil de ce qu'il vient de t'expliquer !*

– Et tu dis que nous sommes à Asgard ?

Il plisse les paupières et se gratte la tête avant d'acquiescer.

Je me relève en éventant mon visage. Je fais quelques pas et m'arrête devant un mur en pierre pour reprendre mon souffle.

– Je sais que ça peut paraître dingue, Nola.

– J'ai dû m'endormir avant d'aller rejoindre Ella, marmonné-je pour moi. Je suis en train de rêver…

– Non, tu ne rêves pas… Viens, on va prendre l'air, et je répondrai à toutes les questions qui te viendront encore, me suggère Kyle en me tirant par le coude.

L'instant suivant, je suis plantée dans un jardin immense et magnifique. Non loin, un banc en fer forgé m'appelle. Je m'y installe et contemple sans vraiment voir le décor autour de moi. Kyle vient s'installer à mes côtés.

Au bout d'un moment, je relève le nez.

– Pourquoi on habitait ici ?

– Parce qu'on est… différents de ce que tu connais. Et que nous avons toujours vécu ensemble. Du moins, certains d'entre nous…

– Différents de ce que je connais ? questionné-je sans comprendre où il veut en venir.

– Euh… des Hommes.

Je tourne la tête vers lui et plante mon regard dans le sien. Je cherche à savoir s'il se fout de moi, mais visiblement, il est très sérieux.

– Des Hommes ?

– Ouais, des gens qui vivent à Midgard. De l'être humain, quoi.

Ce qu'il dit n'a toujours aucun sens !

Je laisse planer un court silence, et une autre question quitte ma bouche.

– Le type aussi ?

– Qui ça ? Mane ?

– Oui… soufflé-je.

– Oui, lui aussi…

J'acquiesce, comme si ça pouvait m'aider à comprendre les infos que je glane.

Le silence revient, mon esprit est vidé de toute pensée. Je crois que je suis sonnée ou juste paumée.

– Mais euh… « différents »… T'entends quoi par là ? Parce que t'as l'air vraiment normal, toi, envoyé-je. Enfin, la plupart du temps…

– Eh bien, c'est…

Il s'arrête et se lève pour faire les cent pas devant moi. Il se frotte le visage et marmonne des trucs inintelligibles.

Je le laisse faire sans broncher et, enfin, après un long instant, il s'immobilise devant moi.

– Bon, euh… Tu connais euh… les livres de vampires. Tu sais, *Twilight,* par exemple ? me demande-t-il soudain.

– Quoi ?

Quel est le rapport ? Je ne sais pas à quoi je m'attendais au juste, mais pas à ça.

– Tu es un v…

– Non, non, c'est débile, oublie ! Tu connais plutôt *Harry Potter* ? Euh… Enfin… Mais comment je peux sortir un truc pareil ? bafouille-t-il.

Il termine sa phrase en me tournant le dos. Je l'entends soupirer et, soudain, il se tourne vers moi en frappant dans ses mains.

– Bon, allons-y ! lâche-t-il en venant s'asseoir brusquement à côté de moi.

Je me tourne vers lui et m'assieds en tailleur, prête à écouter ce qu'il semble être littéralement sur le point de pondre.

– Tu vois, dans le monde, il y a… les gens et il y a les autres. Eh bien, toi, tu fais partie des autres, dit-il enfin d'une traite, comme si ça lui brûlait les lèvres.

Je reste immobile. Mes sourcils se froncent pendant que Kyle me lance un regard incertain. Il m'observe comme s'il attendait que sa phrase fasse son chemin en moi et qu'enfin je percute.

– Ok… Et les autres, c'est quoi au juste ? Des vampires ou des sorciers, du coup ?

– Des dieux.

Pardon ? Il ne vient pas de répondre sérieusement à une question totalement ironique de ma part ? Il se prend vraiment pour un dieu ?

Je me redresse et reprends mon souffle avant de reculer de quelques centimètres sur le banc.

– Mais je…

– … ne comprends rien, j'imagine, me coupe Kyle.

C'est exactement ça !

– Et tout ça, c'est sa faute… Je me retrouve toujours dans les pires situations à cause de lui. Il ne changera jamais ! marmonne-t-il sans me regarder.

– Tu comprends que n'importe qui serait paumé, là ? J'hésite entre rire et paniquer… lui avoué-je. Asgard, Midgard, et maintenant, des dieux ? Je suis larguée en mythologie nordique, mais pas à ce point-là.

Il soupire.

– On va la faire simple : les autres, donc toi, puisque tu en fais partie, en fait, même si tu ne le sais pas, ce sont les dieux et les déesses. Oui, les mêmes que dans tes bouquins. Et toi, tu es la déesse Nott, la déesse de la *night*. Ça paraît presque évident, non ? Bon, bien sûr, tu as oublié, sans qu'on sache comment, et tu t'es retrouvée sur Midgard… Enfin, évidemment, on ne savait pas où tu étais jusqu'à il y a quelques mois. Imagine nos têtes quand on t'a enfin retrouvée et qu'on s'est rendu compte que tu n'étais plus toi… Alors, on a monté tout un plan. On était censés attendre que tu comprennes par toi-même et que tu nous reviennes. Mais l'autre… enfin, Mane, n'a pas été foutu d'attendre quand il a débarqué sans prévenir après avoir disparu pendant plusieurs années ! Comme toujours, il a fait ses trucs dans son coin sans tenir compte de nos mises en garde… Et te voilà ici et me voilà là, en train de t'expliquer ça alors que tu me regardes comme si tu allais me tuer. Mais c'est juste parce que t'es paumée et que tu ne comprends rien à ce que je raconte, c'est normal ! Parce que c'est trop tôt, t'es pas prête pour ça ! Je lui avais dit d'attendre, mais comme toujours, il a fait comme il voulait, sans penser à nous et aux conséquences que ça engendre. Et là, tu fronces les sourcils, et j'ai encore plus l'impression que tu veux mettre fin à mes jours… Et tu sais, on n'est pas immortels, alors j'aimerais autant que tu ne le fasses pas…

Il s'arrête enfin.

Il est carrément essoufflé par son monologue et, je suis désolée pour lui, mais je n'ai rien compris. *Qui pourrait croire un truc pareil ?* Moi. Parce que ça fait des mois qu'un type armé de papillons rouges me pourchasse dans mes songes, qu'il existe vraiment et que j'ai traversé un mur pour me retrouver ici.

L'épisode dans l'autre bar me revient brusquement en tête, et une question quitte ma bouche aussitôt :

– Est-ce que… j'ai le droit d'être ici ?

– Euh… En principe, oui, je crois. Mais il est vrai que… ton passif pas très pacifiste fait que les gens ne sont pas forcément… heureux que tu sois dans le coin.

Je reprends mon souffle en ouvrant la bouche.

– Ok…

– Je te donnerai plus d'explications si tu veux… Mais on va y aller doucement, ok ?

J'acquiesce d'un signe de tête en même temps que les larmes me montent aux yeux et coulent sur ma peau.

Kyle soupire et se lève.

– J'en étais sûr… Nola, tu sais quoi ? Je vais te ramener mais avant, je vais faire quelque chose pour toi, ok ? Histoire que le plan avance dans le bon sens… me précise-t-il.

Je ne l'ai jamais vu aussi sérieux. Il se tourne brièvement et regarde en direction du manoir.

– Meili, amène-toi ! s'exclame-t-il.

Par je ne sais quel procédé, sa voix se répercute en écho à l'intérieur de la bâtisse. Il me fait un sourire, et je le lui rends en essuyant mes joues sans comprendre où j'en trouve la force. Tout ce que j'ai vécu de tordu ces derniers temps aide ma raison à lâcher prise. Les choses étranges existent, et je suis en plein dedans. Mon esprit n'essaie même plus d'expliquer ce qui se passe. Comme dans la cuisine tout à l'heure où je semblais être la seule à y voir clair.

***

– Appelle-moi encore comme ça, Kvasir, et j'efface le moindre de tes souvenirs concernant ta sexualité, grogne soudain quelqu'un dans mon dos.

Je relève brusquement la tête, tout comme Kyle, sur un mec torse nu qui ne porte qu'un boxer moulant. Sans le vouloir, mes yeux s'arrêtent bêtement sur le sous-vêtement avant d'aller se planter dans ses yeux, bleus, entourés de cils bien noirs.

Je le reconnais, je l'ai déjà croisé. La fois où Kyle nous a conduits dans ce bar, Le Drakkar, c'est lui qui m'a recommandé ce cocktail délicieux.

Comme la dernière fois, il se penche avec galanterie et m'adresse un sourire.

– Nola, ce mec peut te faire oublier tout ça… Enfin, si tu le veux. Et je te reparlerai de cet endroit quand tu seras prête. Qu'est-ce que tu en dis ? Je sais que tu n'y crois pas une seconde, mais on s'en fout, puisque dès qu'il t'aura touchée, tu ne sauras plus où tu es. Ensuite, je te ramènerai chez toi, et on n'en parlera plus jusqu'à ce que tu viennes par toi-même jusqu'à nous cette fois. Ok ?

– Euh, oui, oui, acquiescé-je sans rien comprendre.

Tout ce que je retiens de tout ça, c'est qu'il compte me ramener chez moi et que ça me rassure de retrouver un environnement familier.

– On part sur un forfait « oubli des dernières heures passées » ? demande le nouveau venu.

Kyle confirme sa demande et, alors que le fameux Meili tend la main vers moi, mon attention est attirée derrière lui et fait bondir mon cœur avec force. Un papillon virevolte autour de Kyle.

CHAPITRE 24

NOLA

Alors que les doigts de Meili sont à quelques millimètres de mon visage, ses yeux se posent sur les papillons autour de Kyle. Il retire sa main, comme s'il avait été électrocuté.

– Désolé, mec, mais je dois y aller… J'ai oublié mais… une urgence, marmonne-t-il.

J'ai tout juste le temps de relever le nez qu'une véritable pluie de papillons rouges s'abat autour de moi. C'est si léger qu'on dirait de la neige.

– Eh merde, soupire Kyle.

Meili a disparu en un coup de vent. Les papillons s'ordonnent pour former une sorte de mur entre Kyle et moi. Je ne le vois plus que par intermittence, mais contrairement à ce que j'aurais pu croire, il reste serein. Il ne semble pas aussi surpris que moi.

Le bruit que font les ailes des papillons est assourdissant.

Brusquement, le silence s'abat autour de nous. L'atmosphère se fige.

J'aperçois Kyle entre les ailes immobiles des milliers de papillons qui me font de l'ombre. Il ne me regarde pas, il ferme les yeux en soupirant et secoue la tête.

– Mane… Qu'est-ce que tu fous encore ? demande mon ami en regardant les papillons immobiles.

Un battement de paupières plus tard, les papillons ont disparu pour laisser place à l'homme de mes cauchemars. Mon cœur manque plusieurs pulsations mais rattrape très vite son retard en battant plus fort dans ma poitrine. Le Marchand de sable me tourne le dos pour faire face à Kyle.

– *Toi*, qu'est-ce que tu fous ? lui demande-t-il sur un ton qui fait se dresser les poils sur mes bras.

– À ton avis ? J'essaie de rattraper tes conneries ! Tu ne peux pas encore une fois faire ce que tu veux, ok ? rétorque Kyle sans se laisser impressionner.

Le Marchand de sable reste silencieux.

– On fait comment, mec ? poursuit Kyle. Tu lâches l'affaire et on ne s'en sort pas trop mal, ou tu insistes à vouloir la traumatiser plus et ça va mal finir ?

– Mal finir ? Tu parles pour toi, non ? réplique le Marchand de sable.

Il se tourne vers moi doucement et s'approche. Je n'arrive pas à savoir si ce qui me brûle l'estomac est une envie de fuir ou une autre, que je refuse d'admettre. Quoi que j'en pense, c'est bien moi qui avance vers lui et qui le laisse même passer ses bras sur mon corps. L'un d'eux s'enroule autour de ma taille.

– Accroche-toi… me prévient-il d'un ton neutre.

La seconde suivante, un nuage rouge s'abat sur nous. Les papillons nous enveloppent si vite qu'ils font disparaître tout le reste. Le Marchand de sable me serre davantage contre lui. Pour me protéger, je plaque mon visage dans son cou. Son bras assure son emprise autour de ma taille, et l'autre descend sur mes épaules pour ne laisser que la paume de sa main tatouée sur ma tête.

Je ferme les yeux lorsque le sol disparaît sous nos pieds. Je sens seulement ses muscles imposants contractés contre moi et son menton ou sa joue sur ma tête.

J'ai l'impression que ce moment dure sans s'arrêter mais, très vite, trop vite, tout s'arrête. Le sol revient délicatement sous mes pieds. C'est si soudain que j'ai l'impression que rien ne s'est réellement passé.

Le Marchand de sable respire vite, son cœur bat la chamade contre ma joue. Je l'entends, et tout mon corps se détend en même temps qu'il soupire.

Je prends brusquement conscience de ma position. Sans m'en rendre compte, j'ai passé mes bras autour de son cou. Mon souffle saccadé percute sa peau. Il y réagit par un frisson qu'il tente de dissimuler en vain.

J'entends mon cœur bondir avant de le sentir essayer de sortir de ma poitrine.

Très lentement, sans trop oser, je laisse mes bras quitter leur prise et je recule. Lorsque je relève la tête vers lui, une de ses mains est posée sur ma hanche et l'autre sur ma joue. Son regard est dans le mien. Son pouce se déplace avec une douceur inconnue sur ma peau encore sensible. Quelque chose a changé… Il est si différent. Comme si tout ce qui me terrifiait en lui depuis toujours avait soudainement été dissous pour ne laisser place qu'à une confiance instinctive.

– Déesse… murmure-t-il comme une caresse.

Je suis incapable de répondre quoi que ce soit. Sa paume chaude contre mon visage descend, et je sens la pulpe de son pouce effleurer ma lèvre inférieure. Il a suivi son doigt du regard, sa bouche s'entrouvre en attirant mon attention vers elle.

– Nola !

Je sursaute si fort que mon corps est propulsé en arrière. Quelqu'un tambourine sur une porte, et ce n'est que maintenant que je me rends compte que je suis revenue chez moi. Je suis plantée au beau milieu de mon appartement.

– Mais arrête de paniquer comme ça ! Elle a dû s'endormir.

Je reconnais la voix de Léo.

– S'endormir ? On parle de Nola, là ! Elle ne dort jamais. Et quand bien même, elle n'éteint jamais son portable, donc elle me répondrait. Elle était dans le métro dans son dernier SMS, et depuis, je n'ai plus aucune nouvelle ! Le temps que j'arrive à te trouver, elle a bien pu se faire kidnapper. Si elle n'est pas là, je te préviens, je vais direct chez les flics ! Nola !

– Elle a peut-être plus de batterie !

– Nola ! Et toi, t'avais pas une foutue clé de chez elle ? Mais qu'est-ce que t'attends ! hurle Ella de l'autre côté du battant.

– Euh… Je ne sais pas si elle sera ok et…

– Mais arrête d'être mou ! Donne-moi ça, coupe Ella.

Reconnexion à la réalité. C'est brusque et si désagréable que c'en est douloureux. Je distingue le bruit caractéristique d'un trousseau de clés puis d'une serrure. *Merde, ils vont me trouver là avec*... Plus personne. *Où est-il ?*

Je regarde partout, ce qui, chez moi, est assez rapide. Le Marchand de sable a disparu. Et je n'aime pas ça.

Je jette un coup d'œil vers la porte dont la serrure semble résister à Ella. J'arrache mon manteau, mon sac et mes chaussures et les balance plus loin lorsqu'elle s'ouvre à la volée. Sans surprise, Ella et Léo me font face avec des têtes de déterrés.

– Bah, t'étais où ? envoie Ella en se jetant sur moi.

J'ai suivi un type dans un autre monde... Je dois vite trouver quelque chose à répondre.

– Désolé d'entrer comme ça en pleine nuit, me dit Léo. Mais elle a insisté et…

En pleine nuit ? Mais je suis partie de chez moi vers 19 heures, et il n'a pas dû s'écouler plus de deux heures depuis… Je veux bien que le jour tombe tôt à cette période, mais de là à dire qu'on est en pleine nuit…

Je jette un coup d'œil à l'horloge digitale de mon micro-ondes, elle affiche 1 heure du matin. Note à moi-même : le temps ne s'écoule pas de la même manière dans ce foutu monde. *Encore une bizarrerie, je ne suis plus à ça près !*

– Pas de problème, réponds-je en tirant une mèche derrière mon oreille.

Ella regarde partout dans l'appartement. *Mais qu'est-ce qu'elle fout ?*

– T'es toute seule ?

– Euh… Oui, pourquoi ? J'ai… j'ai été malade, je suis rentrée et je me suis endormie. Désolée de ne pas avoir donné de nouvelles.

La voilà qui hume l'air en ignorant ma réponse.

– Hum… Ça sent l'homme ! affirme-t-elle.

J'aperçois furtivement Léo qui fronce les sourcils et baisse la tête. L'éventualité qu'un type aurait pu être là ne semble pas lui plaire du tout. Impossible de me raisonner, sa réaction m'énerve. Mais Ella me rappelle vite à l'ordre en apparaissant de nouveau dans mon champ de vision.

– Allez, avoue, tu as croisé un beau gosse et tu m'as oubliée ! envoie-t-elle avec un grand sourire.

C'est exactement ce qui s'est passé. Sauf que j'ai fini dans un autre monde et que je suis revenue grâce à des papillons.

Je garde cependant pour moi cette tirade et me mets à rire. Personne ne peut mentir à Ella. Je ne sais pas comment elle fait, mais elle finit toujours par avoir le fin mot de l'histoire. Alors peut-être que si je ricane sans m'arrêter, elle va passer à autre chose !

– Tu as plutôt l'air malade… marmonne Léo qui semble avoir gobé mon mensonge tout rond.

– Ça va, ne t'en fais pas. Bon, euh… Ella, tu ne vas plus avoir de métro pour rentrer à cette heure. Je lance un épisode de la série qu'on suit ensemble, et tu restes dormir ?

Deux « ok » ravis parviennent à mes oreilles. Je ne pensais pas à Léo en lançant l'invitation, mais après tout, il suit la série avec nous aussi. Il peut bien rester le temps d'un épisode et il rentrera chez lui ensuite…

Alors que cette soirée a commencé de la manière la plus étrange qui soit, elle semble vouloir se terminer simplement, et ça va me faire du bien, j'ai besoin de normalité.

Dix minutes plus tard, nous sommes tous les trois allongés sur mon clic-clac, les yeux braqués sur le petit écran de mon ordinateur portable. Je devrais me sentir au mieux, je suis avec mes amis, en sécurité, et pourtant, mon regard ne cesse de dévier vers la salle de bain plongée dans l'obscurité ou vers la fenêtre. Pas de papillons rouges en vue. Pourquoi ça me noue la gorge ?

Qu'est-ce qui ne va pas chez moi, à la fin ?

Je ferme brièvement les yeux pendant qu'Ella et Léo rient ensemble de l'épisode qu'on regarde. Je n'arrive même pas à suivre. J'ai l'impression d'être encore là-bas, dans ce jardin magnifique, avec lui. Je respire longuement, et j'essaie d'être la plus discrète possible. Cette odeur qu'a laissée le Marchand de sable sur ce vêtement fait que tout ça a vraiment existé. Je ne suis pas folle. Il est réel. Et pour la première fois depuis aussi longtemps que je me souvienne, j'ai hâte de m'endormir.

Et si ce que m'avait dit Kyle était vrai ? C'est absolument dingue, mais si c'était vrai ? Je suis tout à fait consciente que c'est hallucinant, mais quand une part de moi me hurle que c'est ridicule, que des dieux et des déesses, ce n'est pas la réalité, une autre me chuchote que la vérité est bien celle que l'on accepte de voir… *Demain, j'ouvre tous les bouquins que je trouve sur la déesse Nott !*

Au-delà de toute cette folie, j'ai honte. Je tire sur le col de mon pull pour mettre mon nez dedans et je prends une bouffée d'air dans les mailles. Je sens son parfum. Et j'ai honte d'adorer ça.

– Hé ! Ça va ? entends-je soudain.

Je rouvre les yeux brusquement. Léo me donne un petit coup d'épaule.

– Oui, oui, ça va… chuchoté-je.

J'évite son regard et reporte mon attention sur l'écran.

***

Léo quitte le clic-clac avec un petit sourire. Il fait un signe de tête vers Ella qui ronfle comme un bouledogue.

– Bonne nuit, chuchote-t-il.

– Oui, merci… Rentre bien, lui dis-je.

Il pouffe de rire, effectue une acrobatie pour éviter la jambe d'Ella qui dépasse du lit et ouvre la porte. Il sort la clé de chez moi qu'il lui a servi à ouvrir.

– Je ferme, ne bouge pas…

J'acquiesce, et il quitte en silence mon appartement en donnant un tour de clé.

CHAPITRE 25

NOLA

Je me redresse sur mon siège, et mademoiselle Sol ressort de sous son bureau.

– Tu savais qu'un crayon pouvait rouler sur des kilomètres ? demande-t-elle.

Je ne peux retenir un petit rire.

– Oui… J'ai déjà traversé la bibliothèque comme ça, en courant après un de ces foutus pros de la cavale, rétorqué-je.

– On ne se méfie jamais assez de ces saloperies… souffle-t-elle en reprenant sa place en face de moi. Bon, on en était où déjà ?

Elle a l'air complètement à l'ouest aujourd'hui. Pour une fois, ce n'est pas moi la moins réveillée de nous deux.

– Mes résultats, précisé-je.

– Ah ! oui, alors, c'est…

Elle fouille dans les piles de papiers qui encombrent son espace de travail, sans trouver ce qu'elle cherche.

– Dure soirée ? demandé-je avec un petit sourire.

Elle plisse les yeux comme s'il y avait trop de lumière.

– Si tu savais… Une soirée de géants.

– C'est les verres qui étaient géants, non ? lancé-je en riant.

– Si tu savais… Tellement grands que j'ai nagé dedans ! pouffe-t-elle. Ah ! Voilà tes résultats ! change-t-elle de sujet en trouvant ce qu'elle cherche.

Elle tire deux feuilles d'une pile qui s'écroule à moitié et qu'elle repousse de la main. Une fois ses yeux rivés sur le papier, je ne vois plus que les sourcils dépasser. Ils se froncent, se haussent, et son visage entier apparaît à nouveau, habillé d'un sourire.

– Eh bien… C'est mieux ! annonce-t-elle.

Et moi qui avais le sentiment de m'être encore plantée... Voilà enfin une bonne nouvelle !

– J'ai une bonne note ?

– Ne nous emballons pas trop non plus, mais c'est déjà beaucoup mieux. Tu sembles enfin avoir intégré les bases, il faut poursuivre dans ce sens ! Tu as même noté un dieu qu'on avait à peine évoqué ensemble : Kvasir ! Et tu as meilleure mine. J'imagine donc que tu dors mieux, alors tes notes vont suivre.

Kvasir, c'est bien le plus imprononçable des noms, celui-ci ! Il faudra que je demande à Kyle comment on le... Kyle ! Mais bien sûr ! Comment j'ai pu passer à côté de ça ? L'homme qu'il a fait venir quand j'étais là-bas, l'a appelé Kvasir. Lui aussi est un dieu... Mais, j'ai beau l'avoir abordé dans mon devoir, je n'ai plus aucune idée de ce qu'il fait !

Ah ! Si mademoiselle Sol savait que ce Kvasir sert des cafés à la cafèt' de la fac et qu'il se fait appeler Kyle...

– Oui, je dors comme un bébé depuis quelques jours.

À mon grand regret… Je peux dormir des heures d'affilée, sans *le* croiser. Et aussi dingue que cela puisse paraître, je n'aime pas ça. J'en suis même venue à me demander si j'avais fait quelque chose de mal la dernière fois qu'on s'est vus. *N'importe quoi, Nola !*

Je ne l'ai pas revu depuis ce retour chez moi en papillons. J'aurais pu finir par croire que j'avais rêvé tout ça si Kyle ne m'avait pas littéralement harcelée de SMS et d'appels.

– Mais c'est parfait ! Plus de rêves alors ? me demande la prof.

– Si, je rêve toujours, du même endroit en plus. Mais c'est… comment dire ? Plus reposant… soupiré-je.

Elle me fait un clin d'œil.

– Alors la prochaine note sera dans la moyenne !

***

Je quitte le bureau de mademoiselle Sol direction un amphi pour deux heures d'histoire des sociétés médiévales quand mon portable vibre à nouveau. Je fouille dans mon sac à dos. *Où est-il ? Il faut que j'arrête de le balancer là-dedans...*

Je mets enfin la main dessus. Il ne vibre plus, je viens de manquer un appel de Kyle, un de plus.

Un SMS arrive dans la foulée. Je l'ouvre sans grande conviction, il doit être identique aux précédents.

Kyle : Nola, réponds, s'il te plaît.
J'espère que ça va.
Ella m'a dit que tu étais chez toi...
On pourrait parler ?

Dans le mille ! À croire qu'il copie-colle ses textos d'une fois sur l'autre.

Je ne réponds pas, comme pour les autres messages. Je ne vais même plus à la cafèt' le matin quand j'arrive, au grand désespoir d'Ella. Je lui en veux encore trop d'avoir mené un double jeu avec moi pendant tous ces mois. *Que me cache-t-il d'autre ?*

***

Le cours vient de se terminer, j'ai mal au crâne comme jamais. J'ai beau dormir convenablement depuis quelques jours, le sommeil en retard que j'ai accumulé me rattrape toujours, et j'ai passé deux heures à bâiller toutes dents dehors. Je pense même avoir traumatisé le type qui était à côté de moi, j'ai cru le voir refouler un haut-le-cœur à un moment. La vision de ma glotte l'aurait-elle dégoûté ?

Mon esprit divague une seconde sur le Marchand de sable. Je suis persuadée qu'il n'est pas du genre à être dégoûté facilement. Je me demande d'ailleurs ce qui pourrait bien effrayer un type pareil. Est-ce qu'il flipperait s'il était poursuivi par un malade dans ses rêves ?

En pensant à ça, je m'immobilise dans le couloir de la fac et ressors mon portable de mon sac. Je ne compte pas répondre à Kyle, mais il m'apparaît évident que je dois mettre un terme à une relation. Je n'ai plus besoin de cette personne dans ma vie.

J'envoie un SMS à la psy à qui j'ai parlé de mes cauchemars. Je crois que je peux désormais me passer de ses services. Aucun psy ne peut résoudre mon problème. Pas sans me faire interner, en tout cas.

– Hello !

Je fais un bond en manquant de faire tomber mon portable. Sous mon nez, Léo affiche un sourire radieux.

– Oh ! Tu m'as fait une de ces peurs ! Qu'est-ce que tu fais là ? demandé-je en tapotant l'emplacement de mon cœur du plat de la main.

Calme-toi, imbécile, ce n'est que Léo, pas le Marchand de sable ! Quoique j'aurais peut-être été moins stressée face à des papillons. Léo impose une ambiance étrange entre nous depuis le soir où nous avons regardé des séries avec Ella. C'est assez présent pour qu'il y ait des blancs dans nos conversations, chose qui n'arrivait jamais avant.

– Bah… je passais dans le coin et je me suis dit que j'allais t'attendre pour qu'on rentre ensemble, me dit-il.

Je lui fais un sourire, et il lève un sac entre nous.

– Falafels et bière pour ce soir ! annonce-t-il.

– Super ! répliqué-je alors qu'on se dirige vers l'entrée du métro en face de la fac.

Super… Super rien du tout ! Si je comprends bien, tu t'invites dans ma soirée, Léo ?

Certes, je n'avais rien prévu d'autre que de réviser et de lutter en silence contre l'envie d'allumer l'ordinateur ou de dormir pour tenter une nouvelle fois de *le* retrouver, mais ce n'est pas une raison. *Et si j'avais une vie privée ?*

Voilà que c'est moi qui cherche le Marchand de sable maintenant…

Dans le métro, je reste silencieuse. C'est un endroit où j'aime rester discrète, et Léo le sait très bien. Assis en face de moi, il me lance des regards réguliers, un sourire par-ci par-là, et même une langue tirée. Je fais semblant d'être dans mes pensées pour l'ignorer. Pourquoi je réagis de cette façon, soudain ? Tout ce qu'il fait me sort par les yeux, comme si brusquement je faisais une overdose de lui. Il faut que j'arrête de me prendre la tête comme ça et que je laisse les choses se faire naturellement. Il finira bien par comprendre qu'il ne se passera rien entre nous de plus poussé que cette amitié. J'espère ne jamais en arriver au point de lui dire clairement qu'il devient gênant. Je n'aurai pas le cran d'être aussi franche, sachant pertinemment que ça pourrait l'anéantir.

À notre station, nous sortons de la rame et remontons les escaliers pour atteindre la surface. *Je me désespère*... D'un côté, j'ignore les regards et les petits gestes, tels qu'une main dans mon dos, et d'un autre, je jette des coups d'œil un peu partout à la recherche d'un indice, d'une paire d'ailes rouges ou d'un tatouage, sans rien trouver.

Il fait un froid de connard, comme dit Ella, et on active le pas pour rejoindre notre immeuble. Léo entame une discussion sur la nouvelle section du musée qui est enfin terminée : les reliques de la mythologie nordique n'attendent que moi. Je crois que ça va être mon coin favori, j'ai vraiment hâte d'aller m'y perdre. Ça va grandement m'aider pour encaisser tout ce que je sais maintenant et, accessoirement, pour cette matière qui me donne du fil à retordre.

– Et tu verras, on a reçu des pièces qui datent de l'Antiquité, me dit-il alors qu'on entre dans l'ascenseur.

– Je bosse demain soir. S'il n'y a pas grand monde, j'irai découvrir tout ça, réponds-je.

Il me fait un sourire accompagné d'un hochement de tête et, brusquement, la proximité que nous impose la petite cabine de l'ascenseur dans laquelle nous sommes montés semble le gêner. Le silence s'installe. Je regarde ailleurs, lui aussi. Je peine à respirer tandis qu'il semble reprendre son souffle après une apnée d'une demi-heure. *Encore deux étages, c'est interminable !*

Lorsque les portes s'ouvrent enfin, je m'éjecte dehors en vitesse. *C'est bien plus respirable quand on n'est pas obligés d'être l'un sur l'autre...* Sans se concerter, on rejoint directement mon appartement.

Je fouille pour trouver mes clés et me rends compte que mon portable sature sous les appels de Kyle. *Onze fois en trente minutes ? Il est dingue !* Je verrai ça après.

Quelques secondes plus tard, j'enfonce ma clé dans la serrure et ouvre la porte. *C'est parti pour une longue soirée à éviter les avances muettes de Léo !*

– Je vais peut-être aller réchauffer les falafels chez moi ! me dit Léo en entrant à son tour.

– Mon mini four sera peut-être consentant cette fois ? envoyé-je en retirant mon manteau.

Mon regard se pose sur Léo en face de moi qui semble figé sur place. Une seconde me suffit à comprendre qu'il fixe quelque chose dans mon dos. *Des papillons ? Ah ! Non.*

En me retournant, je découvre que c'est bien pire que ça. Le Marchand de sable en chair et en os est planté là, torse nu, une boîte de pâtes presque vide dans la main. Mon regard plonge dans le sien en même temps que j'essaie d'ignorer mon cœur qui bondit comme un chiot joyeux contre mes côtes. Manquerait plus que je sois contente de le trouver là, chez moi. *Comment est-il entré ? À ton avis, Nola ?*

– Les bières, gronde-t-il sans que je comprenne quoi que ce soit.

Je cligne des paupières à plusieurs reprises, interdite.

– Elles sont où ? termine-t-il comme s'il était tout à fait normal qu'il m'attende dans mon appartement et que je débarque avec Léo.

CHAPITRE 26

NOLA

Le silence qui s'ensuit mettrait n'importe qui mal à l'aise. Le Marchand de sable me regarde de haut en attendant une réponse, et je n'entends plus Léo émettre le moindre son dans mon dos. Aurait-il fait une syncope ? Soit à peu près ce que je m'apprête à faire.

Parmi toutes les questions qui se bousculent dans ma tête, une est plus persistante que les autres : pourquoi est-il torse nu ? Les gens comme lui ne portent pas de vêtements ? Des sous-vêtements, oui, a priori, puisque l'élastique d'un caleçon gris dépasse de son jean.

– Oh ! tu m'entends ? ajoute-t-il, plus menaçant.

– Euh, des bières… Oui, on en a…

... *ramené.*

Mais le dernier mot ne franchit pas mes lèvres.

Le Marchand de sable se dirige vers nous, et mes vieux réflexes de fuite me rattrapent. Cependant, aucune issue n'est accessible, cette fois. Je me fige sur place tandis qu'il me passe devant et prend le sac que tient Léo. Il fait demi-tour le nez dedans, affiche une grimace en sentant l'odeur des falafels et extirpe l'une des deux bières. Sans s'emmerder, il la décapsule du pouce en se jetant sur mon lit et lance une vidéo sur mon ordinateur dans la foulée, comme s'il faisait ça depuis des mois.

Ce n'est qu'à cet instant que je me rends compte qu'il a dû passer la journée ici : ma maigre réserve de gâteaux n'est plus, les emballages de ceux-ci gisent sur le clic-clac, et la bouteille de soda qui était dans mon réfrigérateur est vide et posée sur la table. Quant à la cuisine, elle semble avoir subi une fouille digne du service de sécurité d'un aéroport.

Respire, Nola !

Je me suis déjà retrouvée dans des situations où je ne savais absolument pas comment réagir, mais celle-ci les dépasse de très loin. Heureusement pour moi, ou pas, Léo semble avoir conservé toutes ses facultés mentales de son côté. Il remue dans mon dos, attirant mon attention.

Une main dans les cheveux, comme s'il tirait dessus, je le retrouve blanc comme un linge. Il se force à sourire, mais c'est une grimace douloureuse qui apparaît sur son visage. Il évite mon regard. Que doit-il penser ? Que j'ai quelqu'un depuis des mois, peut-être même plus, et que je le lui ai caché ? Et pas n'importe qui en plus, un type pas aimable, avec une bonne tête de plus que lui et une plastique à faire frémir de peur, ou d'envie, selon ses préférences… Si, en prime, il a reconnu le type qui lui a demandé du feu dans cette ruelle sombre, il doit carrément croire que je me moque de lui.

J'aperçois une main tremblante qui tire sur la porte d'entrée, et Léo sort sans un regard. Comme si c'était trop pour lui, que la politesse n'arrivait même plus à prendre le dessus.

– Léo, je…

Je ne sais pas qui est ce mec, ne me laisse pas seule !

C'est ce que j'aurais dit s'il ne m'avait pas froidement coupé la parole.

– B… bonne soirée.

Et je l'entends parcourir le couloir et glisser ses clés dans la serrure de son appartement. Ma porte est encore ouverte quand il entre chez lui en claquant la sienne.

Je me crispe et ferme les yeux pour reprendre assez d'air avant d'affronter celui qui se dresse face à moi. Je suis seule avec le Marchand de sable chez moi.

Quand je rouvre les yeux, c'est pour refermer ma porte. L'idée de partir me passe par l'esprit, mais mon corps refuse, comme si quelque chose, la folie certainement, m'obligeait à en savoir plus. Autant profiter du fait qu'il soit là, visiblement détendu.

Quand j'ose enfin tourner la tête vers mon clic-clac, mes yeux accrochent directement les siens.

Il fronce les sourcils, le goulot de la bière qu'il a réquisitionnée non loin de ses lèvres, comme si je l'avais interrompu dans une tâche primordiale.

– C'est qui, ce connard ? lâche-t-il.

J'avale ma salive.

– Euh… Léo ?

Pourquoi je pose une question ?

Je n'ai le droit qu'à une œillade en retour. Il porte la boisson à sa bouche en reportant son attention sur l'écran. *Est-ce qu'il est en train de regarder une émission de téléréalité ?* Peu importe, il est là, affalé sur mon lit, et je ne sais pas quoi faire de ma peau. Mon regard dévie sur un emballage de gâteau qui traîne juste là. *J'ai besoin de m'occuper d'urgence si je ne veux pas craquer ou lui hurler dessus, ou pire…* Je ramasse ce foutu paquet et, très vite, je les ramasse tous pour aller les fourrer dans la poubelle. Je range ensuite la cuisine et remarque que la salle de bain a aussi subi une fouille. *Est-ce qu'il cherchait de la bouffe planquée dans la douche ?*

Je m'oblige à tout remettre en ordre et à ne pas lui jeter ma bouteille de démaquillant à la figure.

Quand je ressors, il me tend sa bière vide. J'hésite et regarde la bouteille sans la toucher. Non seulement je ne suis pas son larbin, mais en plus, tout ça est bien trop « normal » pour lui. Je n'ai pas l'habitude qu'il soit si « humain ».

Je laisse passer plusieurs secondes, puis, commençant à penser que je vais finir par me prendre cette bouteille dans la figure, je tends finalement la main pour m'en saisir. Alors que mes doigts arrivent sur le verre, les phalanges du Marchand de sable s'enroulent autour de mon poignet avec force, la bouteille tombe sur la moquette et il m'attire à lui. Je lui fonce dessus sans rien pouvoir faire pour contrer le mouvement. Je me vois arriver contre son torse et, avant que mon cerveau analyse ma position, je suis allongée contre lui. Visiblement, il s'est laissé tomber en arrière sans me rendre ma liberté.

Je sens arriver de petites larmes prêtes à se jeter dans le vide depuis mes paupières, mais je les retiens autant que je peux. Parce qu'elles ne sont ni de peur ni de colère. Autre chose les pousse là. *Du soulagement ?* Je refoule comme je peux ce bien-être inexpliqué qui m'envahit. Mane cache mon visage dans son cou. C'est comme si cet endroit était un refuge où ma tête se vide et me laisse en paix.

– Enfin je t'ai attrapée…

La voix grave me parvient à peine, je crois que je m'endors.

***

J'ouvre les yeux. Ma joue se décolle du torse du Marchand de sable. Autour de nous se dessine le grand jardin où je me retrouve parfois quand je ferme les yeux.

Cette fois, je ne suis pas seule.

Je me détache des bras qui m'entourent pour regarder autour de moi. Plus je viens ici, plus je me dis que c'est l'endroit parfait : reposant et serein. C'est ici que je devrais réviser mes cours.

– Tu sais où tu es ? entends-je soudain.

Mon regard croise celui de Mane en face de moi. C'est furtif, j'ai du mal à le fixer.

– Non... Enfin, si. Je sais que je dors.

– C'est le monde des Songes.

Je fronce les sourcils.

– Il y a aussi un monde des Songes ?

Je croyais avoir enfin mémorisé les neuf mondes de la mythologie nordique. Et le monde des Songes ne figure nulle part dans mes souvenirs. Non que je sois une experte en la matière, mais...

Il regarde autour de lui.

– Normalement, non... Il n'existe que grâce à nous.

Alors il y a bien dix mondes ! Il me fixe un instant avec une intensité surprenante. Je me détourne avec ce désagréable sentiment de louper quelque chose.

– C'est toi qui m'as conduite ici ?

– Non, tu y viens toute seule.

Comment ça ? *Brusquement, j'ai des tonnes de questions qui s'enchaînent dans ma tête et je ne sais pas ce qui me pousse à m'approcher de lui, mais je réduis la distance entre nous.*

– Par contre, c'est moi qui t'ai fait dormir, là, dit-il avant que je n'articule un mot.

– Le sable ?

– Non… Pas pour toi…

Je lâche un petit ricanement.

– Seul le contact du grand Marchand de sable me fait roupiller, marmonné-je avec ironie.

– Le Marchand de sable ? T'as toujours été la seule à m'appeler comme ça…

Je tourne aussitôt la tête vers lui en fronçant les sourcils.

– Un jour, j'ai fait des recherches sur Internet. J'ai tapé « papillon », « sable » et « rêve ». C'est comme ça que j'ai découvert que tu ressemblais drôlement à la légende, enchaîné-je.

– Sur ?

« Sur » ? Il ne connaît pas Internet ?

– Euh… Sur… Enfin, dans un livre, un grand livre… virtuel et…

Il se met à ricaner. J'arrête de parler.

– Je connais Internet, demeurée.

Je ne retiens pas un sourire mais, pudique, je l'efface rapidement. Je n'ai pas l'habitude de voir le Marchand de sable taquin.

Un silence passe, et ma bouche s'ouvre à nouveau, même si ma voix reste discrète.

– Pourquoi tu… tu ne fais plus comme avant ? demandé-je.

– « Comme avant » ? me questionne-t-il.

– Tu sais… Me suivre et…

Il évite mon regard en fixant le ciel, comme s'il s'attendait à de la pluie.

– Parce que tu ne fuis plus comme avant... Et puis je ne savais pas... Je ne comprenais pas. Tu as oublié. Tu m'as oublié, moi. Et je... Tu as fait quelque chose...

Je hoche la tête, mais je n'ai toujours rien compris. J'ai fait quelque chose ? *Ce n'est pas clair du tout, mais prononcer ces quelques mots semble lui avoir coûté, alors j'hésite à insister.*

Je fais quelques pas autour de moi pour chasser le froid que ma question a créé. Tout est agréable ici. Le monde des Songes est idyllique. C'est peut-être plus facile de supporter ce genre de rencontre dans un tel lieu !

– Il y a autre chose que ce jardin ici ? demandé-je après un autre silence.

– Oui, le lac. Tu veux voir ?

– Carrément.

– Alors trouve-le, répond mon hôte, les bras croisés sur le torse.

– Quoi ?

Il affiche un sourire bref, et son regard redevient sombre.

– Trouve le lac.

– Mais je ne...

… sais même pas où je suis !

La fin de ma phrase ne résonne que dans mon esprit parce qu'une nuée de papillons rouges explose autour de lui, comme sortie d'un pétard, et il disparaît en une seconde. Je me retrouve seule au beau milieu du jardin.

Mais quel connard !

D'un coup d'œil périphérique, je me rends compte qu'absolument tout se ressemble ici, alors je tente de prendre une direction au hasard. Après tout, un lac, ça ne doit pas passer inaperçu.

Je me faufile dans une des allées que forment les bosquets.

Avant, je le fuyais, aujourd'hui, je le cherche…

***

Le temps ici a l'air de fonctionner différemment que dans la réalité. Parfois, il court si vite que je ne le vois pas passer et, à d'autres moments, comme maintenant, il est si lent que je le subis sans rien pouvoir faire.

Je suis ici depuis des heures, et ma patience atteint ses limites. Où est-il ? Pourquoi ne pas me conduire lui-même au bord de ce foutu lac ?

– T'es où ? J'en ai marre, là ! m'exclamé-je vers le ciel à présent nuageux.

Aucune réponse, évidemment !

CHAPITRE 27

NOLA

C'est bien la première fois que je trouve un rêve trop long. Et si je restais coincée ici ?

Je respire un coup et laisse mon regard glisser doucement sur le paysage avoisinant. Je finis par remarquer sur la droite qu'un des petits chemins est plus usé que les autres. L'espoir renaît. Je me dirige immédiatement vers celui-ci.

À peine quelques pas plus loin, le sol se met à descendre franchement. Des cailloux apparaissent dans la pelouse, et plus j'avance, plus le terrain devient escarpé. Je suis obligée de regarder où je marche pour ne pas déraper ou trébucher. Je m'applique à descendre en m'aidant de mes mains pour me rattraper quand je glisse sur un rocher branlant.

Ce sont mes fesses qui amortissent le choc lorsque je touche le sol. Enfin, non, elles n'amortissent rien du tout, je souffre à en lâcher un juron. Je dérape ensuite dans la pente et termine ma course une fois le sol à nouveau plat. Je me relève en grimaçant.

Malgré cette mauvaise expérience, je retrouve vite le sourire. J'ai trouvé le lac !

L'endroit est magnifique. Le lac n'est pas immense mais bien assez pour être plus grand qu'une piscine. L'eau y est plutôt claire, et je crois voir de petits poissons danser sous la surface. Je lève une jambe et avance pour sortir des hautes herbes où j'ai atterri, mais rien ne se passe comme prévu. Je bute dans je ne sais quoi, et c'est dans l'eau que mon pas suivant se termine.

– Mais c'est pas vrai ! râlé-je en ressortant.

C'est quoi, cet endroit, au juste ?

Je m'éloigne de l'eau, et enlève mes chaussures et mes chaussettes pour les essorer. Mais je suis interrompue par une démangeaison insupportable. Je baisse les yeux sur mes chevilles. Elles flirtent gentiment avec quelques tiges d'orties.

L'information arrive jusqu'à mon cerveau, et je recule rapidement pour remettre les pieds dans l'eau. Impossible de résister, ça a beau être un rêve, ça n'empêche pas les sensations d'être réelles. Je me gratte les chevilles à m'en faire rougir la peau.

J'aperçois du coin de l'œil quelque chose qui bouge un peu plus loin. Je relève la tête pour voir le Marchand de sable planté là, au milieu des orties, à me regarder comme si j'étais folle.

– Elle est bonne ? me lance-t-il en jetant un coup d'œil vers l'eau.

– J'étais justement en train de me demander si j'allais faire un petit plongeon ou un truc dans le genre. Natation synchro...

J'essaie de souder mes lèvres pour éviter de l'énerver en le provocant, mais c'est comme si quelque chose me forçait à lui dire le fond de ma pensée.

Mane se met à rire et se reprend vite, comme si son sérieux lui avait échappé.

– Bon, sors de là, c'est infesté de saloperies de sangsues !

– Des sangsues ?

Devant son air sérieux, mon corps m'éjecte de l'eau. Pour éviter les orties, je n'ai d'autre choix que de me retrouver pratiquement collée contre lui.

– Mais qu'est-ce que tu fous ? me demande-t-il en me voyant fuir les herbes urticantes.

– C'est des orties ! Picotements, démangeaisons... Tu veux un dessin ou quoi ?

Je ferme les yeux à la seconde où ma phrase se termine. Tais-toi, imbécile ! Ne le provoque pas !

– Tu vas te calmer, menace Mane en me poussant plus loin.

Mes chaussures et chaussettes toujours en main, j'effectue trois grandes enjambées pour atteindre un minuscule coin de pelouse douce et inoffensive.

Mane arrive juste derrière moi.

– T'as mis des plombes, qu'est-ce que t'as foutu ? demande-t-il.

– J'ai tourné en rond ! Et si tu m'avais aidée, tu n'aurais pas attendu.

Il ricane en tournant les talons, visiblement heureux de m'avoir fait galérer quelques heures.

– Connard, marmonné-je.

Bon sang, mais tais-toi, Nola ! Il doit t'en apprendre plus sur ce monde, pas te jeter dans un lac où tu finiras dévorée par des sangsues !

Je me frappe le front intérieurement.

L'imposante silhouette du Marchand de sable s'arrête à quelques mètres de moi et il se retourne avec une lenteur extrême. Rien de mieux pour faire exploser mon cœur de panique. Sa posture est menaçante. Je déglutis, il avance. Je recule, mais trop tard, il est juste là, à me surplomber de toute sa hauteur.

– Qu'est-ce que tu viens de dire ? grogne-t-il en serrant les dents.

Son souffle tiède vient effleurer mes lèvres, ses yeux sont plus noirs qu'une nuit sans lune. J'ouvre la bouche. Non, ferme-la, Nola ! *Qu'est-ce qu'il me prend ?*

– J'ai dit que tu étais un connard, articulé-je assez nettement pour qu'un étranger puisse comprendre.

Il plisse les yeux, s'approche encore bien trop près de moi et me lâche d'une voix rauque :

– À qui la faute ?

– Je sais pas, à ta sœur ?

Cette fois, j'envoie une main sur ma bouche juste quand il plante son regard haineux sur moi.

– Pardon ! ajouté-je précipitamment. Les mots sortent tout seuls, je...

– Panique pas, c'est normal, me coupe-t-il. Et laisse ma sœur où elle est.

Le silence revient. Il m'observe bizarrement, je fais de même.

– Est-ce que tu sais où nous sommes ? finit-il par me demander.

– Pas du tout. Je te l'ai déjà dit.

Il me regarde mais ne répond pas.

Il se passe un petit instant calme où, par chance, plus rien ne quitte ma bouche sans mon accord, puis, sans prévenir, Mane m'attrape les bras et m'attire contre lui. Je résiste comme je peux, mais il a tant de force que c'est aussi efficace qu'un murmure face au vent.

La seconde suivante, je suis pliée sur son épaule comme un sac de pommes de terre.

– Tu es sûre de ne pas savoir où tu es ? me redemande-t-il en commençant à avancer.

– Oui, puisque je te le dis ! J'en suis certaine ! rétorqué-je en me débattant. Lâche-moi !

– Tu es au lac de la Volonté ! Ici, fini les filtres qu'on s'impose pour ne pas froisser les gens ! Rien ne t'empêche de dire, de faire ou de penser ce que tu veux. J'ai cru que tu te souviendrais au moins de ça... me dit-il sans s'arrêter de marcher.

Me souvenir… *Chaque fois que ce sujet revient sur le tapis, la même culpabilité me noue la gorge. Doucement mais sûrement, l'idée de ne jamais y arriver creuse en moi un fossé infranchissable.*

Je sens une de ses mains contre ma cuisse et je vois l'autre bouger en cadence le long de son corps. Soudainement, je prends un peu plus conscience de ma position : j'ai la tête en bas, une vue plongeante sur le bas de son dos musclé, lui aussi taché de tatouages mêlés les uns aux autres. Ça suffit à me faire oublier ce qu'il vient de dire, et je me rends compte que ma bouche n'est pas la seule à faire ce qu'elle veut, mes bras aussi prennent des libertés inattendues. Ils sont passés autour de sa taille, et donc, pas loin de l'élastique qui dépasse de son jean, jean qui moule joliment son cul d'ailleurs. Ça suffit, Nola ! Depuis quand tu mates les mecs comme ça ?

– *On va où ? J'aimerais bien me réveiller, râlé-je en tentant de me redresser.*

Il ne répond pas mais m'envoie une forte claque sur une fesse. Oh mon Dieu ! Ah non, pas « Dieu » !

– *Arrête de bouger ou je te balance dans les orties, menace-t-il.*

J'arrête aussitôt. Je l'entends rire doucement.

Je laisse mon corps aller, histoire d'être la plus lourde possible et qu'il en bave un maximum. J'ai une horrible envie de me gratter les chevilles mais je résiste. Je laisse mes bras tomber de chaque côté de ma tête. Ses fesses sont juste à portée, je pourrais… Non, je ne pourrai jamais lui…

Clac !

Oups ! *Trop tard, l'effet bizarre de cet endroit n'a laissé aucune chance à ma raison, et une de mes mains est partie percuter son jean avec force. Il a un mouvement de surprise mais il ne s'arrête pas de marcher pour autant. Je vois d'autres orties défiler sous mes yeux.*

– Oups ! pardon, m'entends-je glousser.

Il n'y a vraiment que dans un rêve que je peux me retrouver la tête en bas, à glousser contre le dos d'un type pareil. Ce n'est pas moi. Je suis plutôt discrète et en retrait, pas aussi rebelle.

Brusquement, je retrouve mes appuis au sol, le Marchand de sable me balance à côté de lui. J'atterris sur de la pelouse plutôt haute, mais dans laquelle ne se trouvent plus d'orties. Je mets une seconde à retrouver mon équilibre avant de relever la tête pour regarder autour de moi.

On est de l'autre côté du lac. Je croise brièvement le regard du Marchand de sable. Son visage affiche un petit sourire qu'il tente de dissimuler en me tournant le dos.

– Merci... murmuré-je.

Un silence nous honore. Mes yeux prennent la liberté de scruter son dos. Quelques tatouages se partagent l'espace. Je ne suis pas une spécialiste, mais ceux-là sont particuliers. Je n'arrive même pas à déterminer lesquels d'entre eux ont été faits en premier et lesquels ont été ajoutés ensuite. Ils sont tous parfaitement imbriqués les uns dans les autres. Mon regard remonte ensuite sur ses épaules. Moins de tatouages ici, ce qui laisse apparaître une peau mate et probablement douce.

– Ça va aller ? me lâche-t-il brusquement.

Je sursaute et scrute au loin, mine de rien. Prise en flagrant délit de matage… La honte !

Le Marchand de sable me lance un regard par-dessus son épaule et s'éloigne pour aller s'asseoir dans l'herbe un peu plus loin. Quelques mètres nous séparent, c'est très bien. Ça m'évitera de m'entendre dire des trucs sortis de je ne sais où.

Je m'installe dans l'herbe moi aussi pour mieux me gratter les chevilles. C'est insupportable. Un ricanement m'atteint. Je relève aussitôt le nez vers Mane, il ne me regarde pas et se permet même de reporter son attention au loin. C'est ma technique, ça, elle me sert tous les jours quand je n'ai envie de parler à personne.

Mes chevilles me rappellent à l'ordre. Je m'efforce tout de même de lui lancer un regard noir sans arrêter de me gratter.

***

Mais pourquoi la démangeaison ne s'arrête-t-elle pas ?

Je lance quelques coups d'œil au Marchand de sable de temps à autre. Il a fini par s'allonger sur le dos, les bras repliés pour servir d'appui-tête. C'est indéniable, il est beau, et j'ai du mal à arrêter de le regarder. Il a l'air perdu dans ses pensées en scrutant le ciel bleu.

Je grogne. Si je gratte encore, je vais m'arracher la peau !

– *Bon, j'ai pitié de toi !*

CHAPITRE 28

NOLA

Une paire d'ailes rouges me passe sous le nez et part se poser sur ma peau. Elle est bientôt suivie par d'autres. Je ne peux pas les compter tant il y en a. Je ne vois même plus mes pieds.

– Qu'est-ce qu'ils font ? demandé-je au Marchand de sable.

– Ils prennent ton mal...

Je ne peux pas me retenir de me trémousser, leurs minuscules pattes me chatouillent. Mane s'installe près de moi et regarde mes pieds couverts de papillons.

– Avant, ils me terrifiaient, murmuré-je.

– Ils ne t'aimaient pas.

J'attends un « beaucoup » qui viendrait compléter sa phrase, ou quelque chose du genre, mais non. Heureusement pour moi, elle est au passé.

Le silence revient, puis un bras massif passe doucement autour de mes épaules pour me tirer en arrière. Par réflexe, je résiste en comptant sur mes abdos.

– Détends-toi, je vais pas te bouffer ! me dit-il sèchement.

Ça me hérisse le poil, mais peut-être que c'est sa manière à lui de parler gentiment ! Ce type est rustre, autant que je m'y fasse, maintenant que je suis enfermée dans un rêve avec lui. Il insiste, et je me retrouve allongée dans l'herbe, avec mes bottes de papillons rouges et son bras en guise d'appui-tête. RIP, mes abdos !

Mes yeux s'habituent doucement à la luminosité, et mes muscles se détendent. J'entends Mane respirer au rythme de la nature autour de lui. Les mains sur mon ventre, je me sens soudain sereine. Le ciel est redevenu d'un bleu surprenant. Ou peut-être que je ne m'arrête pas assez souvent pour l'admirer ! Le silence est reposant.

***

Une nuée rouge virevolte au-dessus de moi, coupant la lumière du soleil par intermittence. Ils sont enfin de jolis papillons gracieux. Ils repartent tranquillement vers leur maître qui lève simplement une main en l'air. Je vois de mes yeux les papillons se fondre dans sa peau et devenir de simples dessins. Je me redresse et suis son bras du regard alors qu'il le laisse retomber dans la pelouse.

– Est-ce que c'est douloureux ? demandé-je.

– Ouais, surtout si je les retiens, me répond Mane sans ouvrir les yeux.

Je me rallonge, la tête bourrée de questions, et, comme depuis tout à l'heure, elles sortent seules de ma bouche.

– Alors c'est vrai, ces histoires ?

– « Ces histoires » ?

– De dieux et de déesses... chuchoté-je.

– Ouais.

– Et toi, tu en es un ? Celui de la lune d'après ce que j'ai appris...

Il se redresse, me prive de mon appui-tête et se tourne pour pouvoir me regarder.

– T'as déjà vu un type normal donner vie à ses tatouages, toi ?

Je fais non de la tête.

– Et moi, alors ? Mis à part que j'ai oublié des choses... Qu'est-ce que je fais là ?

Il fronce les sourcils et serre les dents. Je vois ses muscles se crisper.

– Toi ?

Silence, pesant.

– T'es une garce.

Je suis perdue. Il peut être si gentil et si odieux un instant plus tard...

Je me redresse pour m'asseoir et lui lance un regard noir.

– Venant d'un cinglé harceleur, je ne sais pas comment je dois le prendre.

Il ricane pour seule réponse, puis me pousse. Je me retourne pour le fusiller du regard.

– Toujours à faire la gueule, celle-là, dit-il.

– On ne se connaît pas. Comment peux-tu dire un truc pareil ?

Je l'entends se redresser.

– C'est là que tu te trompes... Nott. Moi, je te connais très bien, plus que toi-même.

Je sais qu'il a raison, je le sens, mais j'enfouis ça tout au fond de moi. Au lieu d'enchaîner, mes yeux bloquent une seconde sur la clé de sol qui habille la peau de son cou, puis mon regard s'arrête sur ses lèvres remplies. Je n'avais jamais remarqué à quel point il avait une belle bouche. Mais qu'est-ce que je fais ?

Je cligne des yeux brusquement, et mes pupilles retrouvent les siennes. Il m'observe comme je l'observe, en silence et calmement, sans un sourire. Mais quelque chose a encore changé dans son attitude.

Je finis par détourner les yeux. Son regard est plein de peine et de douleur, et ça me bouleverse pour je ne sais quelle raison.

Sa paume se pose dans mon dos, il me tire un peu vers lui. Ce contact a un effet inattendu sur moi, une douleur inconnue remonte de mon cœur, comme s'il se débattait pour ne pas s'arrêter. J'en ai du mal à respirer. Ça ressemble à de la peur, mais en plus instinctif encore ; comme la certitude que je suis en train de passer à côté de quelque chose qui oriente toute ma vie sur une voie qu'elle ne devrait pas entreprendre. Je ne sais pas ce que c'est, mais c'est violent.

Je ferme les yeux une très courte seconde, et des images me percutent. Elles s'imposent dans mon crâne. Mane qui me hurle dessus, des larmes plein les yeux, les mains tremblantes. Il souffre tant… *Il me demande d'arrêter, de ne pas lui faire ça. Il dit que nous valons plus que tout. Puis c'est le noir total, ne laissant que sa voix perdue qui me demande de ne pas partir.*

Je rouvre vite les yeux sur le lac, étouffée par la violence de cette scène. J'ai besoin que ça s'arrête, j'ai peur de ce qu'il peut arriver ensuite. Était-ce un souvenir ?

Je me lève et m'écarte de quelques pas, loin de lui, de ce que je lui ai fait. Mes paumes viennent au secours de mon visage qui lutte difficilement contre une montée de larmes. Alors tout est vrai, tout ce que m'a raconté Kyle ? Mais comment est-ce que ça peut être possible ? Et qu'ai-je fait à Mane ? Quoi que ce soit, ça l'a détruit, je le sais maintenant.

– Qu'est-ce que t'as ? entends-je.

Je frotte ma peau et chasse mes cheveux plus loin en tournant volontairement le dos à Mane, toujours assis dans l'herbe.

– Je suis désolée… pour ce que je t'ai fait, murmuré-je une fois tournée vers lui.

Sa réaction est immédiate, il se lève et me rejoint. Ses mains tatouées passent sous mon regard, identiques à celles du flash qui vient de me percuter.

Je recule pour qu'il ne me touche pas.

– Qu'est-ce que tu dis ?

Il s'approche de nouveau. Je recule.

– Ne me touche plus...

– Quoi ? Nott, qu'est-ce que j'ai fait ?

Ça recommence ! Son regard… Il a peur et il souffre. C'est moi qui lui fais ça, je dois partir, il…

– Oh ! Nola, regarde-moi, est-ce que tu te souviens ?

Il me rejoint. D'autres images s'infiltrent en moi : ses insectes partout, sa douleur en moi, et ce regard qui change doucement pour aller de la peine à la haine, et sa voix qui me hurle de ne pas lui faire ça, qui me supplie d'arrêter.

– Ne me touche pas ! hurlé-je en le repoussant.

Ma réaction est si violente qu'il recule de plusieurs pas.

– Nola, si tu te souviens, tu dois m'expliquer ! J'ai besoin de savoir !

Impossible ! Il m'en demande trop ! *Ce que je viens de voir m'embrouille l'esprit et me submerge.*

Mane s'avance encore vers moi, je tourne les talons et cours. Je dois me réveiller, je veux partir d'ici !

– Tu vas où ? Nott !

Je ne sais pas comment, mais il me rattrape, et ses mains sont à nouveau posées sur moi, provoquant d'autres images, d'autres émotions trop fortes pour être supportables.

Je sens les larmes couler sur mes joues, et ma panique prend le dessus. Je ne veux pas revivre tout ça !

Je ne sais pas ce qu'il se passe, mais Mane me lâche brusquement et titube en même temps que ses insectes explosent autour de lui dans un brouhaha assourdissant. Du vent me percute et, très vite, de la pluie s'abat sur nous. C'est comme si je voyais tout en noir et blanc, puis un éclair d'une violence incroyable explose au sol juste entre nous, et plus rien.

***

J'ouvre les yeux. Le décor de mon petit appartement m'apparaît.

Je me redresse rapidement. Mane est assis au bout du lit, les coudes sur les genoux, le visage dans les paumes. Sa respiration est rapide et irrégulière. J'aimerais lui demander s'il va bien, mais les mots ne quittent plus mes lèvres aussi facilement que dans mon rêve, et le silence règne lourdement autour de nous.

CHAPITRE 29

NOLA

Alors que j'esquisse un mouvement, Mane quitte brusquement le lit, comme si ma présence lui brûlait la peau. Un mur grouillant d'insectes se dresse devant moi puis s'immobilise une courte seconde avant de me projeter en arrière.

Lorsque je me redresse, Mane a disparu. Je ne peux que constater l'ampleur des dégâts : les murs de mon petit chez moi viennent de subir la colère du Marchand de sable et la violence de ses protégés aux ailes tranchantes. La tapisserie est lacérée et laisse des bandes déformées pendre lamentablement aux murs.

Je n'arrive pas à reprendre le contrôle de mon souffle. Ma main, posée sur ma poitrine, monte et descend dans un rythme effréné. *Comment ai-je pu m'en sortir sans une égratignure alors que le moindre centimètre carré autour de moi est retourné ?*

Je ravale la boule dans ma gorge. Tout se mélange, j'ai envie de crier son prénom pour qu'il revienne tout de suite et de prier en même temps pour ne plus jamais le revoir.

Je me frotte le visage et avance d'un pas. Je bute dans mon ordinateur portable. L'état de l'écran ne laisse aucun doute : il est mort. Et je n'ai clairement pas les moyens de m'en payer un autre… Je l'attrape, m'assois au bord du clic-clac et le pose sur mes genoux.

Des larmes dévalent mes joues pendant que je regarde à nouveau autour de moi. Une bande de papier se décroche peu à peu du mur sous mes yeux. Je la vois rejoindre le sol sans intervenir. Comment je vais expliquer tout ça à mon propriétaire ? J'imagine déjà la conversation : « Un type a fait tout ça avec ses papillons de malheur ! Oui, je l'avais peut-être mis en colère… Mais non, je ne comprends pas du tout pourquoi… »

Je secoue la tête, pose ce qu'il reste de mon ordinateur sur ce qui me sert de lit et me lève. J'attrape un bout de papier et tire dessus. Il laisse derrière lui un espace blanc au mur, comme une toile vierge sur laquelle il me reviendrait de créer, comme un appel à trouver celle que je veux être.

J'arrache le reste, et ce coin de mon appartement semble revivre. Je me sens mieux moi aussi.

***

J'enfonce le dernier morceau de papier dans un sac-poubelle, qui ira rejoindre son pote déjà plein dans le couloir. Je lance un regard circulaire sur ma chambre. J'ai mal partout, mais ça en valait la peine.

Mane devrait songer à se reconvertir dans le bâtiment. Arracher du papier peint devient un jeu d'enfant après son passage.

Je m'approche de la fenêtre pour la refermer. Maintenant que j'ai arrêté de bouger dans tous les sens, j'ai froid. Je contemple la vue un moment. Paris, la nuit, semble si paisible. J'entends à peine le bruit de la circulation qui m'agresse en plein jour, et les lumières diffusées par les fenêtres éclairées des immeubles, les phares des voitures et les lampadaires donnent une ambiance des plus sereines au boulevard.

J'enfile mon manteau, passe mon écharpe autour de mon cou et attrape un plaid avant d'aller m'installer sur le petit bout de toit qui me sert de balcon. Bien sûr, ce n'en est pas un, et je ferais mieux d'éviter la chute si je ne veux pas finir écrasée en bas de l'immeuble. C'est d'ailleurs bien pour ça que je ne monte habituellement jamais ici en hiver.

Emmitouflée dans le plaid, j'observe le ciel et prends une grande bouffée d'air avant de laisser le nuage de buée que j'expire ensuite s'évaporer. J'ai l'impression de me ressourcer.

Alors que je ferme les yeux, un flash apparaît à l'intérieur de mon appartement. Je les rouvre aussitôt et tourne la tête avant de faire un bond spectaculaire. Je ressens une pointe de soulagement en me disant que Mane est revenu avant d'être écrasée par la déception : ce n'est que Kyle !

– Nola, c'est moi, me souffle-t-il.

– Mais qu'est-ce que tu fais là ?

– Désolé, mais tu ne répondais plus au téléphone !

– Et tu ne t'es pas dit que c'était parce que je n'avais pas envie de te parler ? répliqué-je aussitôt.

– Ça m'est peut-être passé par l'esprit une seconde, mais je me suis inquiété. Mane est revenu et il a failli détruire le manoir… Comme je savais qu'il était avec toi…

Je le fixe quelques secondes puis lance mon regard au loin à défaut de pouvoir parler. Si j'ouvre la bouche, je fondrai en larmes et je suis bien trop pudique pour me laisser aller devant Kyle.

– Tu me fais une petite place ? tente-t-il à voix basse en désignant l'espace libre à côté de moi sur le toit.

Sans répondre, je me pousse un peu. Il vient s'installer, et je lui tends un bout du plaid pour qu'il se couvre aussi. Il m'imite, regarde au loin et semble apprécier ce qu'il voit.

– La déesse Nott se reconnecte avec la nuit ? murmure-t-il.

Je tourne la tête pour lui sourire brièvement, mais des larmes coulent sur mes joues, et il ne peut pas les manquer. Il affiche un air compatissant et passe un bras sur mes épaules.

– Viens, câlin de balcon ! annonce-t-il. On ne laisse pas pleurer la nuit…

Un petit rire passe furtivement entre mes larmes. Kyle me serre contre lui chaleureusement. Je trouve du réconfort sur son épaule.

– Je sais que ça fait beaucoup d'un coup, mais tu es forte, Nola ! Je ne doute pas de toi une seconde. Tu vas retrouver ta place.

Ma place... Justement, parlons-en !

J'avale ma salive.

Après une bouffée d'air, les mots arrivent enfin.

– Il était fou de rage… commencé-je.

Kyle ne bouge pas, me serrant toujours contre lui et regardant la vie sur le boulevard en contrebas.

– J'ai vu… des choses que je n'explique pas.

– Tu t'es souvenue de quelque chose ?

– Je ne suis pas certaine… Mane était là et il… Enfin, qu'est-ce qu'il y avait avant ? Est-ce que tu peux m'expliquer comment je me suis retrouvée ici, si tout ce que vous me dites est vrai ?

Il ne répond pas tout de suite. Du coin de l'œil, je le vois pincer les lèvres.

– Eh bien, on ne sait pas grand-chose à vrai dire. On n'a jamais su ce qu'il s'est passé entre vous avant que tout… explose. Les seules informations qui sont restées avec le temps sont que tu étais partie et qu'il n'avait pas tenu le coup.

Ma gorge se noue, et je ferme les yeux en reprenant de l'air. J'espère que ça calmera mon cœur qui a fait une embardée suite aux mots de Kyle.

– « Pas tenu le coup » ? Est-ce que tu veux dire que lui et moi…

– Vous étiez ensemble, oui. Vous étiez ce genre de couple que tout le monde pense éternel. Mane et Nott…

Je suis partie...

Des flashs d'une autre vie me reviennent par bribes.

Je suis partie, et il n'a pas tenu le coup...

Kyle me serre un peu plus contre lui, comme s'il comprenait ce qui se passe en moi.

J'essuie mes joues d'un revers de manche.

– Je crois que Mane veut savoir pourquoi je suis partie, dis-je.

– Oui… C'est ce que j'ai cru comprendre… Et tu es la seule à détenir la réponse à cette question.

– Mais je n'en ai pas la moindre idée. Pour moi, c'est comme si ça n'avait jamais existé, « nous deux », chuchoté-je, gênée par une autre salve de larmes.

– C'est pas grave, ça peut attendre encore un peu. Il n'est plus à une année près… Concentre-toi sur toi, sur tout ce que tu viens d'apprendre et sur…

– Ce qui m'attend encore, terminé-je.

– Oui. En tout cas, tu peux être certaine d'une chose : Mane ne te fera aucun mal.

Je hausse les sourcils.

– T'as vu l'état de mon appartement ?

– Oui, ça rend pas mal, d'ailleurs ! s'exclame-t-il, enjoué. Tu devrais voir l'état du manoir…

Heureusement que sa sœur était là pour le calmer, je serais SDF à l'heure qu'il est sinon.

Sa sœur ? Mane a donc une sœur !

Le regard de Kyle me ramène directement à notre discussion. Je mets de côté cette information pour le moment. J'ai d'autres priorités. Comme de guérir ce sentiment de culpabilité que j'ai du mal à comprendre. Je me mords la lèvre inférieure et ajoute :

– Je t'aurais trouvé une petite place dans mon palace.

– T'es malade ! Je sais pas si t'as déjà connu un mec jaloux dans ta vie d'humaine, mais dis-toi que Mane est pire ! Je préférerais encore dormir sous un pont plutôt qu'il me surprenne chez toi.

Je ricane un peu. *Pourquoi j'aime l'idée que Mane ne laisse personne m'approcher ?*

– Dans ce cas, Ella t'aurait trouvé une place chez elle.

– Mmh… Ella.

Après un silence anormalement long, je finis par tourner la tête vers lui.

– Quoi ? me demande-t-il.

– Ella !

Un sourire passe rapidement sur ses traits fins.

– Je sais pas pourquoi elle me déteste tant, je… Enfin, de toute façon, les mecs comme moi ne sortent pas avec des nanas comme elle. On vient pas du même monde. Y a des règles à respecter chez nous.

Je me redresse. Après tout ce à quoi je viens d'assister, c'est ce que je viens d'entendre qui me choque le plus.

– Kyle, tu déconnes ?

Il évite de me regarder et fronce les sourcils.

– Je comprends bien mieux Mane aujourd'hui… On ne choisit pas, et si c'est à sens unique, c'est un enfer.

Je lui fais un sourire, mais une autre pensée envahit mon esprit. À sens unique ? *Est-ce que je… Enfin, est-ce que Nott n'aimait pas Mane ?* Ce n'est pas ce que je ressentais pour l'instant, mais ça expliquerait beaucoup de choses.

– T'es con, Ella vient de se mettre avec un mec en plus.

– Je sais, il me demande un « déca » tous les matins, et je lui sers un café normal chaque fois. J'espère que ça lui pourrit bien ses journées ! avoue-t-il. « Euh… un déca, s'il te plaît, mec ! », imite-t-il. Le déca, c'est pour les toquards !

– Calme-toi, calme-toi ! le coupé-je. Tu connais Ella, elle va passer à autre chose en deux temps trois mouvements.

– À quoi bon ? Autant qu'elle soit heureuse, elle et moi, c'est pas autorisé !

Je tique.

– « Pas autorisé » ? Mais par qui, bon sang ? Sors avec elle, si t'en as envie !

Il fait non de la tête.

– J'ai pas vraiment envie d'avoir le boss sur le dos, il est pas du genre arrangeant.

– « Le boss » ? Mais quel dieu a un boss pour lui dire quoi faire ? C'est naze !

– Bah nous ! Odin, ça te parle ?

Ok... Si Kyle, enfin Kvasir, et Mane existent, si Nott existe aussi, il doit bien y avoir un Odin quelque part.

– Je n'avais pas eu l'occasion d'y penser…

– Tu as le temps avant d'en découvrir davantage… Occupons-nous de Mane d'abord, ok ?

– Oui…

Kyle quitte le balcon. Je le suis et allume la lumière dans la pièce. Il lance un regard panoramique autour de lui.

– Ah ! Quand même… souffle-t-il.

– Je crois que « saccagé » est le mot le plus approprié pour décrire mon appartement, continué-je, ironique.

Kyle attrape mon ordinateur sur le clic-clac et observe le cadavre de mon compagnon de travail.

– Ok… Et il m'a dit s'être contenu pour ne pas te faire de mal… soupire-t-il.

Il repose l'ordinateur sur une housse de couette qui affiche des déchirures éparses.

– C'est rien, je t'assure.

C'est faux, c'est grave. Je n'ai pas les moyens de m'en payer un autre tout de suite et j'en ai besoin pour préparer mes partiels. Mais je n'ose pas accabler Mane plus qu'il ne l'est déjà. *Encore cette culpabilité lancinante...*

– Mmh… Bon, je t'appelle demain. Promets-moi de répondre, s'il te plaît.

– Promis !

Il me sourit et se dirige vers la porte d'entrée.

– Au fait, Kyle, le coupé-je dans sa lancée.

Il se tourne vers moi avec un air interrogatif.

– Est-ce que… je… enfin, est-ce que Nott l'aimait ?

Il sourit aussitôt.

– Plus que ta propre vie… répond-il.

Je me force à sourire, mais une boule se forme dans ma gorge. Kyle m'adresse un dernier sourire et quitte mon appartement. Moi, j'essuie d'autres larmes sur mes joues.

Plus j'ai d'informations, moins je comprends. *Nott l'aimait, mais elle l'a quitté quand même. Enfin,* je *l'ai quitté...*

CHAPITRE 30

NOLA

Je lance un dernier coup d'œil dans mon appartement avant de fermer la porte et de donner un tour de clé. Depuis la visite de Mane puis celle de Kyle la nuit dernière, je suis restée enfermée. La journée est passée sans que je touche à un livre, et me voilà sur le départ pour aller bosser au musée. La nuit est déjà tombée et, pour la première fois depuis des mois, c'est seule que je vais prendre le métro. Après une longue hésitation, j'ai envoyé un SMS à Léo, mais il n'a pas répondu. De mon côté, j'ai répondu à ceux de Kyle. Son soutien me fait plus de bien que j'aurais pu le croire.

***

Je quitte les souterrains du métro. En face de moi, la lune haut perchée dans le ciel attire mon attention. J'ai un pincement au cœur – enfin, non, c'est pire qu'un pincement, à ce stade-là. Cela ressemble plus à une gifle, comme chaque fois que je pense au Marchand de sable.

Je ne l'ai pas revu depuis son départ mouvementé et je n'exagère pas en disant que je me suis demandé ce qu'il pouvait bien faire à peu près deux fois par heure. D'ailleurs, où est-il maintenant ? Avec Kyle ou seul à ruminer ?

Je secoue la tête et accélère le pas pour rejoindre le musée. L'air est glacial ce soir, et je ne peux pas me permettre d'être malade en ce moment.

Après cinq minutes de marche, je pousse enfin la porte de mon lieu de travail. Ma collègue de jour semble déjà partie, car il n'y a personne derrière le comptoir de l'accueil. Elle n'est pas censée faire ça, nous devons toujours attendre la personne qui nous remplace avant de quitter notre poste… Et j'ai besoin d'une pause avant de reprendre le flambeau. Déesse de je ne sais quoi ou pas, je reste soumise à des contraintes très « humaines ». Je secoue donc la tête et pars aux toilettes.

Quand je ressors, je me dépêche de prendre ma place derrière le guichet et ouvre la caisse. Puis, comme cela semble calme, je fais une pause intérieure, les yeux dans le vague. J'appréhende de croiser Léo. *Que va-t-il faire ? M'ignorer, me parler ?*

Je prends une grande bouffée d'air. *Allez, Nola, quoi qu'il arrive, tu assumes, même ce dont tu n'es pas responsable.*

Je me penche vers mon sac pour saisir le livre qui s'y trouve, et ce n'est que lorsque je me redresse que je me rends compte qu'on m'observe. Je sursaute avant de reconnaître Léo. Une légère déception m'envahit. *Ce n'est pas Mane…*

– Léo ! Tu…

– Il faut qu'on parle.

Ok… Au moins, c'est clair. Mais d'où est-ce qu'il sort comme ça ? Je ne l'ai pas entendu arriver.

– Euh… d'accord. Sur le chemin du retour, tout à l'heure ? proposé-je.

– Non, tout de suite, rétorque-t-il.

La seconde suivante, il se dirige vers la petite pièce qui sert de vestiaire tout au fond du hall. Il me faut un petit instant pour me lancer à sa suite.

Je l'ai rarement vu sérieux à ce point. La seule fois où il s'est montré aussi froid, c'était lorsque nous avons croisé Mane en pleine rue. *Il a dû faire le lien entre cette rencontre et le type qui attendait planté dans mon appartement…*

J'arrive dans le vestiaire. Léo m'y attend, les bras croisés sur le torse. Pendant une seconde, j'ai envie de rire car je le trouve ridicule, mais je me contiens en avalant ma salive. Je pince les lèvres et plante mon regard dans le sien.

– Euh… Je t'écoute.

Il serre les mâchoires. Mane le fait aussi, et ça n'a rien à voir avec ce qu'essaie de faire Léo. *Nola, ça suffit !* Mais qu'est-ce qu'il me prend ? D'où me vient toute cette haine pour Léo ?

– Je ne comprends pas… lâche-t-il enfin.

Ne voyant pas de quoi il parle, je l'encourage à poursuivre d'un mouvement de tête.

– Qu'est-ce que tu fous avec ce type ?

Je ne sais pas quoi lui répondre. Qu'est-ce que je fais avec le Marchand de sable ? Hormis refaire la déco dépassée de mon appartement ?

– Et d'où est-ce que tu le connais ? Enfin, Nola, je ne pense pas que ce soit une très bonne chose pour toi de fréquenter ce genre de personnes.

Je fronce les sourcils. *Mais de quoi se mêle-t-il ?* Malgré mon envie, j'essaie de retenir ce qui ne demande qu'à passer la frontière de mes lèvres.

– Nola, tu vas me répondre ? insiste-t-il.

– Je ne sais pas quoi te dire, Léo. C'est ma vie.

– Tu le connais alors ?

– Il était chez moi, bien sûr que je le connais !

– Mais…

Il lève les yeux au ciel en reprenant son souffle, comme s'il voulait organiser ses pensées.

– Tu ne m'en as jamais parlé avant… J'ai besoin que tu me dises où est ma place maintenant. Qu… Est-ce que tu sors avec lui ?

Cette dernière question semble lui avoir coûté plus que les précédentes. Qu'il soit déçu, je peux comprendre, mais pas qu'il panique comme ça. Visiblement, j'ai sous-estimé ses sentiments et je ne sais pas quoi faire pour limiter la casse maintenant.

– Non, je ne sors pas avec lui. Tu m'as déjà demandé si j'avais quelqu'un…

– Est-ce que ça va changer ? enchaîne-t-il aussitôt.

– Léo, sérieusement, tu vas trop loin. Depuis quand je te dois des explications ? On est ami, mais…

Je ne sais plus quoi dire, et, de toute façon, il semble bloquer sur ma première réplique. Il serre les dents et hoche la tête, l'air furieux.

– Ok, finit-il par dire alors qu'on entend la porte du musée s'ouvrir puis se refermer.

Il avance rapidement dans ma direction et quitte la pièce. Je le suis pour aller m'occuper des visiteurs qui viennent d'entrer.

– Bonsoir, lancé-je à leur attention avec le sourire.

Bizarrement, cette petite mise au point avec Léo m'a fait du bien. C'était difficile mais pas autant que je le pensais. J'ai l'impression d'être débarrassée d'un poids énorme. Je suis donc soulagée, même si j'ai de la peine pour mon voisin. J'aurais voulu que le message passe autrement.

Les visiteurs me répondent et me ramènent au présent. Il s'agit de trois étudiants, plus jeunes que moi, que j'ai déjà vus ici. On échange quelques mots, et ils disparaissent rapidement dans les couloirs du musée.

Alors que je termine de trier la monnaie de leurs tickets, toujours debout car je n'ai pas pris le temps de m'asseoir, j'aperçois un autre visiteur du coin de l'œil. *Le petit vieux de d'habitude ?*

– Bonsoir, répété-je en relevant le nez et en fermant le tiroir-caisse.

Mon cœur réagit avant que mes yeux ne comprennent qui leur fait face. Mane se tient devant moi et me fixe.

– Euh…

Tais-toi, Nola ! J'ai failli dire que j'étais heureuse de le voir !

Il me détaille de haut en bas pour finalement planter à nouveau son regard dans le mien. J'avale ma salive. Il est difficile de déterminer son humeur.

– Tu viens avec moi ? demande-t-il en faisant un signe de tête vers l'entrée de l'exposition principale.

Le Marchand de sable veut... visiter un musée ? C'est une blague ?

– Euh, non, je dois rester là…

Il fronce les sourcils très brièvement et, sans se poser de questions, il fait le tour du comptoir et vient me rejoindre. Il s'affale dans mon fauteuil en lançant un regard circulaire.

– Tu dois bien te faire chier à travailler ici.

J'ai trouvé refuge contre le *desk,* presque assise dessus, pour éviter son contact.

– Nola ? Tout va bien ? entends-je soudain grésiller non loin de moi.

J'attrape le talkie qui attire l'attention de Mane.

– Oui, Luc, tout va bien, envoyé-je rapidement.

– Il va rester longtemps, ton ami ?

Je lance un coup d'œil à Mane.

– Toute la nuit, si je veux, murmure-t-il avec un regard insolent.

– Euh… Oui, peut-être, réponds-je à Luc.

Je repose le talkie tandis qu'un nouveau groupe entre dans le musée.

Je tourne le dos à Mane et m'occupe des trois jeunes filles. Ce sont encore des étudiantes. La section qui vient d'ouvrir attire du monde ce soir ! Enfin, vu leur état, je me demande si ce n'est pas Mane qui les attire le plus… J'essaie de me contenir, mais une pointe de jalousie se fait sentir en mon for intérieur.

Je leur rends leur monnaie, mais l'attention des trois nanas est absorbée par Mane dans mon dos. J'entends un bruit alors que je tourne la tête, et c'est avec effroi que je le vois en train de s'allumer une cigarette. *Il est dingue !*

Sans réfléchir, je me précipite pour lui arracher la clope des doigts. Heureusement pour moi, il n'a pas eu le temps de l'allumer. Il me lance une expression haineuse tandis que ça glousse dans mon dos. On échange un dernier regard, et je termine de m'occuper de mes visiteuses. Elles s'en vont enfin, non sans lancer des coups d'œil suggestifs à ce foutu Marchand de sable. *Si elles savaient…*

Une odeur forte vient me chatouiller les narines. Mon attention se braque sur le rebelle derrière moi.

Il tire sur une cigarette en me fixant droit dans les yeux et, lorsque j'essaie de la lui prendre, il m'évite en reculant avec le fauteuil.

– Arrête, je vais me faire virer ! envoyé-je.

Il me nargue en répandant de la fumée partout autour de lui. J'avance et arrache finalement la cigarette d'entre ses lèvres. Elle m'échappe des doigts et roule par terre. Au moment où Mane se lève, je me précipite dans la direction de la clope, bute dans le comptoir et trébuche. Tout ce que je vois, avant de fermer les yeux, ce sont les mains de Mane qui encerclent ma taille. Il m'évite une chute et une honte mémorable.

Lorsque je rouvre les yeux, je vois tout en noir et blanc, comme dans le manoir l'autre fois.

– Eh merde… chuchote Mane.

J'entends dans la foulée des cris de stupeur plus loin dans le musée. Que se passe-t-il ?

Mane se redresse doucement sans me libérer, ses mains passent dans mon dos et il m'attire à lui. Mon corps se love contre le sien sans que j'oppose de résistance. C'est comme si j'avais attendu ce contact depuis des jours et qu'enfin je pouvais respirer pleinement.

– Tu dois te concentrer, me dit-il. Et fermer les yeux.

– Qu'est-ce qu'il se passe ?

– Tu viens de faire tomber la nuit… partout autour de toi.

J'entends les étudiants s'affoler quelque part dans le musée.

– Nola ! On a une coupure de jus. Ne bouge pas de ton poste, Léo s'en occupe ! envoie brusquement Luc dans le talkie.

– Léo s'en occupe… Il est partout, celui-là, raille Mane dans un murmure méprisant. Il n'est pas près de remettre les lumières en route, c'est moi qui tiens l'interrupteur dans mes bras, si tu vois ce que je veux dire…

Je redresse ma tête de son torse, il ne me regarde pas. Je tends le bras pour attraper le talkie et réponds à Luc.

– Ok, je n'ai pas bougé.

– Ton pote est toujours là ?

– Oui, oui, il est là.

Il est *juste* là. Je coupe la communication et le regarde.

– C'est vraiment moi qui fais ça ? demandé-je.

– Oui…

– Je ne sais même pas comment je m'y prends. C'est de ta faute aussi, à te foutre de moi…

Il ricane et m'enserre davantage.

– Tu finiras par me revenir. Tu te souviendras qu'entre nous, c'était comme ça que ça marchait.

J'avale ma salive.

– Et si je ne me souvenais jamais ? Tu y as pensé ?

Il ne répond pas. Il a fermé les yeux, oubliant certainement que je peux toujours le voir. Il serre les dents et reprend son souffle.

– Tu es là, dit-il, m'écrasant exagérément contre lui. Avec tes souvenirs ou pas.

Je lâche un petit rire, et les couleurs reviennent alors que je regarde toujours Mane. Son sourire attire le mien.

– Ça va mieux ? demande-t-il.

Je fais oui de la tête et, alors que je m'attends à ce qu'il me lâche, il envoie son regard dans mon dos. Son expression change brusquement. Je me retourne et découvre Léo planté derrière nous, une lampe torche à la main.

CHAPITRE 31

NOLA

– Mais qu'est-ce que tu fais là ? demandé-je.

Je me sens tellement mal qu'il nous surprenne que j'ai laissé le premier truc auquel j'ai pensé sortir de ma bouche.

– Je… je suis allé remettre le courant, répond-il en levant sa lampe torche éteinte.

– Ah ! Ok…

Il ne s'attarde pas. Il lance un regard équivoque à Mane puis disparaît comme il est venu, discrètement.

– Il a remis le courant ? me questionne Mane. Ben voyons !

Je fronce les sourcils.

– Alors tu m'as menti ! Ce n'est pas moi qui…

– Nott, je suis sûr de moi, c'était toi ! Cherche pas, tu le sais aussi.

On échange un regard. Oui… Autant me rendre à l'évidence, dans le manoir aussi, c'était moi.

Mane a raison, et puis… je lui fais confiance, maintenant.

– Il devait être gêné… murmuré-je comme pour excuser Léo. Il a dit le premier truc qui venait.

– Je n'aime pas la manière dont il te regarde.

Je me force à sourire. Ça devrait me faire sortir de mes gonds, mais étrangement, sa jalousie me touche.

– N'allume plus de cigarette ici, ok ? demandé-je en ignorant sa réplique.

Il lève les yeux au ciel et s'affale à nouveau dans mon fauteuil à l'accueil alors que les étudiants de tout à l'heure reviennent vers nous.

– On a eu la peur de notre vie… souffle l'un d'eux.

– Je comprends, désolée…

– Même nos portables ne fonctionnaient plus, y compris la lampe torche ! ajoute un autre.

Je ne sais plus quoi dire, et ce n'est pas Mane qui me vient en aide. Il tourne sur le fauteuil, ignorant les visiteurs apeurés.

– Ah oui ? Je ne sais pas ce qu'il s'est passé… Encore toutes nos excuses, mais c'est résolu maintenant. Si vous voulez profiter de la fin de la visite, vous pouvez y retourner sans crainte.

– Non, non, on s'en va ! coupe le troisième.

L'instant suivant, ils franchissent les portes du musée pour repartir. Le groupe de filles revient à son tour et s'en va avant que j'aie le temps de dire quoi que ce soit. Je reste en compagnie de Mane et des questions bien trop nombreuses qui tournent dans ma tête.

Comment Léo est-il arrivé jusqu'à nous sans rien voir ? Les étudiants ont bien dit que les portables ne fonctionnaient pas, lampe torche comprise ! D'autant que le tableau électrique n'est pas proche de l'accueil... Comment a-t-il pu progresser si rapidement le long de celui-ci ?

– Jusqu'à quand est-on coincés là ? lâche Mane dans mon dos. C'est chiant.

– Encore trois heures.

Il soupire et laisse sa tête tomber sur l'appui-tête du fauteuil. Regardant le plafond, il fait de nouveau tourner celui-ci sur lui-même. Je regarde sa gorge, là où sa barbe de plusieurs jours se termine et où l'encre habille sa peau. Mon analyse se termine quand son sweat me bloque la vue. Je n'ai pas besoin d'un dessin pour me rendre compte qu'il a un corps sculpté. Je distingue la forme des muscles de son torse au travers du tissu.

– Oh !

Je sursaute et détourne aussitôt la tête. Il ricane, fier de lui.

Je vais chercher une chaise et je m'installe à ma place habituelle.

J'avais une tonne de trucs à réviser, mais je doute de parvenir à me concentrer maintenant.

***

– Et comment je peux faire pour contrôler ça ?

Je suis en train de marcher dans les rues de Paris avec le Marchand de sable. Sans avoir peur, sans vouloir fuir à m'en faire exploser les poumons ; j'aurais même plutôt tendance à ralentir le pas pour rallonger cet instant. Il fait nuit, la ville est calme, et Mane est détendu.

– Difficile à dire… T'entraîner, peut-être !

Je hausse les sourcils.

– Plus au musée, alors. Sinon, il n'aura vite plus de visiteurs ! Et on va se taper une réputation de musée hanté.

Mane lâche un petit rire.

– On va marcher encore longtemps ? J'ai horreur de ça !

Il est pire que moi…

– Le métro qui va jusqu'à chez moi est à deux rues d'ici.

– Ok, ça ne va pas le faire ! lâche-t-il en me poussant sans prévenir dans une petite rue déserte devant laquelle on passait.

– Qu'est-ce qu…

Mon dos se retrouve plaqué contre un mur avant que je puisse finir de formuler ma question. Mane s'approche si près de moi que sa bouche se retrouve vers ma tempe.

– Prête, déesse ? murmure-t-il.

Sans attendre que je réponde, ses papillons nous encerclent. Mane m'enlace, je m'accroche à son cou, et mes pieds perdent leurs appuis.

***

Rentrer chez soi en papillons n'est pas donné à tout le monde, alors, même si la première fois m'avait terrifiée, je commence à y prendre goût.

Les insectes se dissipent, et mon appartement apparaît autour de moi. Mane regarde les murs toujours dénudés en se grattant le crâne.

– Je compte sur toi pour refaire la tapisserie ! le nargué-je.

Je l'entends ricaner dans mon dos. Je jette mon manteau sur le lit et remarque quelque chose posé sur ma housse de couette rafistolée. *Mais d'où ça sort, ça ?* Je relève le nez vers Mane qui tourne la tête dans ma direction.

– C'est toi qui…

– Kyle me les a vraiment brisées, alors j'ai fini par céder pour qu'il la ferme… Prends ça comme des excuses, dit-il en sortant son paquet de cigarettes.

Il m'a offert un nouvel ordinateur portable !

Il fronce les sourcils puis ouvre la fenêtre et disparaît sur le toit avant que l'odeur de tabac n'arrive jusqu'à moi.

Comme une gamine, je me jette sur le carton et déballe mon nouveau compagnon de travail. Il est encore mieux que l'ancien, et je dis merci au *cloud* qui me permet de récupérer tous mes fichiers.

Assise en tailleur sur mon lit, je lance de temps à autre des coups d'œil vers Mane. Après un moment, il finit par me rejoindre. Il se laisse tomber sur le lit, me faisant rebondir au passage.

– Alors, ça le fait ? me demande-t-il.

– Oui ! Merci, je ne sais pas comment j'aurais fait sans… Ma mère m'aurait tuée.

– Ta mère ?

Bah oui, ma mère ! Qu'est-ce qu'il y a de si bizarre dans ce que je viens de dire ? J'ai l'impression qu'il me dévisage comme si je racontais n'importe quoi. Mon regard doit traduire le fond de ma pensée car il m'explique sa réaction.

– Tu sais que t'es pas vraiment humaine… Cette personne n'est pas vraiment ta mère.

– Quoi ? N'importe quoi ! Bien sûr que c'est ma mère, j'ai grandi avec elle ! J'ai plein de souvenirs de mon enfance et de tout ce que j'ai pu lui faire subir. Crois-moi, vu ce qu'elle a enduré, ça ne peut être que ma mère…

– Le temps passe différemment ici, donc tu es peut-être arrivée dans sa vie quand tu étais petite, mais ce n'est pas ta mère ! C'est comme si Sol et moi avions déjà été des dieux lorsque notre mère a accouché. Elle n'aurait jamais survécu. Les habitants de Midgard ne sont pas assez forts pour ça.

De sa dernière phrase, je ne retiens qu'une information. Comme si elle faisait tinter quelque chose dans mon esprit pour me faire comprendre que je dois faire un lien important.

– Sol ?

Il veut dire Sol comme dans « mademoiselle Sol », comme dans « le professeur qui me donne des cours de soutien en mythologie nordique » ?

– Oui ! Ma sœur, précise-t-il comme si c'était une évidence.

Je le fixe avec les sourcils froncés quand, soudain, la lumière jaillit. Et pas que dans mon esprit ! Un rayon d'une luminosité aveuglante traverse mon appartement. Sa chaleur écrasante m'oblige à quitter mon lit, et, dans ma fuite, je m'emmêle les pieds et tape contre un mur en tombant.

Tout mon appartement tremble. Je me protège comme je peux, mais même mes paupières fermées laissent passer la lumière, et je sens ma peau rougir. À croire qu'un avion atterrit sur mon clic-clac, ou des extraterrestres, peut-être. Et puis soudain, plus rien.

Lorsque je rouvre les yeux, je pense immédiatement que j'ai dû me faire une commotion cérébrale en tombant car, plantée au milieu de mon salon, ma professeure de mythologie, vêtue d'un bikini, d'une paire de bottes en fourrure et d'un cache-oreille assorti, regarde autour d'elle avec la bouche ouverte et les sourcils froncés.

Son regard tombe sur Mane, toujours affalé sur mon lit, qui s'évente pour chasser la fumée autour de lui.

– Mane ? Sérieusement, j'étais occupée ! s'exclame-t-elle. Et j'avais l'avantage, bordel !

Elle montre la grosse pierre circulaire encore fumante qu'elle a dans une main et la bière dont elle ne tient plus que le goulot de l'autre. Mane ne répond pas et envoie simplement un coup de tête dans ma direction. Ma professeure tourne la tête et me sourit aussitôt.

– Tiens, Nott. Quoi de neuf ?

Je reste la bouche ouverte, incapable de répondre à cette question posée le plus naturellement du monde.

– Tu foutais quoi, au juste ? lance Mane en balançant un plaid sur les épaules de sa sœur.

– J'étais chez les elfes… Tournoi de curling… Enfin, bref.

Elle reporte son attention sur moi avec un sourire.

– Bon retour parmi nous !

Je n'en reviens pas, tout ça lui semble si naturel… Et moi qui lui ai raconté en toute décontraction qu'un type me poursuivait dans mes rêves alors que ce type se trouve être son frère ! Est-ce qu'elle était au courant de tout ?

– Vous êtes Sol ? La déesse du soleil ?

Avec tout ce qui se bouscule dans mon crâne, c'est tout ce que je trouve à dire ?

– On a révisé, à ce que je vois ! Oui… Je suis désolée de ne t'avoir rien dit, mais il fallait attendre le bon moment. D'ailleurs, si tu as des questions, c'est maintenant ou jamais… Mais d'abord, je veux de quoi me rafraîchir ! annonce-t-elle en désignant la bouteille cassée qu'elle tient toujours à la main.

– J'ai des tonnes de questions ! m'exclamé-je. Je ne sais même pas par où commencer.

– Il faut que tu lui parles de sa mère, place Mane pendant que je m'approche de mon réfrigérateur.

– C'est vraiment minuscule ici, constate-t-elle. Pas assez grand pour trois dieux…

– J'ai de l'eau et euh… un fond de soda… Ah ! non, il n'y en a plus. Alors ça sera de l'eau sinon rien. Vous en voulez ? demandé-je à ma professeure.

Elle me fait un sourire radieux mais refuse tout de même.

– Va donc nous trouver quelque chose de potable, ordonne-t-elle en se tournant vers son frère.

Il fronce les sourcils avec cet air insolent que je lui connais déjà. Elle le fixe sans ciller en retour, et il finit par se lever. Elle a visiblement trouvé un moyen de mater le vilain Marchand de sable.

– Et sors d'ici comme tout le monde, bon sang !

Il grogne mais n'en rajoute pas. Il contourne le lit, passe devant sa sœur puis arrive à ma hauteur. Avant que j'aie le temps de comprendre, il pose délicatement ses lèvres sur mon front en passant une main sur ma nuque puis dévisage sa sœur avant de sortir.

Un silence s'installe pendant lequel j'essaie de réguler le sang qui semble affluer à mon visage. *Me voilà à rougir…*

– Bon, je t'écoute, me dit mademoiselle Sol en s'installant en tailleur sur mon lit.

– Euh… Il y a cette histoire avec ma mère…

– Ok, il va falloir que tu commences par arrêter le vouvoiement ! Avant, tu me parlais pendant des nuits entières de ce que tu pouvais ressentir… Et puis, à force, j'ai l'impression d'avoir deux mille ans de plus !

– Je suis…

Un sourire de politesse passe sur mon visage mais s'efface aussitôt. J'ai failli m'excuser. Je sais que cette culpabilité qui m'assaille trop souvent doit s'expliquer, mais tant que je ne connaîtrai pas les raisons qui m'ont poussée à partir de leur monde, il faut que j'en dise le moins possible.

– Je ne sais pas si je vais y arriver, vous êtes encore ma référente à la fac… D'ailleurs, vous êtes vraiment prof, ou c'est… une couverture ?

– Au départ, c'était un moyen de pouvoir garder un œil sur toi. Et puis quand j'ai vu que je pouvais martyriser des jeunes sans avoir de problèmes et qu'en plus ils en redemandaient, je me suis rendu compte que j'adorais ça !

– Vous… Tu le fais si bien, pourquoi s'en priver ?

– Exactement ! Bon, sinon, concernant ta maman… Comment expliquer ça ? Mmh… Le temps ne se déroule pas de la même manière entre les mondes… Tu as disparu d'Asgard il y a quelques années, mais sur Terre, il s'est écoulé bien plus de temps. Assez en tout cas pour que tu te réincarnes dans le corps d'un nourrisson et que tu aies des souvenirs d'enfance.

Mais celle que tu considères comme ta mère ne t'a pas vraiment donné la vie. D'ailleurs, elle…

Elle s'interrompt soudain, m'obligeant à quitter mes doigts du regard pour relever le nez vers elle. C'est la première fois que je la vois hésitante…

– Elle… l'encouragé-je à continuer.

– Si ce que je pense est juste, elle t'oubliera…

– Quoi ? Non, c'est impossible !

– Quand tu retrouveras ton statut de déesse, ils t'oublieront doucement jusqu'à n'avoir plus aucun souvenir de ton existence…

Je hoche la tête, même si je refuse cette idée en bloc. Si je comprends bien, je vais devoir choisir une des deux réalités que je connais et oublier l'autre : soit j'accepte d'être une déesse, et donc Mane, soit je poursuis ma vie comme je l'ai toujours connue et j'oublierai toutes ces choses étranges que j'ai vues ces derniers temps… Je sais déjà que ce sera un choix impossible. Je ne peux pas nier que quelque chose de puissant me lie à Mane.

CHAPITRE 32

MANE

– Si, si, je t'assure. Et ça a duré des années ! Depuis, il n'est plus question que tu remettes les pieds dans ces montagnes, ils te vouent une haine sans limite.

Nola rit de bon cœur. Sol lui raconte quelques trucs qui nous ont marqués. Il faut dire que Nott n'était pas du genre à ne pas faire de vague. J'adorais quand elle pétait un câble ! D'ailleurs, cette histoire avec les elfes noirs est une de mes préférées. Les faire dormir pendant des années juste parce qu'ils n'avaient pas respecté un délai de livraison de thé… c'est peut-être un peu excessif, mais qu'est-ce que je m'étais marré ! Ces saloperies d'êtres miniatures l'avaient mérité.

Du coin de l'œil, je sens le regard de Nola sur moi. Je suis assis sur le petit bout de toit sur lequel donne sa fenêtre. *C'est difficile d'être dans la même pièce qu'elle sans la toucher*... Je leur ai ramené des bières depuis le manoir et me suis éclipsé pour fumer. Les retrouver si proches remuait trop de choses…

– Y a même une statue à ton effigie dans leur grotte et un festival durant lequel ils balancent leurs ordures dessus tous les ans ! ajoute Sol tandis que ma déesse ouvre de grands yeux, met la main devant sa bouche, choquée, puis explose de rire.

Chaque fois que j'entends ce son, mon estomac se tord. J'en ai du mal à respirer, comme si c'était trop d'un coup. Il n'y a pas meilleur remède que ça. La noirceur qui s'est doucement infiltrée en moi quand j'étais au Helheim est repoussée par les éclats de vie de Nott. Elle me soigne par sa simple présence.

– Ça doit être pour ça que je ne bois pas de thé, dit-elle.

Je ricane. Le thé des elfes était un cadeau qu'elle voulait me faire, elle a toujours eu horreur de ça de son côté. « Je vais pas boire de l'eau chaude ! » disait-elle souvent.

– Je ne vois pas l'intérêt d'avaler de l'eau chaude sans goût, ajoute-t-elle justement sous les gloussements de ma sœur.

Impossible de retenir un sourire. Je la connais par cœur, même si elle n'est plus vraiment elle. Les choses ne bougent pas assez vite à mon goût, j'ai besoin de retrouver ma déesse telle qu'elle était avant. *Et si Kyle avait raison et qu'elle ne redevenait jamais elle-même ?* Tant pis, si c'est le cas, je m'adapterai. Parce que même si Nott ne se souvient plus de moi, ma place reste avec elle. Alors, je dois mettre de l'eau dans mon vin et oublier moi aussi tout ce qu'on a vécu avant pour vivre ce qu'il y a à vivre aujourd'hui avec elle. Et si c'est ça, la fac, le musée et une vie humaine, je le ferai. Je peux tout supporter pour elle. Tout, sauf son rejet.

– Il ira mieux… Très bientôt, souffle Sol plus bas.

Je reprends de l'air et tire sur ma clope en regardant le ciel. J'ai encore du mal à admettre que je suis au fond du trou sans Nott.

– Vous avez déjà énormément avancé, regarde-le : il a arrêté de faire sa tête de c…

– Sol, je t'entends ! coupé-je.

Elle ricane.

Bon, il est temps qu'elle se casse !

Je balance mon mégot dans le vide et les rejoins dans l'appartement.

– Tu comptes squatter ici trois jours ? demandé-je à Sol.

– Ouais. Ça te pose un problème, frangin ? me nargue ma sœur en s'affalant encore un peu plus sur le lit.

Elle a toujours eu le don de m'emmerder ! Je soupire avec force, mais ça ne change rien à son attitude.

– Si tu ne bouges pas par toi-même, je vais être obligé de te mettre dehors par la force !

– Et depuis quand la lune attrape-t-elle le soleil, crétin ? Tu te surestimes !

– Je vais te montrer, si je n'attrape pas le soleil, grogné-je en retour.

Dans la seconde, mes papillons jaillissent à sa rencontre, mais ils sont stoppés en pleine course par un flash.

Je reste aveugle une longue seconde, puis mes yeux discernent à nouveau ce qui m'entoure. De la poussière dégringole sur Nott depuis le plafond. Ma sœur la regarde avec une grimace d'excuses.

– Je crois qu'il vaut mieux que je vous laisse, sinon cet immeuble ne va pas tenir le coup ! annonce Sol en mettant ainsi fin à notre combat fraternel. Mane, tu me ramènes ? Si je repars par mes propres moyens, on risque la catastrophe !

– Oui, après la tapisserie, je vais devoir expliquer pourquoi il y a un trou noir au milieu de ma moquette… Je ne sais pas ce que je vais inventer pour mon proprio, souffle Nott.

Le problème de Midgard, trop faible pour nous supporter !

– Nott, si tu as d'autres questions, n'importe quoi, appelle-moi ! Avec ton portable, surtout, lui dit Sol. Sinon, je vais être obligée de débarquer ici à nouveau et je n'ai pas envie de passer à travers le plancher pour me retrouver chez ton voisin du dessous !

– Ça marche ! Et… merci !

J'attrape le poignet de ma sœur ; tandis que mes papillons envahissent l'appartement, mon regard capte celui de Nola. Est-ce de la frayeur que je distingue sur ses traits ? *Je lui fais si peur que ça ?*

– Tu vas revenir ?

Je souris. Elle n'a pas peur, elle est inquiète.

– Tout de suite, déesse…

Elle hoche la tête avec un sourire et, en un clin d'œil, je la perds de vue, embarqué dans un tourbillon familier.

***

Sol trébuche sur une pile de livres ; de mon côté, plus habitué, je tiens fermement sur mes appuis et lui évite la chute.

– T'as eu des nouvelles de Kvasir ? Il a du nouveau concernant Meili ? lui demandé-je dès qu'elle retrouve son équilibre.

Nous sommes dans sa chambre, au manoir d'Asgard.

– Oui, Meili est toujours introuvable, répond-elle. Mais ne fais pas n'importe quoi de ton côté, on va le retrouver. Au moins, maintenant, on en est certains : c'est lui qui a effacé les souvenirs de Nott. Ça veut dire qu'on pourra inverser le processus. Enfin, dès qu'on lui aura mis la main dessus…

– Si je le trouve avant vous, il est mort !

– Cela ne serait pas très futé comme décision… Tu ne retrouverais jamais Nott, si tu faisais ça. Alors raisonne-toi ! Et puis, tu sais ce que tu encours en faisant un truc pareil : finir emprisonné par Odin, ce n'est pas pareil que d'aller soi-même pousser les portes du royaume de Hel ! Même toi, tu n'as pas envie de connaître ça. Alors, continue comme ça : reste avec Nott, jour et nuit s'il le faut, apprends à la connaître, laisse-la te découvrir et sois patient. Je suis sûre qu'elle finira par ouvrir les yeux…

Plus facile à dire qu'à faire ! Peu importe ce que pourrait me réserver Odin pour oser m'en prendre à un autre dieu, et pas n'importe lequel puisque c'est un de ses fils, ça ne pourra pas être pire que de perdre Nott. Et Meili serait capable de m'expliquer pourquoi on en est là. Il est le seul à contrôler les souvenirs, mais il a disparu. Dès qu'il a compris que j'étais de retour, cet enfoiré a mis les voiles. Il a forcément quelque chose à se reprocher…

Mais à l'heure actuelle, je dois me rendre à l'évidence : les neuf mondes sont trop vastes à fouiller, même pour moi.

– Allez, va-t'en ! Si j'ai bien compris, elle t'attend… me souffle Sol. Vous êtes sur la bonne voie, profites-en ! Elle te regarde toujours de la même façon, mon frère.

J'échange un regard avec Sol, et mes papillons jaillissent. Plus vite je retrouverai Nott, mieux je me sentirai.

Mes pieds s'élèvent quelques centimètres au-dessus du parquet jonché de bazar de Sol, mais je suis violemment projeté contre celui-ci avant de pouvoir m'éclipser.

L'un des murs de la chambre explose, faisant voler dans notre direction des débris divers. Mes insectes forment instinctivement un mur devant ma sœur pour la protéger des projectiles. Plusieurs tombent au sol, sacrifiés pour nous. *Mais qu'est-ce qu'il se passe ?*

C'est comme si une tornade balayait la pièce. Sol repousse son lit qui nous arrive dessus avec un de ses rayons incandescents, mais la déflagration qui nous percute en retour est si puissante que nous sommes propulsés contre le mur derrière nous sans rien pouvoir faire.

J'ai tout juste le temps d'attraper ma sœur et d'amortir sa chute que la surface que nous percutons s'écroule sur nous. J'ai mal partout et un goût de sang dans la bouche, mais tout ce qui m'inquiète, c'est Sol. *Est-ce qu'elle va bien ?*

De la poussière nous empêche de distinguer quoi que ce soit autour de nous.

– Sol ?

Je repousse je ne sais quoi qui entravait mes mouvements. *Où est-elle ?*

– Sol !

Je discerne enfin sa silhouette non loin de moi. Elle écarte des débris qui l'encombrent et se relève rapidement, prête à en découdre.

Autour de nous, des pages arrachées aux livres qui jonchent le sol volent dans un silence assourdissant.

– Qui a osé s'en prendre à mes livres ? hurle-t-elle.

C'est tout ce qui l'inquiète ? Elle est incroyable !

Elle s'apprête à s'élancer vers l'ouverture provoquée par l'explosion, mais je l'en empêche, je viens d'apercevoir un indice qui m'oblige à rendre immédiatement les armes. *Nous ne sommes pas de taille.*

Sol se débat mais s'immobilise à son tour lorsqu'un bruit caractéristique résonne.

Lentement, se fondant dans ce décor chaotique, un cheval immense se dessine. Chacun de ses pas lourds remonte jusqu'à nous en faisant vibrer le parquet encombré de débris.

Bordel, c'est une walkyrie !*

Très vite, Sol recule, trébuche et prend appui sur moi. Le cheval s'arrête là, nous laissant voir son cavalier. Ou plus exactement, sa cavalière.

– Dieu Mane, Odin veut te voir, annonce-t-elle simplement.

La walkyrie ne quitte pas sa monture. Elle attend une réaction de ma part. Au moindre signe de résistance, il en sera fini de moi.

Sol m'envoie un regard paniqué.

– Ça va… murmuré-je pour la rassurer.

– N'y va pas, Mane… supplie-t-elle.

Je n'ai pas le choix. Rares sont les dieux qui peuvent stopper les walkyries, et je n'en fais pas partie. Pas seul. Nott le peut. Enfin, elle le pouvait, avant…

Je me détache de Sol qui essaie de me retenir en vain. *Si Odin veut me voir, qu'il en soit ainsi.*

***

Mes papillons me déposent au pied d'un endroit mythique, même pour les dieux. Les grandes portes en argent du palais d'Odin me toisent. La walkyrie est derrière moi avec son canasson qui me domine sans effort. J'avance mais je dois être trop lent à son goût, car elle m'envoie un coup dans le dos.

Lorsque les portes s'ouvrent, je pénètre dans l'antre du dieu le plus puissant qui ait jamais existé, celui qui règne sans partage sur les mondes. Il est là, debout, à côté de son trône.

– Dieu de la lune, je te souhaite la bienvenue. Merci d'avoir répondu à ma convocation…

Je ne réponds pas. J'aperçois deux chiens immenses sur ma gauche, des cousins de celui qui rôde au Helheim, certainement.

Odin m'observe en silence. Vu l'air qu'il affiche, quelque chose dans mon apparence ne semble pas lui convenir.

– Ce que tu vois n'est pas à ton goût, le vieux ? envoyé-je.

Sans qu'il esquisse le moindre geste, la walkyrie qui m'a conduit ici m'assène un coup d'une rare violence entre les omoplates. Je tombe à genoux devant le trône d'Odin. C'est plus fort que moi, il m'est impossible de retenir mes insectes, qui partent s'en prendre à elle. Cependant, rares sont ceux qui parviennent à l'atteindre. Ils tombent un à un au sol, comme s'ils pesaient soudain trop lourd pour leurs ailes fragiles, et restent inanimés sur la pierre.

– Mane… Le dieu rebelle, l'indomptable… articule Odin plus loin. Faut-il encore que je t'apprenne le respect que tu me dois ?

Il se détourne et effectue un bref signe de tête en direction de mon chaperon. Ma vision se trouble, et j'aperçois la walkyrie élancer son épée dans ma direction.

***

Le décor réapparaît brusquement, comme lorsque Nott reprend la nuit qu'elle a volontairement fait tomber. Odin est en face de moi, une cuisse de poulet ou je ne sais quoi en main.

– Enfin de retour !

J'essaie de bouger, mais tout mouvement m'est impossible. Je suis assis, sans attache, cloué sur place par un pouvoir qui me dépasse.

– J'ai à te parler, dit le vieux. Arrête de chercher à te débattre, tu sais que c'est inutile, et écoute. Je voulais absolument avoir un entretien avec le seul dieu qui ait quitté le Helheim… Tu en es sorti sans t'être transformé en démon. Comment as-tu fait ?

Le silence revient, je ne réponds pas. Il m'observe de son unique œil, et je détourne le regard pour fixer le sol devant moi. Ce vieux fou peut lire en moi, si je le regarde.

– Mmh… Tu n'es pas enclin à la discussion, c'est dommage. Je vais donc aller droit au but, dieu de la lune : tu passes trop de temps avec elle, ce n'est pas dans l'ordre des choses.

Avec elle ? Je relève le nez.

– La déesse qui vit chez les hommes.

Il savait donc où se trouvait Nott depuis tout ce temps ?

– Je suis le dieu du savoir, entre autres… Bien entendu que je sais où elle se trouve. Le monde des hommes n'est pas le plus difficile à observer, m'assène-t-il en désignant les murs autour de nous.

Des images apparaissent peu à peu sur ceux-ci, et je finis par voir chacun des neuf mondes comme si de grands miroirs nous offraient une ouverture sur chacun d'eux.

– Je vois tout, grogne Odin. Je sais tout.

Dans l'une des fenêtres, je reconnais Midgard. Je vois Nola, allongée sur son lit, les yeux braqués sur l'écran de l'ordinateur que je lui ai apporté.

Quand l'image disparaît, je reporte mon attention sur Odin.

– Je vois tous les mondes…

Sauf un. Le dixième monde échappe toujours à ton contrôle omniscient. Et je sais que ça te rend fou !

– Je t'interdis de la revoir. Je t'interdis l'accès au monde des Hommes. Mane, dieu de la lune, ceci est mon unique avertissement. Tu as interdiction d'approcher Nott, la déesse de la nuit.

Je ferme les yeux et tente de raisonner la rage qui monte en moi. Tous mes muscles sont contractés, si fort que j'en ai mal. Mes insectes ne me quittent pas, m'obligeant à intérioriser toute cette haine qui ne demande qu'à sortir.

– Va à l'encontre de ma décision et tu iras hanter les profondeurs des racines de l'Yggdrasil, assène-t-il.

La douleur se répand en moi. Chaque particule de mon être devient incandescente, et tout ce que j'arrive à faire est de rugir ma haine. Ma vue se trouble, et je me sens partir.

Nott apparaît dans mon esprit. Elle me sourit et passe une main délicate sur ma mâchoire. Elle enroule ses bras autour de mon cou et atteint ma bouche, sur la pointe des pieds.

– Mane… Tu es fou de vouloir de moi.

– Sans la nuit, il n'y a pas de lune…

Elle m'embrasse et, brusquement, elle me fuit. Elle part en courant. Je veux la suivre mais je n'y parviens pas. Je hurle son prénom, mais aucun son ne quitte mes lèvres. *Pourquoi je ne peux plus bouger ? Nott, reviens !*

– Voici un échantillon de ce que je peux te faire subir…

La voix d'Odin me parvient à nouveau. Je rouvre les yeux. Impossible de regarder ailleurs que devant moi, je suis à genoux au pied du trône. L'air arrive jusqu'à mes poumons de manière fractionnée, et il faut que je me concentre pour ne pas perdre connaissance. Ma vue a du mal à se stabiliser, mais je distingue mes insectes étalés partout autour de moi, leurs ailes froissées ou déchirées.

Odin déblatère je ne sais quoi. Je referme les yeux, ma Nott m'apparaît encore. Elle semble plus réelle cette fois. Comme si elle n'était pas le fruit d'images créées par Odin pour me torturer.

– *Mane, qu'est-ce qu'il se passe ?*

Pourquoi pleure-t-elle ?

Elle disparaît. Le sol de pierre du palais d'Odin m'apparaît à nouveau, puis disparaît pour laisser place à ma déesse.

– *Résiste... Mane, bats-toi.*

Debout dans l'herbe, elle est dans notre monde, celui des Songes. Elle me fixe avec les larmes aux yeux. J'essaie de m'approcher d'elle, je crois crier son prénom, mais aucun son n'arrive à mes oreilles.

– *Résiste ! m'ordonne-t-elle.*

Je rouvre les yeux. Une paire d'ailes rouges se remet à bouger, et très vite, les autres aussi. La voix de ma déesse résonne encore en moi et me donne la force de me relever.

Je secoue la tête. Odin me parle sans que ses mots m'atteignent. Je ne sais pas où je trouve le pouvoir nécessaire pour ça, mais mes insectes viennent à moi, m'enrobent et aspirent mon mal.

Comprenant que quelque chose lui échappe, Odin se lève de son trône. J'aperçois la walkyrie qui se précipite sur moi mais je disparais avant qu'elle ait pu m'atteindre.

J'y suis arrivé, j'ai fui ! Il faut que je retrouve Nott. Ils vont s'en prendre à elle maintenant !

CHAPITRE 33

NOLA

Je me redresse d'un bond dans mon lit.

– Mane ?

Personne ne répond, je suis seule chez moi. J'ai dû m'endormir en l'attendant.

J'essuie mes joues, les larmes qui y coulent chatouillent désagréablement ma peau. Ce cauchemar était pire que tous les autres. J'ai vu Mane souffrir et hurler de douleur sans rien pouvoir faire. Il était à genoux, les poings serrés. *Est-ce que c'était vrai ?*

Je sais que j'étais dans le monde des Songes, mais il n'apparaissait que par moments, revenant plus mal chaque fois. Il m'était impossible de l'atteindre et il ne semblait pas capable de s'approcher non plus. Je ne sais même pas s'il me voyait. Il avait l'air d'être ailleurs.

Je repousse la couette et me lève, en espérant que ça chasse cette horrible sensation d'impuissance.

Il fait jour. *Combien de temps ai-je dormi* ?

À la recherche de mon portable, je fouille les draps et le retrouve finalement. *Onze heures passées ?* C'est dingue, j'ai rarement dormi aussi longtemps ces derniers mois.

Les traces du moment passé avec Sol et Mane sont encore là : la moquette est toujours noircie là où la déesse du soleil est apparue, et les bières que le dieu de la lune est allé chercher sont toujours sur ma table. Tout ça était bien réel, mais d'où me vient cette sensation oppressante alors ?

Je vérifie mon portable. Pas de nouveau message. Je secoue la tête. Mane va revenir, et ce rêve va finir par quitter mon esprit. *Il me faut une bonne douche, je rangerai la cuisine ensuite !*

***

L'eau chaude me fait du bien, mais les images du songe de cette nuit continuent de hanter mon esprit. J'essaie tant bien que mal de les ignorer : je m'habille, me sèche les cheveux et quitte la salle de bain pour aller ranger la cuisine.

Ensuite, je m'attaque à mes révisions, parce que même si Sol s'avère ne pas être de ce monde, elle reste mon professeur-référent.

***

Alors que je m'approche des placards de ce qui me sert de cuisine, je me vois ralentir, comme si chacun de mes muscles n'était plus soumis à la bonne pesanteur. Je lutte de toutes mes forces, mais plus ça va, moins j'avance. *Qu'est-ce qu'il se passe encore ?*

Je force, de la même manière que si je tirais sur un élastique puissant, et, brusquement, c'est comme s'il avait lâché : je suis propulsée en avant dans la direction que je visais. Ça arrive si vite que j'en perds l'équilibre. *Le temps vient-il de subir une torsion ? Est-ce que c'est possible, ça ? Si les dieux existent, cela doit pouvoir se faire...*

Tout semble se stabiliser jusqu'à ce que le décor de mon appartement se fissure, comme si j'avais en face de moi une affiche en papier. Je cligne des paupières et, après un flash lumineux, Kyle est soudain planté devant moi.

– Nola, merci, tu vas bien ! s'exclame-t-il en se précipitant sur moi.

– Kyle, mais qu'est-ce qu...

– Je t'expliquerai plus tard ! On n'a pas le temps, me coupe-t-il en m'enveloppant de ses bras. Vide tes poumons et arrête de respirer !

J'obéis, et mes mouvements sont à nouveau ralentis. Impossible de garder les yeux ouverts, je sens juste Kyle qui m'écrase contre lui avec force, et tout s'accélère. J'entends les bruits de la vie en ville, puis des gazouillements d'oiseaux et, pour finir, plus rien.

Soudain, tout revient à la normale. Je rouvre les yeux. Kyle apparaît dans mon champ de vision alors qu'un vertige s'empare de moi et me donne carrément la nausée.

– La première fois, c'est toujours un peu violent, dit-il en me tenant par les épaules.

– C'était quoi, ça ? demandé-je.

– C'est un peu compliqué, je t'expliquerai quand on aura plus de temps.

Je reporte mon regard sur lui : mon malaise a disparu aussi vite qu'il était arrivé, je me sens déjà mieux.

– Qu'est-ce qu'il se passe ? demandé-je.

– Mane a des ennuis, m'annonce-t-il sans y aller par quatre chemins.

Les images de mon cauchemar de cette nuit prennent tout leur sens, la panique grimpe en moi à une vitesse affolante.

– Où est-il ?

– Je ne sais pas, Sol m'en a dit le moins possible... Ce n'est pas très sûr de donner des informations à voix haute... Je ne peux pas rester avec toi. Tu vas attendre ici, Hati viendra te chercher. Fais-lui confiance et suis-le, ok ? m'explique-t-il précipitamment.

– Euh... Ok, mais je...

Il tourne la tête sur la gauche, comme s'il entendait quelque chose.

– Je dois y aller. Attends Hati !

Le temps ralentit encore, et Kyle disparaît brusquement.

Je ne me rends compte que maintenant que je suis au pied du manoir où vivent Mane, Kyle et probablement Sol. Je fais un tour sur moi-même. *Attendre Hati...* J'ai déjà entendu ce nom en cours. Qui est-ce déjà ?

Au loin, j'aperçois le banc où Kyle et moi avons discuté avant que Mane n'arrive avec ses papillons. *J'espère qu'il va bien.* Mon cœur tressaute, je m'inquiète pour lui.

– Nott…

Je regarde à gauche, puis à droite, comme si j'allais traverser un passage pour piétons.

– Il y a quelqu'un ? envoyé-je.

– Nott… répète la même voix.

Je me retourne en direction de celui qui m'appelle. *Est-ce Hati ?* Derrière moi, il n'y a personne.

Je lance mon regard en direction du manoir : d'ici, je vois clairement qu'une partie du toit s'est effondrée, comme si une voiture s'était garée directement dans la charpente. Je fronce les sourcils.

– Nott !

Cette fois, après un demi-tour sur moi-même, je tombe nez à nez avec quelqu'un. Un homme est planté à un mètre de moi. Je le reconnais aussitôt, c'est le type du bar, le même que Kyle a appelé la dernière fois que je suis venue ici et qui est parti précipitamment quand Mane est arrivé. *D'où sort-il subitement ?*

– Salut, dit-il.

– C'est toi Hati ? lui demandé-je.

Il secoue la tête pour me faire comprendre que non.

– Je suis Meili.

Meili ? Le dieu de l'oubli ? Mon dieu ! De l'oubli !

Avant que j'aie le temps d'aller au bout de ma pensée, il tend une main vers mon visage et effleure ma joue.

– Souviens-toi ! articule-t-il.

Tout disparaît autour de moi, et j'entame une chute vertigineuse. Qu'est-ce qu'il se passe ? L'obscurité m'enveloppe, me privant de mes sens. Ce n'est donc pas moi qui la provoque…

Je cherche à bouger, mais en vain. Je suis comme en stand-by, alors j'arrête de lutter. Je ferme les yeux.

***

Ma chute s'arrête soudain, et le décor apparaît peu à peu autour de moi. Fini l'obscurité. Où suis-je ? Aucune idée. J'ai une sensation étrange, comme si je marchais sur des tapis trop épais ; mes baskets sont pourtant posées sur du gravier. Je suis sur un chemin dégagé, dans ce qui ressemble à un parc. Un détail non loin attire mon attention : une fille est assise sur le bord d'un pont en pierre. Ses jambes pendent dans le vide, elle les balance lentement, le regard perdu en direction du jour qui laisse place au crépuscule.

Il me faut un instant pour comprendre que cette fille, c'est moi. Du moins mon parfait sosie, mais habillé différemment. Alors que je porte des Converse classiques, cet autre moi semble préférer les bottines en cuir noir. Quand je m'acharne à vouloir dompter mes cheveux, elle laisse ses boucles sombres prendre l'espace qu'elles veulent. Ça lui va bien.

Je reste immobile, incapable d'effectuer le moindre mouvement pendant plusieurs longues secondes, avec une seule pensée en tête : voilà la fameuse Nott.

Ce que je vis doit donc être un souvenir.

Je sens une ombre passer à côté de moi. Je recule au ralenti, comme si j'étais un intrus dans le paysage. Mes pas ne font aucun son, je n'existe pas vraiment dans cette réalité.

Mane s'avance vers Nott. Pas le Marchand de sable tel que je le connais, mais Mane. Celui qu'il devait être... avant... Celui-ci a la peau immaculée. Pas un tatouage n'habille ses bras, contrairement à aujourd'hui.

Il ne me remarque pas, pourtant, il me frôle. Je sens un souffle frais m'effleurer, puis il s'estompe à mesure que Mane s'éloigne de moi. Il rejoint Nott et passe une main dans son dos. Elle ne réagit pas.

Je vois les lèvres de Mane bouger mais je n'entends pas ce qu'il lui dit. Alors que j'esquisse un pas en avant, je suis comme propulsée juste à côté d'eux, sur le pont.

– Sais-tu depuis combien de temps je te cherche ? demande Mane.

Nott ne répond pas. Je dirais même qu'elle l'ignore, comme si elle ne le voyait pas.

Est-ce que j'étais cette garce insensible ? J'ai honte !

Il soupire et se glisse dans son dos. Ses bras s'enroulent autour des épaules de cet autre moi, et son nez va se nicher dans le creux de son cou. Impossible de chasser l'envie qu'il fasse de même avec moi au présent.

– Tu sens si bon, murmure-t-il. Ma déesse...

– Je ne suis pas ta déesse.

Il ne répond pas et la serre un peu plus dans ses bras. Je le vois inspirer une autre bouffée de son odeur.

Il finit par poser son menton sur l'épaule de cette Nola froide et insensible pour regarder lui aussi l'horizon et le coucher de soleil qui fait briller l'eau sous leurs pieds.

– Mane...

La voix de ce moi du passé a l'air tellement plus mature...

– Mmh ?

– J'ai peur... se confie-t-elle.

Je fronce les sourcils et, brutalement, je me retrouve de l'autre côté du pont. De ce point de vue-là, je distingue une petite larme couler sur sa joue. Mon cœur se serre : elle semble anéantie.

– Je suis là... lui répond Mane d'une voix assurée.

Une ombre me surplombe soudain, puis une carrure imposante se matérialise à mes côtés. Je tourne la tête pour découvrir le Marchand de sable, celui dont la peau est tatouée. Le mien.

Il ne me regarde pas, il fixe la scène sous mes yeux. Son souffle est court, comme s'il avait couru un sprint, et son visage d'habitude si serein affiche un air peiné. Un battement de cils de ma part, et il n'est plus là. Merde, était-ce réel ? La voix de Nott en face de moi me rappelle vers le couple.

– Justement, Mane, tu dois arrêter. Une autre t'est destinée... Elle te rendra plus heureux que moi. Tu le mérites.

– Peu m'importe ce qu'ils en disent : tu es celle qu'il me faut, coupe l'autre Mane en se redressant.

– Tu es trop sûr de toi ! Tu dois arrêter de nous croire invincibles ! Certaines choses nous dépassent... siffle l'autre moi en le repoussant.

Ils se lèvent d'un même mouvement et se retrouvent face à face. Un silence se fait, ils s'observent comme s'ils allaient s'entre-tuer d'une seconde à l'autre.

Le Marchand de sable réapparaît dans mon angle mort. Je tourne la tête, il semble se prendre la scène de plein fouet. Ses mâchoires sont crispées, et je pourrais parier qu'il m'empêchera d'approcher si je tente un mouvement. J'ai l'impression de violer son intimité, de lui arracher un moment qui n'appartient qu'à eux. Son image se fissure, disparaît et réapparaît tout juste lorsqu'il tourne la tête dans ma direction. Il me parle, mais sa voix ne me parvient pas.

– Tu comptes répondre à ma question un jour ? demande le Mane sans tatouages.

Nott recule et baisse les yeux, frôlant au passage le vrai Marchand de sable qui est planté à côté de moi. Je me décale, de peur qu'ils nous surprennent.

– Panique pas, nous ne sommes pas vraiment là... souffle-t-il sans me regarder.

La main de Nott finit par lui passer à travers l'avant-bras pour rejoindre celle de Mane, comme si le Marchand de sable et moi n'étions que des fantômes. Lui disparaît et réapparaît à plusieurs reprises.

– C'est un souvenir ?

– Oui... Je te cherche partout, et c'est ici que tu es, dans le monde des Songes. Je ne devrais pourtant pas être surpris... Mais comment es-tu arrivée ici ?

– J'ai croisé Meili en attendant euh... Hati.

Il fronce les sourcils.

– Meili, tu es sûre ?

Je hoche la tête en guise de réponse. Il semble reprendre son souffle, comme s'il résistait à l'envie d'exploser de colère.

– Ok... Bon, il faut qu'on se casse.

Il commence à s'éloigner, mais j'attrape son bras.

– Non, attends... murmuré-je.

Il fronce les sourcils et regarde les autres nous qui se sont immobilisés, perdus dans le regard l'un de l'autre.

Mane libère son bras en douceur et le repasse dans mon dos pour me tirer vers lui.

– De tout ce que tu m'as fait endurer, ce souvenir reste le meilleur, murmure-t-il.

La seconde suivante, il disparaît à nouveau alors qu'il semblait sur le point de dire autre chose, puis la scène semble reprendre vie :

– Je ne peux pas te donner de réponse, Mane.

– Oui ou non ? C'est pourtant simple ! s'exclame-t-il.

Je me crispe en même temps qu'elle. Je suis reliée à elle et inversement.

– Ne me hurle pas dessus !

Elle envoie tant de haine dans sa direction que la nuit semble s'écraser sur le décor autour de nous. C'est furtif, le coucher de soleil revient aussitôt.

– Calme-toi... souffle l'autre Mane.

– Tu...

Il s'approche d'elle et l'attrape sans lui demander son avis alors qu'elle commençait à reculer. Les larmes qui quittent ses cils ne m'échappent pas. Ma gorge se noue sans que je puisse l'en empêcher. L'autre Mane la prend dans ses bras, il l'enlace avec douceur. Elle le repousse, mais il insiste, et, finalement, elle le laisse faire pour fondre en larmes. Et ce souvenir est le meilleur du Marchand de sable ? Il est trop difficile à regarder pour moi.

Je détourne les yeux pour chasser les larmes qui les emplissent.

– Tu as juste à me dire oui… Un mot, déesse !

Elle plonge le nez dans son cou, passe ses bras autour et grimpe sur la pointe des pieds.

– On ne devrait pas… murmure-t-elle.

– Mais on se fout pas mal de ce qu'on devrait ou non… Je n'en peux plus d'attendre. Je vais finir par demander à Kvasir de faire avancer le temps et je pourrai enfin passer cette putain de bague autour de ton doigt !

Je m'arrête de respirer. Une bague ? Ce n'est pas possible, ce n'est pas ce que je crois ? Je baisse les yeux sur ma main gauche, la petite lune en or est toujours là. Lui et moi n'étions pas mariés tout de même ?

Ne trouvant pas de réponse à cette question, ou ne souhaitant pas en trouver, je plante mon regard sur le couple face à moi. L'autre Mane recule pour scruter Nott. Il essuie ses joues et il lui sourit.

– Tu es à moi, déesse, à personne d'autre. Et ce tant que le temps lui-même existe, tu entends ? La lune et la nuit, depuis toujours.

Elle hoche la tête en souriant entre ses larmes. Il l'embrasse avec tant d'amour que je sens une boule douloureuse se nouer dans ma gorge.

– Dis-le…

– Oui… Bien sûr que je veux devenir ta femme, dieu de la lune. Mais je t'aurai prévenu…

Il rit et l'embrasse.

Mane, à côté de moi, se cale brusquement dans mon champ de vision, reprend son souffle et attrape mes épaules. Mais ses mains ne me touchent pas, comme s'il n'était pas vraiment là. Que lui arrive-t-il ?

Je le vois tourner la tête, comme s'il entendait quelque chose qui le terrifiait.

– Nola ! Ouvre les yeux ! Tu dois partir avec...

La fin de sa phrase est si hachée que je ne comprends rien. Je saisis juste son état de panique. Mane est déjà plus loin et il s'éloigne encore sans marcher.

Je cherche à le rejoindre, mais il disparaît tandis que sa voix résonne dans ma tête.

– Ouvre les yeux et pars avec Hati !

« Ouvre les yeux » ? *Mais je ne dors pas ! Comment faire ?*

Je ferme les paupières avec force, tentant d'ignorer le monde autour de moi.

– Ouvre les yeux... Je te trouverai !

CHAPITRE 34

NOLA

Je bats plusieurs fois des paupières, gênée par la lumière du soleil. Je me relève. J'étais allongée dans l'herbe du jardin du manoir quand mes paupières ont enfin obéi. Meili n'est plus là, Mane non plus. À la place, un loup géant est assis en face de moi. Je le reconnais immédiatement, c'est celui que j'ai déjà vu aux côtés de Mane. Si les crocs qui dépassent de sa gueule n'avaient pas l'air si affûtés, je pourrais presque avoir envie de passer les mains dans sa fourrure marron foncé tant elle paraît soyeuse. Il est si grand que mes bras pourraient s'enrouler autour de son encolure sans que j'aie à me baisser. Son regard perçant est braqué sur moi, et il n'esquisse pas le moindre mouvement.

– Monte.

La grosse voix grave qui vient de prononcer cette phrase résonne dans l'air. Le loup en face de moi cille puis se redresse sur ses pattes. Je sens la chaleur que dégage son épais pelage. Il est si près que j'entends l'air remplir et vider ses poumons.

Est-ce lui qui vient de me dire ça ? *Ne raconte pas n'importe quoi, Nola, les loups ne parlent pas !*

Il me passe devant puis tourne la tête dans ma direction.

– Je suis Hati*, Mane m'a chargé de te protéger. Monte, ils arrivent !

Ok, c'est donc bien lui qui parle ! Ai-je vraiment été habituée aux bizarreries de ce monde un jour ? Qui arrivent ? Ceux qui s'en prenaient à Mane, où qu'il se soit trouvé ?

Avant que j'aie le temps de me poser plus de questions, le loup me souffle au visage comme pour me signifier son mécontentement. Il a une haleine de charogne. Ne voulant pas lui servir de repas, j'obéis.

Je ne sais pas vraiment comment m'y prendre pour monter sur son dos. Il est aussi haut qu'un cheval ou presque. J'essaie d'abord de grimper sans trop le toucher, mais c'est bien moins simple que ça n'en a l'air. J'enfonce une de mes mains dans sa fourrure, aussi soyeuse que je le pensais, et parviens à me hisser sur son dos.

– Accroche-toi.

Accroche-toi, accroche-toi... Il est mignon, lui ! Ce n'est pas comme s'il avait une selle intégrée.

J'agrippe autant de poils que possible et je m'écrase contre lui jusqu'à avoir le nez dans son pelage. Il s'élance immédiatement.

Je peine à relever les yeux devant moi, le mouvement régulier de sa course m'oblige à rester plaquée contre son dos. Le paysage défile si vite autour de moi que je ne distingue plus rien. Les couleurs se mélangent pour ne former qu'une masse grise indistincte.

Après plusieurs longues minutes, il finit par ralentir. Son souffle est rapide, et je sens son cœur battre contre moi.

Je me redresse. Le lieu dans lequel nous nous trouvons à présent est magnifique. J'en ouvre la bouche de stupeur.

Le loup s'immobilise.

– Nous y sommes.

– C'est quoi, cet endroit ? je me surprends à lui demander à voix haute comme si c'était naturel.

– Alfheim*, répond-il dans un râle.

Comment communique-t-il ? Prononce-t-il les mots ou résonnent-ils simplement dans ma tête comme par télépathie ?

Nous avançons dans une sorte de jungle. Le loup se faufile entre de grands arbres aux troncs onduleux qui grimpent en torsade et disparaissent dans un épais feuillage qui cache le ciel. L'ambiance qui règne ici est lumineuse, pourtant, le soleil ne perce nulle part dans la canopée.

– Ici vivent les elfes blancs.

– Les elfes ?

– Les elfes !

Nous avons donc changé de monde ? Oui, il a dit que nous étions à Alfheim !

Je lève la tête pour admirer l'architecture naturelle que forment les branchages qui s'entremêlent. Ça pourrait être un parfait bordel, mais c'est au contraire aussi bien orchestré que si c'était l'homme qui avait créé ça. Pourtant, tous ces arbres géants semblent avoir poussé d'eux-mêmes jusqu'à prendre pleine possession des lieux. Partout au sol poussent des plantes vertes, des orchidées aux couleurs chatoyantes, des fleurs immenses que je parierais être carnivores et pouvoir digérer un chien. Depuis les arbres pendent des fruits qui dégagent des odeurs sucrées et donnent envie de les goûter.

Le loup se penche et me laisse descendre. Mes baskets atterrissent sur une épaisse mousse d'un vert éclatant. Il s'assied à côté de moi et regarde devant lui. Nous sommes à l'entrée d'un village que je n'aurais jamais pu imaginer même dans mes rêves les plus fous. Et ce n'est pas peu dire dans mon cas.

Entremêlées dans les arbres, que cela soit au sol ou en hauteur, se trouvent des maisons dont les couleurs vives jurent avec celles, naturelles, de la jungle dense qui déborde par chaque espace libre.

– Va ! Mane viendra.

Le loup me regarde puis effectue un mouvement de tête vers ce qui doit être la place centrale du village. Je lui fais un sourire, et il bâille à gorge déployée. Je vois toutes ses dents. *Oh mon Dieu…*

– Traverser l'Yggdrasil est éreintant.

Il se lève et m'envoie un coup de queue qui m'oblige à avancer de plusieurs pas pour ne pas tomber face contre terre. Il plonge dans la verdure et disparaît.

– Déesse Nott.

Je fais volte-face et me retrouve devant un petit homme à la peau couleur olive. Il ne porte qu'un large pantalon en lin. Il s'approche et me prend dans ses bras.

– Déesse Nott, ton âme est affaiblie, dit-il avant de reprendre sa place initiale. Suis-moi, Mane m'a chargé de te conduire.

***

Cet être étrange – un elfe, d'après ce que m'a dit le loup – m'a fait grimper aux arbres. J'ai maintenant atteint une hauteur impressionnante. Je m'oblige à ne pas regarder en bas. Si j'ai le vertige, je ne pourrai pas aller plus loin.

– Nous sommes bientôt arrivés, déesse de la nuit.

C'est la troisième fois qu'il dit ça, il radote !

Lui passe avec une simplicité déroutante entre les maisons et les arbres torsadés, sautant de branche en branche. Moi, j'en bave : mes cheveux s'accrochent dans les feuilles, mes baskets glissent, mes vêtements ne me laissent pas bouger avec aisance. Je comprends pourquoi il ne porte presque rien, c'est bien plus simple.

Jusqu'où va-t-on grimper comme ça ? Je m'arrête là où je suis, sur une branche tout juste assez large pour m'accueillir. Je dois reprendre mon souffle, c'est plus sportif que ça n'en a l'air.

Je regarde autour de moi, le feuillage touffu bloque tout horizon. Comment mon guide sait-il où on va ? *D'ailleurs, où est-il ?*

Je me redresse subitement. *Pas de panique, Nola, il va...*

Une main sort des feuillages au-dessus de moi, me faisant sursauter.

– Par ici !

Je saisis l'aide qu'il me propose, et sa force me propulse en l'air. Je traverse le feuillage, me faisant fouetter le visage au passage, ce qui m'oblige à fermer les yeux jusqu'à ce que mes pieds se posent sur un sol plutôt souple.

Je regarde autour de moi : je dois être arrivée à destination parce qu'il est impossible d'aller plus loin.

Nous sommes sur le toit de cette forêt. Le soleil est de nouveau visible, il brille dans un ciel grandiose. J'ai l'impression qu'il n'a jamais été aussi proche de moi, et pourtant, sa chaleur ne brûle pas. Je ne suis pas aveuglée, la sensation de ses rayons sur ma peau est douce et bienveillante.

– Te voici sur la canopée. Avance et attends Mane, annonce mon guide.

Sans me laisser le temps de lui répondre, il se laisse chuter dans les feuillages en contrebas. *Quelle étrange rencontre...*

J'avance dans la direction indiquée. J'ai peur que mes pieds ne passent au travers des feuilles immenses sur lesquelles je progresse alors je regarde bien où je les mets.

Après un court instant de marche, je me retrouve devant une petite maison identique à celles que j'ai vues en bas. Je pousse sa porte en bois sans me poser de questions. L'intérieur est cosy, des tapis recouvrent le sol, et une douce odeur d'encens se fait sentir. La pièce est ronde, pas d'angle pour terminer les murs. Une atmosphère naturelle règne y compris dans les demeures de ce peuple. Je ne sais pas d'où vient la lumière qui éclaire la pièce car je ne vois pas de fenêtre.

Un escalier attire mon attention. Le tapis qui recouvre ses marches est si moelleux que j'enlève mes baskets. Les marches, un peu hautes, me surprennent. Puis j'arrive sur une terrasse panoramique. En son centre trône un lit rond, immense, et couvert de je ne sais combien de couvertures.

Le soleil est suffisamment descendu pour qu'il fasse plus froid. Je redescends donc pour me mettre à l'abri.

De retour dans la pièce principale, je m'assois dans le grand canapé composé d'une matière que je ne connais pas, puis finis par me rouler en boule dans celui-ci en remarquant une porte que je n'ai pas poussée sous l'escalier. Tant pis, ma découverte de cette maison devra attendre, je suis épuisée par toutes ces émotions.

Alors que j'ai tout le confort pour être aussi heureuse qu'un chat au coin du feu, mon esprit ne pense qu'à Mane. *Où est-il ?* Je reste à l'affût du moindre bruit qui annoncerait sa venue.

***

Un fracas assourdissant me tire du sommeil. J'ouvre les yeux pour voir la porte de cette maison hors normes rebondir contre le mur avec force. Un corps prend appui contre le chambranle, mal en point. Le regard épuisé et le visage en sang, il me fixe une longue seconde avant de s'écraser lourdement par terre. L'espace s'emplit de petits reflets rouges virevoltant nerveusement autour du corps qui ne se relève pas. Le mien bondit hors de mon cocon.

– Mane !

Lorsque je m'agenouille à côté de lui, j'arrête mes mains avant de toucher son épaule. Ses tatouages, habituellement immobiles, dansent sur sa peau. Je n'ose pas le toucher. Je panique bêtement en sentant des larmes brûlantes monter jusqu'à mes yeux.

– Mane, je… je ne sais pas quoi faire, murmuré-je.

Il ne bouge pas, sa respiration est saccadée, et il grogne de douleur tandis que tout son corps est parcouru de contractions. Le spectacle est déchirant.

Je me risque à toucher sa peau, et, aussitôt, mon doigt est traversé d'une vive douleur qui semble se répercuter dans tout son être parce qu'il crie en se contractant davantage. L'encre noire s'agrippe à mon doigt comme si elle cherchait à le fuir, mais finit par retomber sur sa peau pour reprendre sa danse affolée.

– Me touche pas, gronde Mane.

– Ok. Mais… je fais quoi ? demandé-je, paniquée.

J'essaie de les retenir, mais les larmes que je sentais arrivent près de mes cils : je suis impuissante alors qu'il souffre.

– L'eau… parvient-il à articuler.

Sa voix disparaît dans un grincement de douleur qui lui coupe le souffle. *De l'eau ? C'est bien ce qu'il vient de dire ? Trouver de l'eau pourrait l'aider ? Ok, Nola, réagis !*

Je me relève précipitamment et chasse les papillons qui viennent me fouetter le visage en priant pour que la seule pièce que je n'ai pas explorée dans cette maison soit une salle de bain.

Je cours et ouvre la porte repérée tout à l'heure. *Bingo !* Une drôle de feuille forme ce qui doit être une baignoire au fond de la pièce. Elle est d'ailleurs remplie d'une eau claire. Une goutte tombe dedans depuis le plafond.

Je plonge mes mains dans cette réserve, mais je me rends vite compte qu'une fois arrivée vers Mane, j'aurai juste les mains mouillées et pas vraiment d'eau à lui offrir. *Est-ce qu'il doit la boire ? Ou dois-je en verser sur lui ?*

Je l'entends rager de douleur dans l'autre pièce, ce qui déclenche une nouvelle crise de panique en moi. *Concentre-toi, Nola !*

Je regarde autour de moi et trouve un genre de seau en bois. Je le remplis et me précipite vers Mane. Ses papillons ne m'agressent pas, ils s'écartent même sur mon passage mais, malgré ça, je me prends les pieds dans un coin de tapis puis, entraînée par le poids du seau, je vois tout son contenu se déverser sur Mane.

Les papillons s'arrêtent de bouger, tout comme leur maître, ainsi que l'encre sous sa peau. L'eau réagit sur lui comme s'il était bouillant, de la vapeur s'élève au-dessus de lui en un gros nuage. Celui-ci flotte au milieu des papillons qui s'affolent avant de fondre sur Mane dans un tourbillon qui fait voler mes cheveux dans tous les sens. Puis plus rien. Le calme et la sérénité reviennent si brutalement que j'ai l'impression d'avoir perdu l'audition.

Avec un cœur qui bât encore bien trop vite, je m'accroupis et me laisse glisser à côté du Marchand de sable, immobile et respirant lentement comme s'il dormait. J'attrape mes jambes de mes bras.

– Mane… chuchoté-je.

– Mmh…

– Ça va ?

J'essuie mes joues d'une main.

– Putain, Nola… commence doucement Mane.

Sa voix est étouffée par sa position face contre terre, son visage est tourné de l'autre côté, si bien que je ne vois que ses épaules bouger lorsqu'il parle.

– Je suis trempé, bordel…

– Quoi ?

– Une goutte aurait suffi, termine-t-il en se redressant difficilement pour me regarder.

Ses coudes sont plantés dans le tapis, et son visage en sang dégouline d'eau. Ça l'aura au moins lavé !

Il me fixe avec une colère non dissimulée. *Je l'aide, et c'est comme ça qu'il me remercie ?*

– Tu oses te plaindre ? grogné-je.

Un ton catégorique est sorti de ma bouche sans que je m'y attende. Mane ouvre de grands yeux, puis un faible sourire anime son visage fatigué. Il se laisse retomber sur le sol lourdement.

– Ravi que tu ailles bien, ma déesse… souffle-t-il.

– Non, je ne vais pas bien.

Silence. Je lance un pied dans ses côtes. Il grogne en remuant un peu.

– Oh ! Qu'est-ce qu'on fait maintenant ? lui demandé-je sèchement. Et qu'est-ce qu'il t'est arrivé ? Est-ce qu'on est en danger ?

– Je dors… Laisse-moi m'en remettre, je viens de traverser cette forêt après avoir croisé ces garces de walkyries, et aucune d'elles n'était ravie de l'issue de ce face-à-face.

Il bâille.

– Normalement, on est tranquilles ici… termine-t-il. Viens dormir avec moi.

– T'es trempé… murmuré-je.

– C'est ta faute, ça !

CHAPITRE 35

NOLA

Il est gelé, son corps tremble. J'ai pourtant étalé sur lui trois grosses couvertures, mais rien à faire, il ne se réchauffe pas. Je suis allongée en face de lui avec un bout de couverture sur moi, à même les tapis. Ses yeux sont fermés, ses traits tirés, et sa respiration suit les tremblements de son corps. Mais il est bien trop massif pour que j'envisage de le tirer jusqu'au canapé : je n'y arriverai jamais.

– Mane…

– Mmh…

Je tends la main pour toucher son visage. Sa peau est froide. Dans un geste inattendu, il s'empare de mon avant-bras et me tire vers lui.

– Tu me manques, Nott… Viens, murmure-t-il.

Je n'arrive pas à résister à sa force, mais le tenté-je seulement ? Lentement, je me retrouve juste devant lui. Il serre mon bras contre lui, toujours les yeux fermés. Mon nez est juste devant le sien, son souffle tiède vient me chatouiller la bouche. *Cette bouche*... Ses lèvres sont bien dessinées, à peine entourées d'une barbe naissante. Je suis les contours de sa mâchoire puis remonte sur sa pommette et je suis surprise de capter son regard. La couleur de ses yeux a changé. Les rétines de l'homme en face de moi sont bien plus claires que celles de celui qui me pourchassait dans mes songes.

– Nott... chuchote-t-il.

Ce mot m'atteint comme s'il caressait ma peau avant que le bras musclé de Mane ne se glisse avec lenteur jusqu'à moi, encercle ma taille et m'attire encore plus proche de lui. Nos bouches se trouvent comme si ce geste était habituel. Je n'essaie même pas de reculer, ce contact me plaît. Ses lèvres jouent avec les miennes, sa langue pimente le tout avec de petits à-coups. Lorsqu'il mordille ma lèvre inférieure un gémissement m'échappe, incontrôlable, comme ce qui monte en moi trop brusquement pour que je l'arrête.

Mane rompt ce baiser en se tournant pour se retrouver dos au sol. Je suis son mouvement et me retrouve sur lui, mes cuisses de chaque côté de ses hanches. *Cette vision de mes mains sur son torse, agrippant son haut taché de sang ne partira jamais de mon esprit ! Il est divinement beau.*

Il tire sur mes poignets sans me quitter des yeux, m'obligeant à m'allonger sur lui pour que nos lèvres se scellent enfin de nouveau. J'ai le sentiment de retrouver de vieux réflexes. Mes mains semblent savoir mieux que moi ce qu'elles doivent faire. De même que ma bouche qui se love dans une petite zone très douce de son cou. Je ferme les yeux et respire son odeur envoûtante.

Ses mains glissent sous mes vêtements et prennent possession de ma peau en de multiples caresses avant de redescendre s'arrimer à mes hanches.

Je vais à nouveau goûter ses lèvres, elles m'accueillent comme s'il avait soif de moi tandis que son bassin remonte vers le mien. La pression qu'il exerce est parfaite et si bien placée que je ne peux pas tenir la cadence de ses lèvres. Je gémis et l'entends ricaner tandis qu'il bouge sous moi avec plus de précision encore.

– Mane ! murmuré-je au bord de la délivrance.

Comme s'il comprenait mon avertissement, il s'arrête et libère mes hanches pour poser ses mains sur mes joues.

Je rouvre les yeux et plonge dans son regard, comme si je revenais de loin. Il me sourit, dépose un baiser sur mes lèvres, puis un autre, et finalement m'embrasse avec une douceur inattendue.

Il finit par s'arrêter pour me regarder et fronce les sourcils. Son pouce rattrape une larme qui vient de fuir ma paupière.

– Pourquoi ? demande-t-il à voix basse.

– Je ne sais pas… Je crois que je suis heureuse.

Il m'embrasse à nouveau puis pose son front sur le mien.

– Ne me laisse plus jamais… S’il te plaît, ne recommence pas.

D’autres larmes glissent sur ma peau. Je hoche la tête, m’excuse et l’embrasse, puis recommence.

– Dieu de la lune… nous interrompt soudain une voix fluette.

Mane sursaute autant que moi, et son premier réflexe est de me protéger de l’intrus qui vient de s’exprimer.

– Fénir… Rappelle-moi à quoi servent les portes ! envoie-t-il avec colère.

– Je ne sais pas. Vous, les dieux, êtes les seuls à vous en servir, lui répond le nouveau venu.

Je reconnais l’elfe qui m’a conduite ici. Il est planté devant la porte, à l’intérieur, sans paraître gêné.

Mane me repousse doucement, et nous nous levons. Le Marchand de sable a le droit au même traitement que moi en matière de salutations : l’elfe le prend dans ses bras. Son visage n’affiche aucun plaisir à cette étreinte, c’est au contraire comme s’il en souffrait.

– Ton corps est faible, mon ami. Je vais te conduire à la source, ajoute-t-il en toisant Mane.

– D’accord… Mais elle vient aussi, répond Mane en me montrant du menton.

– Vos esprits sont éloignés, vos âmes en souffrent, la source vous fera du bien à tous les deux, confirme l’elfe.

Mane soupire, me lance un regard et me tend une main, que je saisis sans hésiter.

Nous marchons sur la canopée, derrière l'elfe qui prend vite de la distance.

– On va où exactement ?

– À la source de vie. C'est un endroit particulier qui nous… recharge. J'ai pensé que ça te ferait du bien, m'explique-t-il.

J'imagine aussitôt une fontaine naturelle à laquelle je vais boire une gorgée d'eau.

– C'est quoi, ce délire, avec nos âmes et nos corps ? Quand je suis arrivée, il m'a dit que mon âme était affaiblie.

Mane me lance un petit regard avant de me répondre :

– Les elfes blancs ressentent tout. C'est pour ça qu'ils vivent au Alfheim, loin des dieux et des hommes… Les frontières de ce monde sont bien gardées, sinon ils vivraient un enfer. Ils happent chaque sentiment des personnes qui pénètrent ici : rancœur, douleur, envie…

– Pourquoi nous avoir acceptés alors ?

– Ceci est une autre histoire. Disons qu'ils nous devaient bien ça…

Alors que je scrute le Marchand de sable en me demandant ce que Mane et Nott ont bien pu faire pour s'attirer les faveurs de ces elfes blancs, celui qui nous accompagne s'immobilise.

– Vous avez jusqu'au lever du soleil ! nous dit-il avant de faire une courbette.

Mane le remercie, et l'elfe disparaît, comme tout à l'heure, dans la végétation.

Devant nous, un trou béant laisse filtrer une douce lumière. L'air ambiant est plus doux que lorsque nous sommes sortis de la maison.

Je relève la tête pour échanger un regard avec Mane. Il hausse un sourcil, et un petit sourire étire ses lèvres.

– C'est le moment de se mettre à nu, déesse ! me chuchote-t-il.

Quoi ?

Sans attendre, il tire sur le col de son haut afin de le retirer. Il se retrouve torse nu devant moi, et ma mâchoire manque de se décrocher. J'avale ma salive. L'expression « sculpté comme un dieu » vient de prendre tout son sens à mes yeux. Les Grecs peuvent aller se rhabiller…

Avec un sourire moqueur, il commence à s'attaquer à la ceinture de son jean.

– T'es sérieux ? le coupé-je. Tu vas vraiment te mettre à poil sous mes yeux ?

Il rit en baissant la tête, m'obligeant à reprendre mon souffle.

– Je suis toujours…

Il retire sa ceinture des passants en tirant dessus d'un coup sec.

– … très…

Il déboutonne son jean.

– … sérieux.

Son vêtement rejoint sa ceinture et son tee-shirt au sol, puis il attrape l'élastique de son boxer. Je détourne la tête à la dernière seconde. *Il l'a vraiment fait !*

Je me sens rougir, je n'ose même plus regarder vers lui. Mais même sans ça, je le devine qui s'étire comme s'il s'apprêtait à participer à une course. *Il ne va quand même pas sauter ?*

– Alors ? Tu joues à la fille coincée maintenant ? raille-t-il dans mon dos.

– Hors de question que je me mette nue devant toi, répliqué-je.

– Tu ne rechignais pas à l'époque… ricane-t-il.

– J'ai aucun moyen de le vérifier, alors on va dire que tu mens !

Il se met à rire, obligeant un sourire à éclairer mon visage.

Ne l'entendant plus, je tourne la tête pour le voir s'avancer totalement nu vers le trou. Son dos se termine en une chute de reins musculeuse puis se transforme en des fesses sculptées et rebondies qui se contractent à chacun de ses pas. *Bon sang…* Je ferme les yeux. Je n'ai pas eu beaucoup de petits amis, mais aucun ne m'a jamais fait cet effet.

– Allez, Nola, enlève-moi ces fringues et viens ! gronde-t-il.

Il saute et disparaît dans la lumière. Un instant plus tard, un bruit de plongeon m'annonce qu'il est arrivé à destination. *Bonne nouvelle, il y a de l'eau au fond ! Mais c'était long. Elle se trouve à cinquante mètres ou quoi ?*

– Déesse, viens ici ! Tu adorais sauter avant, alors ne me fais pas croire que tu hésites !

Je m'avance prudemment du bord et lance un coup d'œil au fond. Impossible que je saute, c'est beaucoup trop haut et trop peu profond. Comment a-t-il fait pour ne pas se tordre la nuque ?

– Je vais venir te chercher, Nola ! menace le Marchand de sable.

Il nage sur place en bas. Il a les yeux rivés sur moi et se mord la lèvre inférieure.

– Mais qu'est-ce que tu attends ?

Le problème est-il vraiment la hauteur ou ce qu'il pourrait se passer une fois que je serai avec lui dans cette source, sans vêtements pour nous séparer ?

Mais si la Nott d'avant n'avait pas peur, hors de question que je perde la face !

Je prends une grande inspiration et retire mes vêtements un à un, tournant le dos à un Mane qui ne me quitte pas du regard. Après une nouvelle seconde d'hésitation, j'avance doucement jusqu'au bord du gouffre, avec mes bras pour seul vêtement.

Je regarde mes pieds qui sont vraiment tout au bord. *Ouvre les yeux, Nola ! Tu en meurs d'envie, non ?*

– Arrête de réfléchir !

– Deux minutes ! répliqué-je aussitôt.

Je l'entends rire. Ça semble l'amuser. Sa voix résonne jusqu'à moi en se répercutant contre les parois faites de branchages et de feuilles entremêlées.

– Saute ou je les envoie te pousser ! menace-t-il alors que des milliers de papillons sortent du trou formé par la source.

CHAPITRE 36

NOLA

Il ne ferait pas ça ?

Je recule, mais il est trop tard. Ils m'enveloppent et me poussent vers le bord. Je ne vois rien de ma chute, elle est rapide. Très vite, je percute l'eau.

C'est comme retrouver son lit en pleine nuit après l'avoir quitté de force parce qu'on avait soif, comme retrouver la chaleur d'un salon convivial après une longue balade en hiver… Le bien-être qui m'englobe soudain me donne envie de ne plus jamais remonter à la surface, mais mes poumons me poussent à ne pas l'écouter.

Mon visage retrouve l'air, dont j'aspire une pleine bouffée en repoussant mes cheveux de mon visage. *J'aurais dû les attacher !*

Lorsque je rouvre les yeux, Mane me dévisage avec un drôle d'air. Je fronce les sourcils, lui aussi. Il reste à bonne distance.

– Quoi ? interrogé-je.

Les mouvements de mes bras et de mes jambes m'aident à rester à la surface. J'ai l'impression d'être emmitouflée dans une couette plus douce que jamais. Je ne sens pas l'eau qui m'entoure. C'est à la fois fascinant et effrayant, un peu comme tout ce qui se trouve ici.

– Je déconnais, Nola, me dit Mane très sérieusement.

Mais de quoi parle-t-il ?

– Tu déconnais de quoi ?

Il hausse un sourcil, un petit sourire étire ses lèvres, et son regard se remplit de malice.

– Quoi ? répété-je.

Cette fois, il rit carrément. *Mais qu'est-ce qu'il lui prend ?* Il soupire et se passe les mains sur le visage.

– Même à l'époque, tu ne voulais pas sauter…

J'ouvre la bouche. *L'enfoiré m'a menti ? Il m'a mise en compétition avec moi-même ?* Je ne suis pas si différente de sa déesse Nott, apparemment. *Sauf qu'elle devait être moins naïve !*

L'air qu'affiche mon visage doit lui plaire parce qu'il explose de rire.

– Un jour, on a fait le pari que jamais je n'arriverais à te faire sauter ici et complètement nue. On dirait bien que j'ai gagné…

– C'est bizarre, je n'en ai aucun souvenir, moi, répliqué-je.

Son sourire s'évanouit, et son regard se durcit.

– Moi, je m'en souviens, c'est l'important, lâche-t-il après un silence.

Je détourne le regard. Je sens naître en moi de la culpabilité, et je n'aime pas ça.

Je nage pour m'approcher de lui. *Allez, change de sujet, Nola !*

– Et qu'est-ce que tu as gagné ?

Il fronce les sourcils et se mord la lèvre inférieure.

– Viens, je vais te montrer.

Il tend une main vers moi. Les tatouages qui ornent sa peau jusqu'au bout de ses doigts font tache avec la pureté de l'eau.

– Viens, tu auras pied ici, insiste-t-il.

J'avance, mes pieds entrent en contact avec une surface dure que je ne vois pas.

En quelques pas, je suis tout près de lui. Sa main toujours tendue accueille la mienne. Il me tire vers lui avec tant de force qu'une vague se forme entre nous, et, brusquement, mes seins percutent son torse, et ses bras passent dans mon dos pour m'empêcher de reculer. Tout mon corps est plaqué contre le sien.

– J'ai gagné le droit de te faire l'amour ici… murmure-t-il.

Sa franchise sans détour me coupe le souffle. Mon cœur pompe toute mon énergie pour exploser et bondir en moi avec une violence quasi douloureuse.

Les mains de Mane descendent doucement dans mon dos pour s'arrêter juste à la naissance de mes fesses. Il resserre sa prise. Mes bras sont repliés contre lui et ne me servent absolument à rien.

– Tu… tu n'as pas fait ce pari avec moi, mais avec Nott… C'est elle que tu cherches à travers moi… soufflé-je en dissimulant mal une pointe de déception.

– Qu'est-ce que ça change ? Tu es là, tu portes son nom, tu as son visage, tu me regardes comme elle le faisait. Et tu as sauté…

– Mais je ne suis pas elle…

Ma voix n'est plus qu'un souffle, un faible murmure qui n'ose pas affronter les conséquences du sens de mes paroles.

– Je sais que Nott est là… quelque part. Elle et toi n'êtes qu'une seule et même personne… Si je l'aimais elle, je t'aime toi ! Tu dois te souvenir parce que tu me manques… Mais j'aime aussi Nola Nott.

Quand sa voix laisse place au silence, je le sens tendu contre moi, prêt à passer le cap. Il recule sa tête et me regarde comme je le fais : en silence, sérieusement. J'ai sauté en mon âme et conscience, je sais où l'on va, et ça ne me fait pas peur. Au contraire, je n'en ai jamais eu autant envie.

– Embrasse-moi, ordonne-t-il.

Je remonte mes mains sur ses joues et dépose mes lèvres au coin des siennes. D'abord d'un côté, puis de l'autre, en douceur. Il sourit, se contracte et reprend son souffle. Quand il s'attend à goûter ma bouche, c'est le bout de ma langue qui effleure sa peau. Sa barbe pique. C'est un mélange surprenant avec la douceur de ses lèvres qu'il entrouvre, prêt à me laisser m'y perdre. Ma langue parcourt ce petit espace, puis mes dents mordillent sa lèvre supérieure. Comme si je l'avais provoqué effrontément, tout son corps réagit : une de ses mains s'empare de ma joue tandis que sa bouche s'écrase sur la mienne. Mes doigts agrippent ses cheveux et griffent sa peau. Ses lèvres répondent à ma bouche puis vont faire frissonner la peau de mon cou, me révélant des endroits que je ne connaissais pas si sensibles. Mes gémissements se fondent à son souffle irrégulier, notre étreinte est précipitée, passionnée.

Après une morsure à l'épaule, Mane grogne et m'écrase contre lui, obligeant mes cuisses à trouver le chemin autour de ses hanches, réduisant à rien l'espace entre nous. Je le sens, prêt à entrer en moi. Mes coudes prennent appui sur ses épaules, son souffle s'affole, ses muscles se tendent et deviennent plus durs tandis qu'une de ses mains quitte mes fesses et que son bras s'enroule autour de moi. Je le sens en entier contre moi, mais il ne semble pas y prêter attention. Tout ce qu'il paraît vouloir, c'est m'embrasser. Pourtant, il suffirait qu'il bouge, à peine, qu'il desserre la prise autour de ma taille avec son bras, qu'il me laisse descendre contre lui…

Comme s'il lisait dans mes pensées, il s'arrête, plante son regard dans le mien, desserre sa prise et, sans me quitter du regard, me laisse descendre. Je le fais avec une lenteur extrême, comme pour me laisser savourer chaque sensation que je ressens, hypnotisée par les sentiments qu'il me fait passer. Et ils sont intenses.

Lorsqu'il arrive à la garde, il ferme les yeux. Je ne bouge plus, je le sens pulser en moi. Le plaisir qu'il prend appelle le mien. Il relève la tête, la penche en arrière, aidé par mes doigts dans ses cheveux. Je bouge les hanches, très peu, et il se mord la lèvre inférieure en grognant. Je m'arrête, préférant le sentir me remplir et l'admirer en train de se perdre dans le désir. Il se contracte.

– Encore… murmure-t-il sans rouvrir les yeux.

Je bouge encore de manière infime autour de lui, et il gémit, fort, provoquant une réponse de mon bassin qui roule encore. Je contrôle, c'est moi qui distille le plaisir qu'il prend, et j'aime ça.

Je donne encore un coup de bassin, l'enfonçant un peu plus en moi, et, comme si mes provocations étaient arrivées à bout de sa patience, il redresse la tête, plante son regard perçant dans le mien et me soulève. Il ressort complètement pour entrer à nouveau, me volant un cri que je ne me suis jamais entendu pousser. La décharge de plaisir m'oblige à me contracter autour de lui, et il recommence, encore et encore, sans me laisser la liberté de dominer. Il sait ce qu'il fait, il ralentit quand il faut, il accélère au bon moment, et moi, je bouge en cadence, lui arrachant encore d'autres grognements.

Lorsqu'il s'arrête de bouger, c'est pour m'embrasser avant de s'enfoncer à nouveau en moi et me laisser savourer l'orgasme que l'on convoite avec une lenteur extrême.

Aucune sensation ne m'échappe, je les happe toutes, les savoure et les apprends. Il me les offre et, tandis que son contact m'est plus que vital, il me serre contre lui pendant que je l'enfonce en moi brusquement d'un dernier coup de hanches salvateur, le libérant à son tour pour lui rendre tout ce qu'il vient de me faire vivre.

J'aime l'entendre jouir contre ma peau, ne plus rien contrôler.

Je ne bouge plus, lui non plus. Le visage dans mon cou, il reprend son souffle. Je ferme les yeux, laissant mes muscles se détendre. Mane me maintient contre lui mais recule pour me regarder dans les yeux. Il est sérieux et m'observe comme si c'était la première fois qu'il me voyait. Je ne le quitte pas du regard et, lorsqu'il envoie un autre coup de hanches sans prévenir, j'ouvre la bouche et laisse échapper un petit cri de surprise.

– Sérieusement ? m'exclamé-je.

Il plisse les paupières.

– Tu n'as plus envie de moi ? demande-t-il.

Si. J'en ai encore envie.

Il s'approche et m'embrasse avant de laisser ses lèvres remonter jusqu'à mon oreille.

– J'ai oublié de te dire… Ici, dans la source, c'est sans fin… C'est pour ça que tu refusais toujours de sauter.

Je n'ai pas le temps de lui dire que j'ai été bête de ne pas en profiter avant qu'il s'enfonce à nouveau en moi, déclenchant une nouvelle vague de désir insatiable.

CHAPITRE 37

NOLA

Je me laisse porter, les yeux braqués vers le ciel. Ma tête repose contre l'épaule de Mane, laissant mes cheveux lui recouvrir une partie du bras et de la gorge. Nous sommes allongés sur le dos, comme si nous étions dans un lit, sauf que c'est cette eau incroyable qui nous entoure toujours. Pas besoin de nager, elle nous maintient à la surface, et on dérive lentement dans la source. Les doigts de Mane jouent avec les miens tandis que la grande étendue sombre au-dessus de nous s'éclaircit à mesure que les minutes passent.

Le jour se lève, et nous allons devoir partir. Je n'ai pas envie de rompre le contact avec Mane ni de reprendre le cours du temps. Cette nuit a été… irréelle.

– Mane…

– Mmh ?

– Qu'est-ce qu'il va se passer maintenant ?

Je le sens prendre une grande bouffée d'air avant de me répondre.

– Tu vas rentrer… Et je vais devoir te laisser pour aller régler quelques trucs.

Je fronce les sourcils, inquiète par cette déclaration qui amène encore plus de questions que ce que je me posais déjà.

Soudain, le niveau de l'eau baisse, comme si quelqu'un avait retiré le bouchon d'une baignoire, sans les bruits désagréables qui vont avec. Le temps que nous nous redressions, le ciel se pare d'un bleu éclatant. *Comment allons-nous ressortir de ce trou immense ?*

Comme pour répondre à ma question, les papillons de mon partenaire quittent sa peau pour s'enrouler autour de nous. *Bien sûr, j'avais oublié que Mane est un dieu et que les déplacements à travers l'espace ne représentent aucun problème.*

Je me colle contre lui, posant ma joue contre sa peau en fermant les yeux. J'ai tout juste le temps de savourer ce contact que mes pieds quittent le sol et le retrouvent aussitôt.

En arrivant au-dessus de la source, je constate que mes cheveux sont déjà secs. *C'est marrant, ça n'arrive que dans les mauvais films, normalement, ça !*

Nous nous rhabillons en silence. Une vague de panique déferle sur moi. J'ai beau tenter de la maîtriser, elle me noue la gorge et rend ma respiration difficile.

Je me redresse et passe les mains dans mon dos pour fermer mon soutien-gorge, sans y parvenir. Mane enfile son haut puis vient vers moi sans un mot et m'aide à agrafer mon sous-vêtement. J'enfile le reste de ma tenue avant qu'il se plaque contre mon dos, m'enlace et se penche pour venir aspirer de l'air dans mon cou en repoussant mes cheveux d'une main.

– Ne t'inquiète pas comme ça. Ça me rend fou de ne pas pouvoir entrer dans ta tête…

Je ferme les yeux et reprends mon souffle. Son étreinte apaisante me sauve d'une crise de larmes.

– Je n'aurais jamais dû sauter dans cette source, dis-je sur un ton sec.

La réaction de Mane ne tarde pas. Il se redresse et m'oblige à me retourner pour lui faire face.

– Je t'ai pourtant remerciée comme il se doit, réplique-t-il.

– Justement… L'idée que tu disparaisses encore ne me plaît pas du tout, maintenant.

Il ne répond pas et me regarde simplement avec un air indéchiffrable.

Quelques secondes passent, puis il m'attire contre lui. Mes mains glissent dans son dos, et les papillons explosent autour de nous, nous faisant tournoyer en l'air. Je connais désormais cette sensation : nous changeons de monde !

Lorsque mes pieds retrouvent leurs appuis, je reste cramponnée au dieu de la lune, refusant de relever le nez de son torse.

– Nott… On est arrivés, me souffle-t-il.

Je secoue la tête pour nier ce qu'il vient de dire, obstinée à ne pas le laisser m'échapper. Cette pause sur la canopée s'achève, et je veux repousser la réalité encore un moment. Pourtant, les questions qu'elle apporte m'assaillent déjà : que va-t-il se passer maintenant ? Pourquoi n'est-il pas revenu hier soir chez moi ? Qui s'en est pris à lui alors que nous étions dans le monde des Songes et lui a infligé ces blessures ? Va-t-il revenir ?

Mane pose ses paumes sur mes joues, me sourit, puis m'embrasse. Mais il recule avant que je sois rassasiée de lui.

– Je n'aime pas quand tu penses trop… Je te montre quelque chose avant de partir ?

J'acquiesce d'un hochement de tête.

– Tu iras où ensuite ? demandé-je.

– Pas loin…

Je n'aime pas cette idée, mais je ne dis rien, me contentant de lui sourire.

D'un coup d'œil, je repère le grand manoir au loin. Mane passe son bras par-dessus mes épaules et m'attire vers celui-ci.

– Je ne vais pas pouvoir rester longtemps…

– Pourquoi ? Qu'est-ce qu'il se passe ?

Aucune réponse ne franchissant ses lèvres, je finis par tourner la tête vers lui : il m'ignore volontairement. Je m'arrête de marcher, l'obligeant à faire de même.

– Ne t'inquiète pas, ok ? me dit-il aussitôt.

– Ne pas m'inquiéter pour quoi ? Ta réaction est loin d'être rassurante.

– Fais-moi confiance, tu… tu ne peux pas saisir tout ce qui se passe ici sans tes souvenirs.

Je le fixe sans rien dire. Qu'est-ce qu'il me cache au juste ?

– T'as des ennuis à cause de moi ? envoyé-je finalement.

– Non. J'ai besoin de personne pour ça… Allez, viens !

Il me pousse vers le manoir avec un sourire crispé.

– Alors, qu'est-ce que tu as à me montrer ? demandé-je alors que nous franchissons l'immense porte en bois de la bâtisse.

Il enfonce son nez dans mes cheveux pour atteindre mon cou et y déposer un baiser avant de se redresser.

– On vivait ici tous les deux. Tu veux voir ?

J'ouvre la bouche pour acquiescer, mais je suis interrompue.

– Mane ! T'es où, espèce d'abruti ? hurle la voix de Sol.

Je me crispe, et le Marchand de sable s'immobilise en lançant un regard vers les étages.

– Elle est sérieuse ? grogne-t-il avant de tourner les talons. Ne bouge pas, je reviens.

Il se dirige vers les escaliers au fond de l'entrée et grimpe les marches deux par deux.

– Mane ! hurle encore Sol.

– Mais pour qui se prend-elle ? grogne-t-il juste avant que ses papillons ne le fassent disparaître.

– Ok… soupiré-je en faisant un tour sur moi-même.

Autant ne pas s'en mêler !

Je repère plus loin l'entrée de la cuisine où Kyle m'avait conduite. Il est justement là, installé à la grande table en bois, devant un ordinateur portable sur lequel ses doigts pianotent rapidement.

– Hey ! dit-il en me voyant arriver.

– T'as le Wi-Fi ici ? demandé-je, les sourcils froncés.

– Absolument pas ! Je tape un truc pour Ella…

Je hausse les sourcils de surprise. Il lui fait ses devoirs ? J'hallucine ! *Et moi qui me demandais comment elle arrivait à tout faire en sortant un soir sur deux...*

– Ça explique mieux qu'elle rame beaucoup moins que moi !

– C'est exceptionnel, j'ai perdu à pierre, feuille, ciseaux… Elle a de la suite dans les idées, cette nana. Et je suis aussi trop gentil avec elle.

– Ella te fout déjà des raclées à Mario Kart, ça ne t'avait pas suffi ?

Il ricane en faisant non de la tête et me propose du café d'un geste dirigé vers la cafetière posée non loin de lui.

Je m'apprête à répondre mais je suis interrompue par une détonation qui fait vibrer les murs et le plafond autour de nous. Kyle et moi avons le même réflexe : regarder vers le haut.

– Relation frère et sœur… prononce Kyle pour seule explication.

C'est d'ailleurs la seule qu'il me faille pour comprendre.

– Cet endroit va tenir le coup ? demandé-je.

– Ouais… T'inquiète pas, le manoir a vu pire…

Le calme revient, et je me dirige vers les placards du fond de la pièce. J'en ouvre un et prends une tasse avant de revenir vers Kyle et de m'installer face à lui. Il attrape la cafetière et s'apprête à me servir mais suspend son geste en fronçant les sourcils.

– Tu as pris une tasse ? demande-t-il.

– Euh… oui. Il ne fallait pas ?

Il y a peut-être des coutumes que je ne connais pas chez les dieux.

– Si, bien sûr, mais comment savais-tu où chercher ?

Je cligne des paupières. *C'est vrai, ça…* La dernière fois que je suis venue, il m'a certes proposé un café, mais je ne l'ai pas vu sortir de tasse. J'aimerais pouvoir l'aider, mais je suis aussi perdue que lui.

– Ah oui ! Je n'ai même pas réfléchi !

Kyle me sert finalement avec un clin d'œil.

– Tu vois… Nott est toujours là, quelque part en toi…

Je lui souris et tire la tasse fumante vers moi. L'idée que Nott soit toujours là me rassure autant qu'elle me terrifie. Et si Mane la préférait à moi ? Qu'est-ce que je deviendrais ? Je n'ose pas imaginer ce que ça me ferait qu'il me repousse si je ne lui apporte pas autant qu'*elle* lui donnait. Je ne comprends toujours pas comment elle a pu le quitter. Il l'a pourtant suppliée. Je me mets à sa place, il ne sait toujours pas pourquoi elle l'a fui et cherche pourtant à la retrouver par tous les moyens…

– Au fait, vous étiez où ? demande Kyle en tapant sur son clavier. Sol a cherché Mane partout.

– Sur la canopée, au Alfheim.

Il s'arrête de pianoter et me lance un regard étrange. *Oups ! Est-ce que ce truc de la source est de notoriété publique ?* Certainement, vu son air amusé !

– Tu n'as jamais eu aussi bonne mine… dit-il simplement en retournant à sa tâche.

J'envoie mon pied dans ses tibias sous la table, et il explose de rire en m'évitant.

– T'as pas du mal à t'asseoir, ça va ? enchaîne-t-il, mort de rire.

– Ferme-la !

– Non, parce que toutes ces années sans… Enfin, Mane reste un mec, hein !

Je ne peux m'empêcher de rire.

S'il savait… J'ai encore des frissons en revoyant les images que je garde en tête de cette incroyable nuit. C'est d'ailleurs dingue de ne pas avoir de courbatures.

– C'est très pervers de s'intéresser à la vie privée des autres comme ça ! On en reparlera quand Ella t'aura enchaîné dans son lit !

Il rit de plus belle.

– Quand on se tape un dieu, on s'en souvient, dit-il en bougeant ses sourcils de haut en bas plusieurs fois.

Ceci est un fait que je ne peux pas nier... *Je n'oublierai jamais cette nuit.*

Mais ne me suis-je pas déjà dit ça en tant que Nott ?

– C'est tout ce que je souhaite à Ella... Au fait, tu es le dieu de quoi, toi ? Sol me l'a pourtant appris, mais impossible de me rappeler. D'ailleurs, tu penses que mes problèmes en mythologie nordique peuvent avoir un lien avec ce qu'il m'arrive ?

– Oui, c'est fort possible... Nous ne savons pas encore exactement ce qu'il s'est passé pour que tu oublies tout ce qui concerne les dieux, mais ça doit fonctionner dans la durée. Dès que tu réapprends quelque chose nous concernant, tu dois l'oublier aussitôt.

– Pourtant, je retiens certaines informations. Je connais le nom de certains dieux, et même celui de quelques mondes maintenant... Je n'en suis pas encore à dix, mais il y a du progrès. Est-ce que tu crois que c'est bon signe et que je vais retrouver la mémoire peu à peu ?

– Mmh... J'avoue ne pas encore pouvoir tout expliquer. Probablement que ta mémoire ne se laisse pas faire. Mais ne nous emballons pas, il y a encore du progrès à faire… Il y a neuf mondes, Nott, pas dix !

– Oui, bon… soufflé-je, déçue. Tu n’as pas répondu à ma question : tu es le dieu de quoi, toi ? insisté-je pour changer de sujet.

– Mmh… C’est un peu particulier pour moi… Je peux faire plein de choses assez inutiles généralement, d’autres plutôt cool… Mais contrôler le temps a toujours été ce que je préfère.

Ça explique notamment sa façon de se déplacer de monde en monde…

– Tu arrêtes le temps, donc ? demandé-je, curieuse.

– Ouais, enfin, ce n’est pas aussi simple. Je ne suis pas comme vous trois. Parfois, je ne peux plus rien faire, je dois… Comment expliquer ça ? Je dois boire l’eau d’une source pour retrouver mes facultés, et elle n’est pas à côté.

– Ah… Et po…

– Lâche-moi, bordel !

Sol et Mane viennent d’arriver dans la pièce, d’une humeur massacrante.

CHAPITRE 38

NOLA

– Mane, j'en ai ras le bol de ton sale caractère ! Tu ne vas pas pouvoir faire ce que tu veux cette fois ! rage la déesse du soleil.

Mane l'ignore et ouvre le frigo, comme si boire quelque chose allait l'aider à se calmer. Mais un grand rayon de lumière projeté dans sa direction m'aveugle, et le frigo fond littéralement sur place, obligeant Mane à reculer.

Les mains en l'air, il ferme les yeux brièvement, comme pour se calmer.

– Sol… soupire Kyle, spectateur de la scène.

– Mane, tu m'écoutes ? envoie-t-elle en ignorant le dieu qui maîtrise le temps.

Sol continue de hurler sur son frère qui ne bouge pas d'un cil tandis que Kyle, moins choqué que moi, lève une main vers l'appareil fumant qui dégage déjà une odeur si forte que l'air en devient irrespirable. En quelques secondes, tout juste le temps pour moi d'ouvrir la bouche, le réfrigérateur remonte le temps et retrouve son état d'origine.

Mane tire sur la poignée en lançant un regard haineux à Sol.

Je crois que je vais devoir m'habituer à ce genre de scènes, car pas un d'eux n'a l'air perturbé par ce qu'il vient de se passer.

Mane sort une petite bouteille d'eau et claque la porte en faisant tinter ce que l'appareil contient.

– T'es complètement inconscient ! scande Sol en lui frappant l'arrière du crâne.

– Sol, je te jure que je vais perdre patience si tu ne me fous pas la paix tout de suite, prévient-il en serrant les dents.

– Tu te fourres le doigt dans l'œil si tu penses que je vais te laisser faire ce que bon te semble ! On parle d'Odin, là, pas de n'importe qui !

Mane ferme les yeux quand il me voit froncer les sourcils.

« Odin », a-t-elle dit ?

Vu la réaction du Marchand de sable, c'est donc ce qu'il me cachait.

Le silence revient. Mane reprend son souffle assez fort pour que je l'entende jusque-là, et c'est Kyle qui parle en premier.

– Odin ? C'est quoi, ce délire ? demande-t-il.

Mane lève les bras et les laisse retomber en fixant sa sœur, l'air de dire « Voilà, merci de l'avoir trop ouverte ! ».

– Mane, qu'est-ce que tu as foutu ? ajoute Kyle.

– Rien !

– Si tu n'as rien fait, dis-moi ce qu'il te voulait ! Odin n'envoie pas ses walkyries chercher quelqu'un pour boire le thé ! s'exclame Sol.

– Les walkyries ? C'est une walkyrie qui a défoncé le toit ? questionne aussitôt Kyle.

Est-ce une walkyrie qui s'en est pris à lui avant qu'il arrive sur la canopée ? Si c'est le cas, elle en a carrément après sa vie.

Je dois reprendre mon souffle. Mais qu'est-ce qu'il a fait ?

– Il est allé chez Odin mais il ne veut rien dire ! Et il se permet carrément de disparaître toute la nuit en me laissant sans nouvelles après t'avoir demandé de ramener Nott ici et de la confier à Hati !

– Depuis quand je dois vous rendre des comptes ? balance Mane.

– Depuis que tu as détruit la moitié d'Asgard pour une femme qui t'a quitté, réplique-t-elle.

Mane se fige, ferme brièvement les yeux et plante son regard dans celui de sa sœur. Je ne sais pas ce qui me prend mais je me positionne entre eux et saisis la main de Mane.

– Je pense que c'est bon, on en a assez entendu. Mane, viens avec moi ! dis-je en le poussant vers la sortie.

Il fixe sa sœur avec tant de colère que j'entrevois le pire arriver. Ça va mal finir s'ils continuent à s'aboyer dessus comme ça, et je ne me sens pas prête pour un combat de rayons luminescents et de papillons enragés.

Mane semble prendre sur lui plus que jamais. Il se laisse faire, et on quitte la pièce pour se retrouver dans l'entrée. Je pousse sur son bras massif et je sens que ses muscles sont durcis par la rage qu'il retient.

– Je ne veux pas t'entendre encore pleurer comme un enfant si ça tourne de nouveau mal, Mane ! s'exclame Sol depuis la cuisine.

La réaction du Marchand de sable est immédiate : il tourne les talons pour rebrousser chemin, mais je me place sur son passage, ce qui, même s'il est fou de colère, semble encore compter. Il s'arrête et essaie de me contourner. L'homme qui me fait face me fait de nouveau peur, c'est l'homme qui me pourchassait, celui de mes pires cauchemars. Mais je ne le laisserai pas tomber !

– Mane… Ça n'en vaut pas le coup, lui dis-je doucement.

Il ne répond pas, mais je vois une nuée de papillons jaillir de son bras et disparaître dans mon dos. Un grand flash m'aveugle, et des bruits de verre brisé résonnent. Puis tout s'arrête.

Lorsque je relève le nez devant moi, Mane est figé.

– Et voilà, je suis à sec. Ils me font chier, rumine Kyle alors que je me tourne vers l'ouverture de la cuisine.

Sol est figée elle aussi. Kyle fait un geste vers elle, elle reprend vie brusquement.

– Kyle ! Ça fait un mal de chien ! envoie-t-elle aussitôt.

– Vous êtes infoutus de vous calmer ! Disparais avant que je le ramène, réplique-t-il.

Elle lui lance un regard noir et passe à côté de moi.

– Parle-lui… Toi, il t'écoutera, me dit-elle avant de sortir du manoir.

Kyle fait un geste vers Mane, qui se met aussitôt à bouger et à grimacer. Il s'étire la nuque en passant une main dessus.

– La vache… Refais ça, et je t'éclate, mec, grogne-t-il.

– Ouais, il faudrait déjà que tu arrives à m'atteindre… soupire ce dernier en allant reprendre sa place dans la cuisine.

Mane ricane, attrape ma main et m'attire contre lui. Les papillons explosent autour de nous, et, en un clignement de paupières, nous ne sommes plus dans l'entrée du manoir.

Je plante mon regard sur lui.

– Tu m'expliques ? Odin… et le reste, lui demandé-je.

Il fronce les sourcils.

– Plus tard. Prends tes aises, on parlera ensuite…

– Tu m'as dit que tu devais partir et que tu n'avais pas beaucoup de temps…

Il regarde dehors.

– Pas de walkyrie en vue, je peux rester encore un peu.

Je n'insiste pas plus et détourne mon attention de lui. Son humeur semble encore dans le rouge, autant attendre qu'il soit calme. Je ne suis pas Sol et je ne saurais pas le gérer s'il était fou de rage contre moi.

Mane s'écarte pour me laisser découvrir la pièce où je me trouve. Elle est octogonale, du parquet craque sous notre poids, et quatre grandes fenêtres laissent la lumière du soleil entrer. Nous avons une vue plongeante sur le jardin du manoir. Il y a peu de meubles autour de nous : un grand lit dont la couette bleu nuit n'a pas été tirée, une étagère qui semble abriter divers bibelots en plus de livres anciens, deux commodes et une grande armoire, le tout en bois. Enfin, je distingue une chaise sur laquelle des vêtements sont entassés.

Je fais un tour sur moi-même, mais c'est bien ce qu'il me semblait : il n'y a pas de porte.

– Tout ce qui est ici est à toi, me dit Mane.

– C'est ici que je vivais ?

Il acquiesce et désigne le plafond. Bon sang, comment j'ai pu ne pas voir ça en premier ? La hauteur est impressionnante, des poutres en bois traversent le toit qui est lui-même peint en bleu nuit parsemé d'éclats brillants. On croirait admirer un ciel nocturne étoilé. C'est splendide.

– Tu as passé des jours à faire ça…

Je lance un regard à Mane, et il me sourit presque timidement. Chaque fois que je porte mon regard sur lui, j'ai l'impression de le voir pour la première fois tout en connaissant par cœur chacun de ses traits. Impossible de se lasser de cette sensation qui fait gonfler mon cœur.

Je remplis mes poumons et tourne sur moi-même encore une fois.

– Et comment j'accédais à cette pièce ? demandé-je. Il n'y a pas de porte.

– Comme moi.

Je fronce les sourcils.

Ne me dites pas que j'ai aussi une nuée de papillons à mes ordres !

Mane lâche un petit rire.

– Non, pas de papillons… dit-il comme s'il lisait dans mes pensées. Sol a les rayons du soleil, Kyle perturbe l'espace-temps, et Nott…

– La nuit, conclus-je. Bah je ne suis pas près de sortir d'ici…

– Un genre de brouillard nocturne, plus précisément. Ça reviendra, tu ne le contrôles plus, mais c'est toujours en toi, ajoute-t-il.

On échange un sourire, et mon regard est attiré par les commodes. Des cadres contenant des photos sont disposés dessus. Je dois m'approcher pour distinguer les visages des gens qui s'y trouvent.

J'entends Mane qui bouge derrière moi. Du coin de l'œil, je le vois arracher son haut et ouvrir l'armoire pour y piocher un autre vêtement.

– Tu vivais ici aussi ?

– Bah oui. Tu comptes me jeter dehors maintenant que tu es de retour ?

– Non… ricané-je. Je n'ai aucun intérêt à être ici sans toi…

Je le sens se figer. Je tente un regard vers lui : il n'a pas enfilé le haut qu'il vient de prendre et ce qu'il dégage me noue la gorge. C'est comme un appel au secours qu'il lance sans le vouloir, comme si ma réplique était ce qu'il avait besoin d'entendre pour être en paix avec lui-même. Impossible de ne pas ressentir ses peurs, sa peine et ce qui le hante.

Je réduis la distance qui nous sépare et lui saute au cou. Il me réceptionne sans peine, fourre son nez dans mes cheveux en tournant sur lui-même et me serre si fort que je pourrais manquer de souffle.

– On va retourner dans cette source et ne plus jamais la quitter… dit-il contre ma peau.

– On part quand ? demandé-je.

Il me serre encore plus en ricanant.

– J'ai tant besoin de toi, mon amour… Reviens-moi. Tu es la seule à pouvoir me sauver de moi-même.

Je sais que ces mots ne me sont pas destinés. Il attend toujours qu'*elle* revienne. Cet aveu creuse l'angoisse qui me mine en sourdine. *Et s'il la préférait à moi ?*

– Et si tu ne reviens jamais, je me contenterai de cette humaine… Elle, au moins, elle saute dans la source. Et elle a un cul irrésistible, ajoute-t-il d'un air taquin.

J'envoie mon poing dans ses côtes en riant.

– Aïe ! Quel crochet !

On échange un sourire, et je le serre plus fort. Je prends une bouffée de son odeur.

Mon esprit se vide à mesure que mon cœur se remplit.

– J'ai l'impression que tu m'as manqué… soufflé-je.

Je ne peux pas trouver d'autres mots pour traduire mon état.

Mane vient murmurer à mon oreille :

– Si tu savais tous les mots que je retiens… tout ce que j'ai besoin de te murmurer… resterais-tu ?

Je me redresse pour le regarder. Je ne suis pas certaine de comprendre.

– Es-tu prête à assumer tout ce que je ressens pour toi… que ce soit bon ou mauvais ? enchaîne-t-il.

Je ne trouve rien à répondre, alors il continue :

– Les rancœurs ne partiront jamais… Je n'oublierai jamais ce que tu m'as fait… J'aurai toujours peur. M'aimeras-tu autant que je t'aime ? Si tu as oublié tout ce qui nous a unis, Nola, comment puis-je être certain que tu resteras avec moi, cette fois ?

Je fronce les sourcils et brise son étreinte.

– Tu ne peux être sûr de rien, et moi non plus. Je ne suis pas elle. Et à l'inverse, ne finiras-tu pas par te lasser de l'attendre et par me repousser ? Que deviendrai-je sans toi, si je t'ouvre mon cœur ?

– Une nana beaucoup trop bonne pour être célibataire, lâche-t-il aussitôt.

– Idiot ! marmonné-je alors qu'il part vers le lit en enfilant son haut propre.

Il est mort de rire, visiblement heureux d'avoir gâché ce moment trop sérieux pour deux êtres qui se connaissent à la fois si peu et si bien.

CHAPITRE 39

NOLA

Je retourne vers les commodes et reporte mes yeux sur les photos que je voulais regarder juste avant. Mon cœur s'agite douloureusement à la vue de ces clichés : Mane qui m'embrasse, ses bras enlacés autour de mon cou, fixant l'objectif avec un magnifique sourire ; moi lisant au loin dans le jardin en plein hiver ; Sol et moi, allongées sur une plage dont le sable est rouge feu ; Kyle qui tient un immense verre de bière dans ce qui semble être le bar caché du Drakkar. Il y a des places de concerts aussi, quelques bibelots souvenirs, une petite tour de Pise, un aimant du Golden Gate, un porte-monnaie qui semble venir du Népal, et je vois même une petite tour Eiffel là-bas dans le coin. Je n'ai peut-être pas atterri sur Midgard par hasard… Nous avons dû parcourir ce monde ensemble, mais je n'en ai aucun souvenir.

Mes paupières sont soudain plus lourdes, envahies par de grosses larmes qui n'attendent qu'un clignement de ma part pour se jeter dans le vide. *Tous ces moments partis aux oubliettes...*

J'avale ma salive et aperçois une petite pile de photos instantanées posée sur la tranche entre deux cadres.

J'essuie mes joues, les larmes ayant fini par y chuter, et j'attrape les clichés.

– Ça va ? entends-je derrière moi.

– Mmh... murmuré-je en réponse. On a voyagé...

– Tu m'as forcé... ricane-t-il. Et chaque fois, j'ai adoré. Tu voulais toujours retourner sur Midgard, tu étais plus apaisée là-bas. Et puis tu n'étais pas franchement la bienvenue dans d'autres mondes...

Toutes les photos que je fais défiler ont un point commun : Mane. Sur celle-ci, il est de dos, en caleçon, et fait la vaisselle. Sur celle-là, il lance un regard noir à la personne qui prenait la photo. Moi, certainement...

Mes doigts se crispent brusquement, manquant de plier le cliché. Le décor de la chambre disparaît.

***

Je me retrouve à plat ventre sur un canapé, un appareil photo en main, visant Mane qui est affalé dans un fauteuil plus loin.

– Allez, regarde-moi, m'entends-je dire.

Il secoue la tête, visiblement agacé, mais avec un petit sourire en coin. Il me fait marcher mais il adore ce moment !

– Mane, tourne ta grosse tête par ici ! C'est un ordre !

Il me dévisage avec un regard noir, et j'enfonce le bouton qui déclenche l'appareil. Il se crispe.

– Je n'aurais jamais dû t'offrir ce truc d'humains...

– Si tu le reprends, je te quitte, dis-je en réceptionnant le cliché qui sort doucement du Polaroid.

Il lève un sourcil en tournant à nouveau la tête vers moi tandis que je secoue la photo avant de la poser avec les autres sur l'accoudoir en cuir.

– Tu ne pourras jamais me quitter, déesse... Ton cœur resterait avec moi.

– C'est vrai, avoué-je en enfonçant encore le bouton de l'appareil. Je n'ai aucun intérêt à être ici sans toi, dieu de la lune.

Un sourire s'esquisse sur ses lèvres, et je positionne l'appareil face à moi pour prendre un autre cliché.

***

J'essaie de contrôler mon souffle, je viens de me souvenir de quelque chose, sans l'aide du dieu de l'oubli. *Comme cette première fois où j'avais entr'aperçu la rupture de Nott et Mane...*

Je regarde les photos suivantes, ce sont bien celles que je me suis vu prendre de lui. L'une d'elles est un selfie, on aperçoit Mane en arrière-plan qui me regarde avec un petit sourire. Je fais défiler d'autres moments du passé sous mes yeux : Mane quand il dort, Mane quand il mange, Mane qui me lève son majeur, Mane qui enlève son tee-shirt. Sur celle-ci, il est complètement nu au milieu de cette pièce, les mains cachant son intimité, en plein fou rire.

***

– Mais qu'est-ce que tu fous à poil ? demande ma voix.

– C'est toi qui as pris mes fringues dans la salle de bain ?

J'explose de rire.

– T'es vraiment une garce !

– Tu as mis du sel dans mon café ce matin. Vengeance !

Il explose de rire à son tour, et le son du Polaroid résonne.

***

Je passe la photo avec un sourire et une larme qui trace doucement sa route sur une de mes joues.

Je fais défiler les suivantes et, après en avoir passé quelques-unes dont deux selfies mal cadrés et une de Sol du chocolat plein les dents, je me fige en découvrant les suivantes. Elles sont déchirées…

Une décharge me percute et remonte le long de mon dos, comme si elle avait trouvé ma colonne vertébrale pour seul chemin avant de finir dans mon crâne. Des images s'imposent à moi avant que je sente mes jambes se dérober. *Non, je ne veux pas me souvenir !*

– Nott ? Qu'est-c…

Je percute le parquet. Mon cœur se crispe de douleur. Tout disparaît autour de moi, m'enfermant dans un autre souvenir.

– Nola ! Tu m'entends ?

***

– Mon amour, tu…

J'ouvre les yeux et tombe directement sur ceux de Mane. Il parle encore, mais je ne saisis pas ses mots. Sa main est posée contre ma joue et, aussi brusquement que le souvenir m'a percutée, je réagis.

– Non… Ne me touche pas… Tu ne d…

– Nott, ça va ? Qu'est-ce qu'il s'est passé ?

Son contact m'est insupportable.

– Ne me touche pas ! soufflé-je en dégageant ses mains de ma peau.

Je croise son regard juste avant qu'il ne soit propulsé sur le parquet. C'est moi qui viens de faire ça, j'en suis convaincue, même si je ne sais pas comment.

Son dos percute l'étagère, renversant sur lui des livres et des bibelots sans qu'il s'en soucie. Il semble sous le choc et relève le regard vers moi en repoussant ce qui l'encombre.

– Mais qu'est-ce qu'il te prend ? demande-t-il en se relevant.

Je me remets debout à mon tour alors qu'il s'approche.

– Nola, qu'est-ce que tu as ? demande-t-il sèchement.

Ses phalanges encerclent mon menton et me forcent à le regarder. *On ne doit pas... Je dois partir. Ça y est, je sais ! Nott avait raison, elle a pris la bonne décision. Il ne peut pas y avoir de « nous »...*

– Il faut qu'on arrête… dis-je en le fixant droit dans les yeux.

Son regard change, et il se fige. Ce n'est pas la première fois que je prononce ces mots. Je le vois dans son regard, sa plus grande peur est en train d'arriver de nouveau. Elle le terrasse.

– Nola, non. Qu'est-ce que tu dis ? On…

Je me débats. *Comment m'enfuir ?* Il faut que je parte, loin de lui, même s'il est peut-être déjà trop tard…

Je me débarrasse de ses mains, mais elles reviennent aussitôt à mon contact, et ma réaction est alors d'une violence qui m'était jusqu'alors inconnue.

– Ne me touche pas ! hurlé-je.

Une déflagration se produit autour de nous. Elle semble partir de moi, obligeant Mane à me lâcher. Ses mains tremblent, son regard s'emplit de larmes…

– Non… Nott… Pas encore…

Je recule, prise de panique face à la peine qu'il éprouve. La douleur se lit sur ses traits. Les couleurs disparaissent autour de nous. Je viens de faire tomber la nuit sur la pièce.

– Nola ! Je t'en supplie, ne pars pas !

Il avance, s'arrête, tourne sur lui-même en s'attrapant les cheveux et s'arrête à nouveau avant de faire quelques pas peu assurés.

– Non… Mon amour ! pleure-t-il. Ne me laisse pas comme ça !

Les larmes coulent tant sur mes joues que je ne vois presque plus rien. *On n'aurait jamais dû... Lui et moi, on ne devait pas...*

Il faut que je m'en aille !

– Je suis désolée, chuchoté-je.

Il hurle mon prénom, les muscles de ses bras tendus par la douleur qui massacre son cœur. Un nuage sombre me tombe dessus. Mane s'effondre à genoux, toujours plongé dans le noir total.

– Je ferai tout… Je… Ne pars pas ! Nott !

Le décor disparaît, comme si quelqu'un avait fermé le rideau sur une scène de théâtre. La seconde suivante, je distingue les murs familiers de mon appartement à Paris.

Je me laisse glisser contre la porte d'entrée et attrape mes jambes en serrant toujours cette photo au creux de ma main. *Maintenant que je sais tout, comment pourrai-je survivre, me sachant obligée d'être loin de lui ?*

*** À SUIVRE ***

QUELQUES ÉLÉMENTS DE MYTHOLOGIE NORDIQUE

LES DIEUX NORDIQUES

Les dieux nordiques (descendants des géants) se subdivisent en deux groupes : les Ases (dieux guerriers) et les Vannes (associés à la sagesse et à la magie). La première guerre de l'univers les opposa, jusqu'à ce qu'une trêve soit conclue après qu'ils aient constaté être de force égale (chacun s'échangeant des otages pour garantir la paix). Ces dieux sont mortels et craignent le Ragnarök (fin du monde), qu'ils savent cependant ne pouvoir empêcher.

HEIMDALL : Ase. Dieu qui a pour mission de surveiller les frontières d'Asgard, notamment le Bifröst (pont qui relie Asgard à Midgard). Il peut voir ce qui se passe dans les mondes et a une ouïe surdéveloppée.

HEL : Ase. Déesse du royaume des morts où elle a été envoyée dès son enfance par les dieux (notamment Odin) pour éviter la réalisation d'une prophétie annonçant qu'elle et ses « frères » représentaient une menace pour eux. Son visage présente deux faces distinctes : une faite de chair en décomposition et l'autre d'une beauté à couper le souffle.

KVASIR : divinité créée par les dieux après la guerre qui opposa les Ases et les Vannes. Lors de leur réconciliation, ils crachèrent dans un chaudron et donnèrent, à partir de leur salive, naissance à Kvasir, dont le but est d'enseigner sa connaissance et la sagesse aux hommes.

LOKI : Ase. Dieu de la discorde. Loki est un dieu complexe, à la fois ami et ennemi des autres dieux. Il a la capacité de se transformer (en animal par exemple).

MANE (OU MANI) : Ase. Dieu de la lune, et frère de la déesse du soleil. Mane et sa sœur ne sont pas nés dieux, mais mortels (cas rare dans la mythologie nordique). Respectivement responsables de la lumière de la nuit et de celle du jour, ils filent dans le ciel, chacun sur un char, poursuivis par les loups Hati et Sköll.

MEILI : Ase. Dieu de l'oubli. Frère de Thor, fils d'Odin et de Jörd.

MIMIR : Ase. Dieu de la sagesse et de la connaissance. Otage envoyé par les Ases aux Vannes à l'issue de la première guerre des dieux. Découvrant qu'ils avaient été trompés sur les otages, les Vannes décapitèrent Mimir et renvoyèrent sa tête à Odin. Grâce à sa magie, Odin rendit la vie à cette tête qui devint alors capable de révéler les secrets de chacun.

NOTT : Ase. Déesse de la nuit. Nott se maria trois fois, dont la dernière avec le dieu Delling (dieu du crépuscule) avec lequel elle eut un fils nommé Dag, dieu du jour. Chacun sur un char, Nott et son fils Dag créent la succession du jour et la nuit en se poursuivant autour de la Terre. (Dans le Marchand de sable, Gaïa Alexia choisit volontairement de s'éloigner de ce que la mythologie nous dit de la déesse Nott pour lui imaginer une autre histoire d'amour).

ODIN : Ase. Dieu du savoir, de la victoire et de la stratégie (notamment). Dieu le plus important de la mythologie nordique. Il a le pouvoir d'observer les 9 mondes. Il est accompagné de deux loups (Geri et Freki) et dirige les puissantes guerrières Walkyries.

SOL : Ase. Déesse du soleil, poursuivie dans le ciel par le loup Sköll. Elle file sur son char pour lui échapper.

PERSONNAGES / CRÉATURES MYTHOLOGIQUES

ANGRBODA : géante vivant dans le Jotunheim. Mère (avec Loki) du loup Fenrir, du serpent Jörmungand et de la déesse Hel.

GARM : chien à la gueule dégoulinante de sang, enchaîné au Helheim, vers l'entrée du Niflheim. Il y garde le monde des morts, dirigé par la déesse Hel.

HATI : loup (fils d'une géante) poursuivant la lune et le soleil (avec son frère Sköll).

WALKYRIES : femmes guerrières vierges, au service d'Odin. Ce sont elles qui emmènent l'âme des héros guerriers au Valhalla. Elles sont également les messagères d'Odin.

GÉOGRAPHIE DES MONDES

Dans la mythologie nordique, l'univers est divisé en 9 mondes distincts, répartis dans l'arbre monde Yggdrasil. Ils sont organisés sur 3 niveaux (leur répartition variant selon les sources) :

Niveau 1 : Asgard, Vanaheim, Alfheim
Niveau 2 : Midgard, Jotunheim, Svartalfheim
Niveau 3 : Helheim, Niflheim, Muspellheim

ASGARD : domaine des dieux Ases. Asgard est entouré d'une muraille construite par un géant, et réputée infranchissable. C'est également sur Asgard que se trouve le Valhalla (lieu de repos des guerriers morts au combat, en attendant le Ragnarök).

ALFHEIM : monde des elfes de lumière (en opposition aux elfes noirs). Les elfes sont considérés comme plus petits que les humains, mais plus futés.

MIDGARD : terre des humains, créée par les dieux à partir des organes du géant Ymir. Midgard est entouré d'un océan dans lequel vit le serpent géant Jörmungand qui empêche les intrus d'y pénétrer.

HELHEIM : Royaume de Hel. Il s'agit d'un monde dominé par les vents et la pluie, qui précède le Niflheim. C'est au Helheim que se trouve le manoir de Hel, Eljundnir.

NIFLHEIM : Monde de glace (à l'origine de la naissance du géant Mimir et de la création des 9 mondes avec le Muspellheim (monde du feu)). Résidence des morts (de maladie et de vieillesse, les guerriers allant à Asgard au Valhalla).

MUSPELLHEIM : Monde du feu (à l'origine de la naissance du géant Mimir et de la création des 9 mondes avec le Niflheim).

Composition et mise en pages
Nord Compo à Villeneuve-d'Ascq